UNKOMPLIZIERTE FREUNDE

SOPHIA CALA

1. Auflage

ISBN der Taschenbuchausgabe: 9798395536105

Korrektorat: Cala Korrektorat, www.sophia-cala.de
Umschlaggestaltung unter Verwendung von Material von
www.123rf.com (numismarty, krsprs, zolotonsmailru) und den Schriften
„Ocean Surf " und „Rolves" von creativemarket.com
Buchsatz: Sophia Cala, unter Verwendung von Material von
www.123rf.com (sotaku0704)

Die Deutsche Nationalbibliothek verzeichnet diese Publikation in der
deutschen Nationalbibliographie. Detaillierte bibliographische Daten
sind dort abrufbar.

Impressum

Sophia Cala
c/o Autorenglück.de
Franz-Mehring-Str. 15
01237 Dresden

sophiacala.autor@gmail.com
www.sophia-cala.de
@sophiacala_autor

Für Arie

Sei der beste Bruder, der du sein kannst.

DANK

Mein Dank gilt den folgenden Menschen: meinem Mann, der mich wie immer auf dem Weg zur Veröffentlichung unterstützt hat; meiner Mutter fürs Korrekturlesen; meinen Freunden für ihr ehrliches Interesse an meiner Arbeit; und meinen Kindern, die gerade lesen gelernt haben und nun immer wieder meine Bücher aus dem Regal ziehen, um neugierig darin zu blättern.

Ausschnitt der Ostküste Schottlands

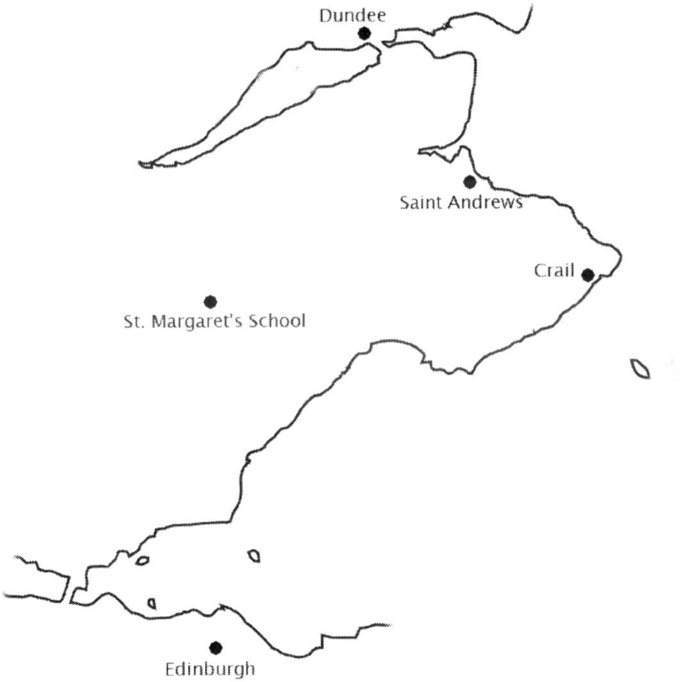

PROLOG

Sieben Jahre zuvor

Zwei Menschen sitzen auf den vom Wasser umspülten Felsbrocken der kleinen Bucht vor Crail. Ihre Schuhe und Socken liegen auf der sonnenwarmen Steinoberfläche, während ihre nackten Füße im kalten Wasser baumeln. Einige Meter entfernt, dort, wo der sandige Abschnitt der Bucht beginnt, streift ein schwanzloser Kater über den Sand und gibt vor, die beiden Strandbesucher nicht zu bemerken.

Der Blick des jungen Mannes ist aufs Meer gerichtet.

»Du willst also, dass wir alle anlügen«, sagt er.

Seine Begleiterin stützt sich mit den Handflächen auf dem Felsen ab und lehnt sich zurück.

»Nicht unbedingt«, antwortet sie. »Ich denke, wir könnten bei der Wahrheit bleiben. Nur nicht bei der gesamten Wahrheit.«

Aus dem Mund des Mannes dringt ein ungläubiges Lachen.

»Deine Idee ist verrückt, Joanna. Sie beruht auf der Annahme, dass die Dinge genau so kommen werden, wie du es erwartest. Niemand würde so etwas tun.«

Er wirft ihr einen schnellen Blick zu und rauft sich die Haare.

In der Bucht sammeln sich ein paar Möwen. Flügelschlagend kreisen sie über der schäumenden Wasseroberfläche und ziehen durch ihre Schreie die Aufmerksamkeit des streunenden Katers auf sich.

»Nur dass niemand so etwas tun würde«, gibt das hellhaarige Mädchen zurück, »bedeutet nicht, dass es nicht sehr clever wäre.«

Sie blinzelt gegen die hoch am Himmel stehende Mittagssonne.

»Es ist nicht so, als würden wir jemandem damit schaden. Wir würden nichts Verbotenes tun. Ich betrachte es mehr als eine Art Deal. Du erwartest, dass ich all meine Pläne über Board werfe, und ich habe dir meine Bedingungen dafür genannt.«

Sanft streicht sie mit ihrer Hand über den Stoff seines ausgewaschenen Sweaters.

»Wenn du es in einem oder zwei Jahren ins Nationalteam geschafft hast«, fährt sie fort und lehnt sich an seinen breiten, muskulösen Oberkörper, »hast du alles erreicht, was du erreichen wolltest. Was ist so falsch daran, dass ich auch ehrgeizige Ziele habe?«

Der Blick des Mannes wandert zu der Stelle, an der Wasser und Himmel ineinander laufen.

»Nichts.«

Seine Hand streicht gedankenverloren durch ihr Haar und bleibt auf ihrem Kopf liegen.

»Trotzdem ist die Vorstellung absurd, unser ganzes Leben nach einer Lüge auszurichten.«

An seiner Schulter schüttelt das Mädchen den Kopf.

»Wenn wir es klug anstellen, ist es keine Lüge«, sagt sie eindringlich und als wäre die Sache bereits entschieden.

»Wir könnten allen sagen, dass ich deine Mitbewohnerin bin. Es wäre die Wahrheit.«

Der Kater, der das Interesse an den Wasservögeln verloren hat und nun doch neugierig den Kopf in Richtung der beiden Menschen neigt, sieht, wie der junge Mann mit der Hand über sein glatt rasiertes Kinn streicht.

»Hast du den Flug schon gebucht?«

Das Mädchen löst sich von ihm.

»Nein. Das wollte ich diese Woche machen.«

»Warte damit«, gibt er zurück, den Blick aufs Meer gerichtet. »Ich brauche ein paar Tage, um über alles nachzudenken.«

Ein Lächeln zieht über das Gesicht des Mädchens.

»Natürlich. Nimm dir Zeit. Aber warte nicht zu lang. Bis zum Wochenende muss ich wissen, ob ich einen Flug buchen muss. Überseeflüge sind dermaßen teuer. Ich will nicht riskieren, eine horrende Summe zahlen zu müssen, nur weil ich zu spät dran bin.«

Er nickt. Dann hebt er langsam seine Beine aus dem Wasser und beginnt, mit den Händen die Socken über die nassen Füße zu streifen.

»Lass uns zurückgehen«, sagt er und greift nach seinen Sneakers.

Minuten später klettern beide die Uferböschung hinauf. Der Kater sitzt reglos im Sand und sieht ihnen nach. Dann streicht auch er in Richtung Dorf davon.

1

Der Morgen des Unfalls

Ich stehe mit verschränkten Armen in der Tür unseres Hauses, während ich zusehe, wie unser Wagen über die Einfahrt zur Straße hinaufrollt. Am Vorsprung der Mauer, der das Ende unseres Grundstücks markiert, bleibt er stehen. Durch die Heckscheibe hindurch sehe ich, wie Jamie sich im Vorderen des Wagens zu mir umdreht und winkt. Ich löse meine Arme aus ihrer Verschränkung und winke zurück. Ich sehe Jamies breites Grinsen, bevor er sich wieder nach vorn wendet. Der Wagen macht einen Satz auf die asphaltierte Straße und verschwindet Sekunden später hinter der breiten Buchsbaumhecke unseres Vorgartens. Ich drehe mich um und trete über die Türschwelle zurück ins Haus. In meinem Rücken wölbt sich ein warmer Windstoß, während ich die Haustüre hinter mir zuziehe. Kurz verharre ich im Windfang unseres Hauses, schließe die Augen und lasse den Geruch des Frühlings in meine Lunge strömen.

Es ist der erste Samstag im April. Im Vormonat waren die Temperaturen noch frostig, aber an diesem Morgen jagt ein warmer Wind die Wolken über den Himmel der schottischen Küste. Für gewöhnlich ist Samstag der Tag, an dem Jamie und ich Besorgungen machen. Wir fahren gemeinsam in die Stadt und schlendern mit Einkaufstaschen durch die Geschäfte. Heute hat Jamie ohne mich das Haus verlassen. Er hat vor einigen Tagen im Internet einen Schrank gekauft, der nun in Form dreier sperriger Pakete in der Filiale des Möbelhauses zur Abholung bereitliegt.

»Ich finde, wir brauchen endlich wieder einen Kleiderschrank im Gästezimmer«, sagte er vor einer Woche beim Dinner zu mir. »Es ist eine Zumutung, dass Joanna ihre Sachen in einer Plastikbox unterbringt, wenn sie hier ist.«

Ich zuckte mit den Schultern.

»Sie hat sich nie darüber beschwert.«

Jamie sah vom Teller auf und schüttelte den Kopf.

»Du weißt, dass sie das nie tun würde«, gab er zurück.

Ich weiß, dass Joanna das nie tun würde. Trotzdem glaube ich nicht, dass es sie stört, dass in unserem Haus kein Kleiderschrank für sie bereitsteht. Joanna ist meine beste Freundin. Jamie, sie und ich haben während unseres

Studiums gemeinsam in diesem Haus gewohnt. So lernte ich die beiden kennen. Als ihre Mitbewohnerin. Dass ich Jamie heiraten würde und Joanna und ich beste Freundinnen werden würden, ahnte ich damals nicht. Als Joanna ihren Abschluss in der Tasche hatte und wenig später von BBC Schottland als Sportjournalistin eingestellt wurde, zog sie aus und mietete eine kleine Wohnung in der Nähe ihres Arbeitsplatzes in Edinburgh. In den zwei Jahren, die seit ihrem Auszug vergangen sind, hat sich unser Haus verändert. Teppiche sind aus-, und Möbel sind eingezogen. Wir haben die Haustür erneuern lassen und die Auffahrt zur Straße pflastern lassen. Aber Joannas Zimmer ist Joannas Zimmer geblieben. Wenn sie Lust hat, kommt sie, bleibt ein oder zwei Nächte, und kehrt dann wieder nach Edinburgh zurück. Als irgendwann der alte Kleiderschrank, den sie zu Studienzeiten genutzt hat, auseinandergefallen ist, hat Jamie ihn zu Brennholz gehackt und die Scheite in der Garage gestapelt. Wir haben ihn nie ersetzt.

»Ich glaube«, sagte ich, während ich das Wasserglas an meine Lippen führte, »Joanna ist einfach froh, dass sie ihr Zimmer behalten durfte. Wir hätten es schließlich auch umgestalten können. In ein Ankleidezimmer oder einen Trainingsraum. Ihre Besuche sind in letzter Zeit unregelmäßig geworden. Es ist nicht selbstverständlich, dass wir dieses Zimmer für sie bewahren.«

Jamie hob eine Augenbraue.

»Du willst Joannas Zimmer umgestalten?«

»Natürlich nicht«, antwortete ich schnell. »Ich meinte ja nur. Ich glaube, sie ist dankbar, dass sie noch immer ein Zimmer in unserem Haus hat. Immerhin zahlt sie keine Miete dafür. Du solltest dir wegen des Schranks keinen Stress machen.«

Jamie zuckte mit den Schultern.

»Es macht mir keinen Stress«, entgegnete er, stand vom Tisch auf und trug seinen Teller zur Spülmaschine.

Später an diesem Abend informierte er mich darüber, dass er im Internet einen neuen Kleiderschrank bestellt hatte. Einen aus Holz, mit drei Schiebetüren und einem Spiegel. Auch wenn ich es tief in meinem Innersten unnötig finde, dass wir einen Kleiderschrank für ein Gästezimmer kaufen, das ich in absehbarer Zeit doch gerne umgestalten und anderweitig nutzen würde, berührte mich Jamies Fürsorge für meine Freundin. Es ist nicht das erste Mal, dass ich das Gefühl habe, dass er mit ihr rücksichtsvoller umgeht als mit anderen Menschen. Vielleicht liegt es an der Sache, die sie gemeinsam haben. Den zu frühen Verlust ihrer Mütter.

Ich wäre gerne mit Jamie losgefahren, um den Schrank abzuholen. Wir verbringen unter der Woche so wenig Zeit miteinander, dass ich jede Stunde, die wir am Wochenende für uns haben, genieße. Leider erfordert der

Transport eines dreitürigen Schranks das Umklappen des Beifahrersitzes.

»Es macht sowieso mehr Sinn, wenn du hier bleibst«, meinte Jamie. »Das Gästezimmer muss einmal abgestaubt und gesaugt werden, bevor ich den Schrank darin aufbauen kann.«

Jamie hat die Angewohnheit, mich nicht direkt um etwas zu bitten. Er sagt nicht:

»Kat, könntest du bitte das Zimmer saugen, während ich weg bin?«

Vielleicht mache ich es ihm zu einfach. Joanna behauptete einmal, dass ich die perfekte Ehefrau wäre. Und vielleicht stimmt das sogar. Nach einem Jahr und sieben Monaten Ehe verhalte ich mich noch immer genau so wie in den ersten Tagen nach unserer Hochzeit.

Ich beschwere mich nicht, wenn Jamie spät vom Rugbytraining nach Hause kommt, weil ich weiß, dass es nicht seine Schuld ist, wenn der Trainer die Spieler länger dabehält. Ich erwarte auch nicht von ihm, dass er den Müll rausbringt, weil ich weiß, dass er es nicht gerne tut. Und wenn er einen Wunsch hat, kenne ich ihn meistens, bevor er ihn laut ausspricht.

»Kat, du machst es ihm zu einfach«, hat Joanna bei ihrem letzten Besuch zu mir gesagt. »Dein Mann hatte gerade eine Woche Urlaub und er beschwert sich, dass er sich nicht richtig entspannt hat. Was hat er in den vergangenen sieben Tagen getan? Am Küchentisch gesessen und Zeitung gelesen? Du bist zu sanft. Sag ihm, dass du einen anstrengenden Job hast, und höre auf, ihm jeden Wunsch von den Lippen abzulesen. Hallo, wir leben im 21. Jahrhundert. Das ist einfach nicht mehr zeitgemäß.«

»Ach Joanna«, habe ich geantwortet. »Du solltest uns nicht mit anderen Paaren vergleichen. Jamie spielt im Nationalteam. Ich weiß, dass er dieses Leben im Fokus der Öffentlichkeit liebt. Aber ich sehe auch, dass es nicht immer einfach ist, mit dem öffentlichen Druck umzugehen. Ich bin froh, wenn ich ihm hier zu Hause etwas abnehmen kann.«

Joanna hat in gewisser Hinsicht sicher recht und ich bin tatsächlich etwas zu nachsichtig mit Jamie. Doch ich habe nicht vor, etwas an meinem Verhalten zu ändern. Ich verspüre nicht den Drang, Forderungen zu stellen. Alles, was ich mir wünsche, ist, dass Jamie glücklich ist. Dass unsere Ehe glücklich ist. In den vergangenen zwei Jahren gab es keinen Tag, an dem ich mich nicht glücklich geschätzt hätte, Jamies Ehefrau zu sein. Mir ist bewusst, dass es viele Frauen gibt, die mich darum beneiden. Ich sehe es an ihren Blicken, wenn Jamie und ich händchenhaltend durch die Straßen schlendern. Der erste Blick gilt immer Jamie. Die Frauen kleben geradezu an seinen auffallend dichten, goldblonden Haaren und seinem vom Sport trainierten Oberkörper. Dann bemerken sie mich an seiner

Seite und ihr Blick kühlt sich ab. Ich werde abschätzig gemustert und dann achtlos fallengelassen.

Erst letzte Woche hörte ich im Bus zufällig die Unterhaltung zweier junger Studentinnen mit an.

»Wusstest du eigentlich, dass Jamie Rae hier wohnt?«, hörte ich in meinem Rücken eine sehr junge, helle Stimme. »Er ist heute auf dem Weg zur Bushaltestelle an mir vorbeigejoggt.«

Ich las gerade einen Reiseblog und horchte bei der Erwähnung von Jamies Namen auf. Vermutlich nickte das andere Mädchen kräftig. Da beide hinter meinem Sitz saßen, konnte ich es nur erahnen.

»Er hat ein Haus an der Küste, nicht weit von hier«, antwortete die zweite Stimme. »Ich habe ihn mal mit seiner Frau am Strand getroffen.«

»Er ist verheiratet? Im Ernst? Wie alt ist er? 27? 28?«

»Ja, doch. Ich glaube schon, dass er verheiratet ist. Es stand in irgendeiner Zeitschrift.«

Einen Moment lang war Schweigen.

»Schade«, hörte ich dann diejenige antworten, die meinen Mann kurz zuvor beim Joggen beobachtet hatte.

Die andere lachte.

Ich wollte mich wieder dem Blogartikel zuwenden, als ich ihre Freundin in überheblichem Ton antworten hörte.

»Wenn es dich tröstet: Seine Frau ist ziemlich blass. Keine Ahnung, was jemanden wie Jamie Rae dazu bringt, eine graue Maus wie sie zu heiraten. Er könnte jede haben.«

An dieser Stelle erhob ich mich, ging durch den Mittelgang ins vordere Abteil des Busses und suchte mir einen neuen Sitzplatz. Einen, der mir die Fortsetzung des Gesprächs ersparte.

Auch wenn ich weiß, dass ich derartige Bemerkungen nicht an mich heranlassen darf, haben mich die mitangehörten Worte verletzt. Es hat meine lange gehegte Vermutung bestätigt. Für Menschen, die mich nicht kennen, bin ich eine unscheinbare, blasse Frau mit zu vielen Sommersprossen und schwer zu bändigenden Locken. Eine, die ganz zufällig Jamie Rae geheiratet hat - die Nummer 12 des schottischen Rugby-Union-Teams.

Ich weiß genau, was Jamie sagen würde, wenn ich ihm von der mitgehörten Unterhaltung erzählen würde.

»Hör nicht hin«, würde er sagen. »Sie sind neidisch. Das ist alles. Du weißt, wie Mädchen in dem Alter ticken. Wenn ich mir all die hässlichen Dinge, die Journalisten über mich schreiben, zu Herzen nehmen würde, hätte ich keinen glücklichen Tag mehr.«

Er würde dabei überhaupt nicht auf die Idee kommen, der Bemerkung einen Wahrheitswert beizumessen. Jamie hat sich über die Jahre einen schützenden Mantel aus Gleichgültigkeit und Desinteresse gegenüber fremden Meinungen zugelegt. Ich weiß zum Beispiel, dass er die

Berichte über seine Spieleinsätze nur noch selten liest.

Ich wünschte, ich könnte dasselbe tun. Mit einem Schulterzucken über die Sache hinweggehen und mich daran erinnern, dass es ihr Neid ist, der sie so abfällig über mich reden ließ. Aber die Worte stecken noch immer wie ein Dorn in meinem Inneren.

Es ist wahr, dass es mir nie wichtig war, besonders aufregend zu sein. Ein glücklicher Mensch zu sein - das schien mir lohnenswerter. Jamie zu heiraten war das, was mich am glücklichsten machte. In dieser idyllischen Gegend zu leben, nah am Meer und inmitten saftig grüner Wiesen, macht mich ebenfalls glücklich. Und ich bin auch damit zufrieden, mich in meiner freien Zeit mit einem guten Buch auf die Bank hinter unser Haus setzen zu können und für eine Weile alles um mich herum zu vergessen.

Was die meisten Menschen nicht wissen, ist, dass ich Jamie schon kannte, bevor er ein Star war. Ich war neunzehn und hatte mich gerade frisch an der Universität von Saint Andrews immatrikuliert, als ich den Mietvertrag für ein Zimmer in einem Haus in Crail unterschrieb. Es war nicht meine erste Wahl. Ich hatte mich in einigen anderen Unterkünften in Saint Andrews vorgestellt, von denen aus die Hörsäle zu Fuß erreichbar gewesen wären und ich nicht auf den Bus angewiesen gewesen wäre. Aber ich hatte für keine davon die Zusage erhalten. Also zog ich nach Crail - ein kleines Fischerdorf mit gemauertem Hafenbecken, zwei Sandstränden, zum Wasser hin abfallenden gründen Wiesen und einer Aussichtsbank. Es war ein trauriger Zufall, dass Jamie das Haus von seiner zu früh verstorbenen Mutter geerbt hatte und zwei der drei Zimmer vermietete. Er war drei Jahre älter als ich und im siebten Semester eingeschrieben. Sein Hauptinteresse galt aber dem Rugbyprogramm der Universität, an dem er teilnahm. Ins Nationalteam der Rugby Union aufgenommen zu werden war sein Ziel, seit ich ihn kenne.

»Er wird es schaffen«, sagte Joanna zu mir. »Du wirst sehen. In drei, spätestens vier Jahren spielt er im Nationalteam. Saint Andrews hat schon viele internationale Spieler hervorgebracht.«

Ich dachte damals, sie übertreibt. Das Nationalteam. Es klang für mich unerreichbar. Aber Joanna behielt recht. Nach dem Ende seines Studiums begann Jamie, für den international erfolgreichen Rugby-Club Edinburgh Rugby zu spielen. Und dann, kurz vor seinem fünfundzwanzigsten Geburtstag, wurde er in Schottlands nationales Rugby-Union-Team aufgenommen. Während ich eine Bewerbung an eine nahegelegene Privatschule schickte, um dort meine Ausbildung für den Lehrerberuf fortzusetzen, spielte Jamie zum ersten Mal bei einem Spiel des Six-Nations-Turniers.

Ich bin nicht ganz bei der Sache, als ich jetzt in die Küche zurückkehre und den Frühstückstisch abräume. Während ich das benutzte Geschirr in die Spülmaschine stelle, überlege ich, wann Jamie zurück sein wird. Er hatte ursprünglich geplant, früh aufzubrechen, um zum Lunch zurück zu sein. Dass er nicht so früh losgekommen ist wie geplant, ist vermutlich meine Schuld. Ich bin wie immer vor ihm wach geworden, habe warm geduscht und bin dann, nur mit einem übergeworfenen Handtuch bekleidet, in unser gemeinsames Schlafzimmer zurückgekehrt. Die Vorhänge waren noch zugezogen und Jamie lag noch im Bett, die Arme hinter dem Kopf verschränkt.

»Du bist wach«, stellte ich fest. »Wolltest du nicht früh los?«

Er fixierte mich mit seinen Augen und gab breit grinsend zurück:

»Wollte ich das?«

Ich stand vor ihm und spürte, wie das Handtuch von meiner Brust rutschte und zu Boden sank. Im gleichen Moment wusste ich, dass mich seine Augen nun nicht mehr loslassen würden.

Ich lächelte ihm zu.

»Ja«, sagte ich. »Das wolltest du.«

Mein Mann zog eine Grimasse.

»Ich kann mich nicht daran erinnern«, sagte er dann und breitete seine Arme aus.

»Komm her.«

Es ist unmöglich, diesen kräftigen, mir so vertrauten Armen zu widerstehen. Ich habe es noch nie geschafft.

Langsam glitt ich auf den Rand des Bettes. Am anderen Ende der Matratze stemmte Jamie sich aus dem Kissen hoch. Seine rauen Hände schwebten über meine glatte, frisch eingecremte Haut.

Immer, wenn Jamie und ich uns lieben, ist es, als jagten wir beide einem unstillbaren Verlangen nach. An diesem Morgen liebten wir uns zweimal. Danach zog Jamie den Vorhang auf und wir lagen lange nebeneinander und sahen hinaus auf die dunkle Brandung, die sich hinter der Scheibe unseres Schlafzimmers auftürmte. Unter der Decke liebkoste Jamies große Hand meine schmale Schulter und das Einzige, woran ich in diesem Moment dachte, war, dass ich unglaubliches Glück hatte. Ich liebte Jamie. Und er liebte mich. Das war alles, was zählte.

Wir frühstückten Pancakes mit Ahornsirup. Als Jamie schließlich in seine Jeans schlüpfte und die Autoschlüssel vom Schlüsselbrett nahm, war es halb elf.

Die Fahrt zum Möbelhaus dauert neunzig Minuten, rechne ich. Wenn er gut durchkommt und das Einladen der Möbelteile reibungslos verläuft, könnte er in drei Stunden bereits zurück sein. Halb elf. Halb zwölf. Halb eins. Halb zwei.

Sei nicht zu optimistisch, mahnt mich meine innere

Stimme. Es ist Samstag. Da ist der Highway für gewöhnlich voll. Halb drei. Das ist eine realistische Uhrzeit.

*

Ich bin gerade dabei, mit einem Scheuertuch die Bodenleisten von Joannas Zimmer von Staub zu befreien, als es an der Tür klopft. Ich werfe einen Blick durchs Fenster, von dem aus ich die Einfahrt im Blick habe, und sehe unseren Freund Leon im Nieselregen vor dem Haus stehen. Meine Hand bewegt sich zum Griff des Fensters und öffnet es.

»Hi Leon«, rufe ich zu ihm hinunter. »Ich bin in Joannas Zimmer. Komm einfach rein.«

Unsere Tür ist tagsüber nie abgeschlossen. Niemand in der Gegend tut es.

Als ich im Erdgeschoss ankomme, steht Leon im Windfang. Seine rostroten Haare kleben nass an seinem Kopf.

»Hi«, sage ich noch einmal zu ihm und lächle freundlich.

Leon murmelt eine Begrüßung und sieht an mir vorbei zur Wohnzimmertür.

»Jamie ist nicht da?«

Ich schüttle den Kopf.

»Er ist vorhin los, tut mir leid.«

»O.k. ...«

Leon nickt und sein Blick kehrt zu mir zurück.

Ich weiß, dass er nun nicht weiter weiß. Leon ist unser Freund. Er hat wie wir alle in Saint Andrews studiert und wir haben gemeinsame Urlaube gemacht. Trotzdem ist er in Wahrheit Jamies Freund, nicht meiner. Er richtet nie das Wort an mich, unterhält sich nicht mit mir. Manchmal stellte ich ihm eine höfliche Frage. Ich erhalte dann eine knappe Antwort, bevor er das Wort wieder an Jamie richtet. Ich kenne ihn nun lange genug, um zu wissen, dass er im Umgang mit Frauen gehemmt ist. Deshalb versuche ich, seine Verschlossenheit mir gegenüber nicht persönlich zu nehmen.

»In ein paar Stunden ist er zurück«, sage ich zu ihm, um die Stille zu brechen. »Er ist in Edinburgh und holt dort einen Kleiderschrank für Joannas Zimmer ab. Der alte Schrank liegt zu Brennholz zerhackt in der Garage.«

Wieder nickt Leon. Dann öffnet er den Mund.

»Ich wollte nur fragen, ob ich mir von euch etwas Kaffee borgen kann. Mein Bruder und seine Frau schauen später vorbei. Die beiden sind keine Teetrinker. Und ich habe gerade bemerkt, dass mein Kaffeevorrat aufgebraucht ist.«

Er hält eine leere Plastikdose hoch, die mir zuvor nicht aufgefallen ist.

Ich nehme ihm die Dose sanft aus der Hand.

»Natürlich«, sage ich. »Warte hier. Ich bin gleich zurück.«

*

In Joannas Zimmer blitzt jedes Eck, als ich wenig später das Scheuertuch zum letzten Mal in den Putzeimer tauche und mit Wasser ausspüle. Ich kann mich nicht daran erinnern, wann ich das Zimmer je so gründlich gereinigt habe. Noch nie vermutlich. Es ist ein sonderbares Eingeständnis, aber auch zwei Jahre nach Joannas Auszug fühle ich mich noch immer wie ein Eindringling, wenn ich mich in ihrer Abwesenheit in ihrem Zimmer aufhalte. Wir haben so viele Jahre Tür an Tür in diesem Haus gewohnt, dass ich längst verinnerlicht habe, dass dieser Raum ihr gehört.

Der erste Stock des Hauses beherbergt drei Zimmer. Genau genommen drei Zimmer und das Bad. Joanna zog ein Jahr vor mir ein. Jamie, der das Haus kurz zuvor von seiner verstorbenen Mutter geerbt hatte, vermietete ihr das Zimmer, von dem aus man den Vorgarten und die Straße im Blick hat. Es ist das kleinste der drei Zimmer, besitzt jedoch zwei Fenster und hat eine helle und freundliche Ausstrahlung. Das Zimmer gegenüber Joannas Zimmer war früher Jamies Zimmer und ist heute unser Schlafzimmer. Der dritte Raum, den wir seit einiger

Zeit als Büro nutzen, war einmal mein Zimmer. Als ich mich kurz vor Beginn meines Studiums auf Jamies Anzeige hin für das Zimmer bewarb, waren Jamie und Joanna bereits ein eingespieltes Team. Sie hatten damals schon ein Jahr zusammengewohnt, besaßen eine gemeinschaftliche Whiskysammlung und hatten einen gemeinsamen Freundeskreis. Der, nachdem ich in das Haus eingezogen war, auch mein Freundeskreis wurde.

Der Erste, den ich nach meinem Einzug kennenlernte, war Jamies bester Freund Max. Jamie und er sind schon gemeinsam zur Schule gegangen. Zu der Zeit, als ich zu Jamie und Joanna kam, bewohnte Max ein Zimmer in einem Studentenwohnheim in Saint Andrews. Ich erfuhr erst später, dass er davor ebenfalls für eine Weile mit Joanna und Jamie im Haus gewohnt hatte. Genauer gesagt hatte er kurzzeitig in meinem Zimmer gewohnt, bevor er ins Studentenwohnheim gezogen ist. Sein Zimmer im Wohnheim habe ich nie betreten, weiß aber von Jamie, dass es winzig klein war. Was wahrscheinlich einer der Gründe dafür war, dass Max immer noch viel Zeit bei uns in Crail verbrachte. Erst als er sein Physikstudium abgeschlossen hatte und als Mitarbeiter der Universität zu arbeiten begann, tauschte Max sein Zimmer im Wohnheim gegen ein kleines Reihenhaus mit Garten. Ein luxuriöser Tausch, der aber wahrscheinlich den größten Teil seines monatlichen Einkommens auffrisst.

Und dann war da noch Leon. Er ist der Stillste von uns. Während Jamie und Max nach drei Dosen Bier betrunken herumalbern und dumme Scherze machen, wird Leon mit jedem Bier schweigsamer. Obwohl er in unserer Straße wohnt und er wie Max in unserem Haus ein und aus geht, seit ich dort wohne, wurde ich nie richtig mit ihm warm. Etwas Undurchsichtiges haftet an ihm.

Dana stieß als Letzte zu uns. Ich war in meinem dritten Studienjahr, als Max sie eines Abends mitbrachte. Leon war an diesem Abend herübergekommen und wir saßen mit ihm in unserer Küche und aßen Kartoffelchips. Es war das erste Mal, dass Max mit einem Mädchen bei uns erschien. Von Jamie wusste ich, dass er über die Jahre die eine oder andere Affäre gehabt hatte. Nie etwas Ernstes, und nie lang genug, dass wir es mitbekommen hätten. Wir waren alle überrascht, als an diesem Abend ohne Vorwarnung Dana in unserer Küche stand. Joanna, die gerade aus vollem Hals über einen Witz von Jamie gelacht hatte, verschluckte sich beim Anblick des fremden Mädchens an einem Kartoffelchip. Ich erinnere mich daran, dass sie hustend zur Spüle ging und sich ein Glas Wasser holte.

Wir anderen musterten Dana neugierig.

»Leute, das ist Dana«, sagte Max. »Ich verlasse mich darauf, dass ihr nett zu ihr seid.«

Das waren die Worte, mit denen er sie uns vorstellte.

Es vergingen sechs Monate, bis er sie in unserer Gegenwart offiziell als seine Freundin bezeichnete.

Ich mag Dana. Sie hat eine offene, ehrliche Art, mit der sie es den Menschen leicht macht, sie ins Herz zu schließen. Ich hatte nicht erwartet, dass Max sich ein so unkompliziertes Mädchen wie sie aussuchen würde, aber ich spürte eine gewisse Erleichterung darüber. Ein anderes, komplizierteres Mädchen hätte unsere enge Freundschaft zu ihm möglicherweise gestört. Nicht Dana. Sie war höflich und zurückhaltend und niemand wäre auf die Idee gekommen, ihre Gegenwart als Eindringen zu empfinden.

»Sie ist so nett, dass es beinahe langweilig ist«, behauptete Joanna an jenem ersten Abend im Bad zu mir, bevor wir schlafen gingen. »Wo hat er die her?«

»Nett ist nicht gleichbedeutend mit langweilig«, widersprach ich.

Im Spiegel sah ich, wie Joanna in meinem Rücken mit den Augen rollte.

»Außerdem sollst du nicht ihre beste Freundin werden«, fuhr ich fort und drückte einen Klecks Zahnpasta auf meine Zahnbürste.

Joanna drehte sich zu mir um.

»Dieser Platz, meine Liebe, gehört längst dir.«

Ich schenkte ihr ein Lächeln.

»Ich frage mich«, überlegte ich dann laut, »ob Max

bereit ist, sein Single-Leben für Dana aufzugeben. Du weißt, wie er ist.«

Joanna gähnte.

»Das arme Mädchen hat keine Chance«, sagte sie.

Sie lag falsch.

Jetzt trage ich den Eimer ins Bad und kippe das schmutzige Putzwasser in die Toilette. Während ich zusehe, wie die braune Flüssigkeit im Sieb des Abflusses verschwindet und meine Hände den Lappen ausdrücken, denke ich an Joanna. Ich habe sie nicht oft gesehen in den vergangenen Monaten. Ihr Job als Sportjournalistin verlangt ihr einiges ab. Natürlich freue ich mich für sie, dass sie so erfolgreich ist. Jeden Morgen werfe ich einen Blick auf die Webseite des Senders und freue mich, wenn ich einen neuen Beitrag von ihr entdecke. Gleichzeitig vermisse ich ihre Anwesenheit in unserem Haus.

Joannas steile Karriere bei der größten öffentlich-rechtlichen Rundfunkgesellschaft der Welt verdankt sie Jamie. Sie stand kurz vor dem Abschluss ihres Master-Studiums, als Jamie zum ersten Mal mit dem Nationalteam am Six-Nations-Turnier teilnahm. Joanna schrieb damals noch für die Zeitung der Universität und war wie immer auf der Suche nach einer guten Story. Es war der Abend vor dem Spiel der Schotten gegen die Engländer, als sie zu mir in die Küche kam, während ich kochte. Jamie war noch im Stadion und wir beide waren alleine im Haus.

»Kat, du musst mir einen Gefallen tun«, sagte Joanna und lehnte sich neben mich an den Herd, um beiläufig einen Blick in den Topf zu werfen.

»Ich will Jamie morgen nach dem Spiel interviewen. Er hat versprochen, mit mir zu reden, aber ich mache mir Sorgen, dass die Spieler nach dem Spiel von so vielen Journalisten belagert werden, dass er sich ablenken lässt. Ich will die Erste sein, die mit ihm spricht. Kannst du ihn später bitte nochmal daran erinnern, dass er nach dem Spiel zu mir kommt? Wenn du ihn darum bittest, tut er es sicher.«

Sie warf mir einen flehenden Blick zu und ich versprach es ihr.

Als das schottische Team am Tag darauf im Murrayfield-Stadion in Edinburgh gewann und sich damit den Calcutta Cup zurückeroberte, war Joanna dann nicht nur die Erste, die nach dem Abpfiff ein Interview mit Jamie Rae bekam, sondern die Einzige, da Jamie an diesem Tag nur mit Joanna sprach. Das Interview wurde am nächsten Morgen auf der Webseite der Universität veröffentlicht und erzielte ein über die Grenzen der Universität hinaus reichendes, stürmisches Interesse.

»Du hast keine Vorstellung, wie viele Klicks dieser Artikel bekommen hat«, berichtete mir Joanna strahlend. »Ich glaube, es liegt daran, dass Jamie der neue Spieler im Team ist. Alle wollen wissen, wer er ist.«

Wenige Wochen nach diesem Exklusivinterview erhielt Joanna ein Angebot von der BBC.

»Wusstest du, dass das ihr Plan war?«, fragte ich Jamie, als ich Joannas Absicht erkannte hatte. »Hast du deshalb nur mit ihr gesprochen? Um ihr den Vorteil der Exklusivität zu verschaffen?«

Jamie grinste fröhlich.

»Sie ist deine beste Freundin, oder?«

Ich nickte dankbar und hatte Tränen in den Augen, weil ich nicht glauben konnte, dass er das für Joanna getan hatte.

Ihre Karriere bei der BBC ist das Wichtigste in Joannas Leben. Seit ich sie kenne, hatte sie nie einen festen Freund, aber ich weiß, dass es ihr nichts ausmacht, allein zu sein. Joanna schätzt die Unabhängigkeit, weil sie es ihr erlaubt, ganz für ihren Job zu leben. Trotzdem frage ich mich gelegentlich, ob sie für immer dieses Leben führen wird. Oder ob sie irgendwann einem Mann begegnen wird, der sie genügend reizt, dass sie ihm einen Platz in ihrem Leben einräumt.

Meine Hände drücken den nassen Putzlappen aus und ich sehe zu, wie das braune Wasser am Boden der Dusche einen Streifen hinterlässt. Hinterher drehe ich den Hahn auf und lasse das frische Wasser des Duschkopfs die Spuren der vergangenen Monate fortspülen. Als der Eimer wieder im Putzschrank steht und der Lappen zum Trocknen über der Heizung hängt, ziehe ich mein Handy aus der Hosentasche und gehe zu meiner letzten Unterhaltung mit Joanna.

Meine Liebe, tippe ich, *du bekommst einen neuen Schrank. Jamie ist gerade unterwegs, um ihn abzuholen. Er will ihn heute noch aufbauen. Bis du kommst, ist er fertig. Bleibt es bei nächstem Wochenende?*

Als ich die Nachricht abgeschickt habe, wandert mein Blick zur Uhr.

Es ist fünf Minuten vor zwölf. Vielleicht, denke ich, ist Jamie bereits angekommen.

In Gedanken sehe ich ihn vor mir, wie er sich damit abmüht, die Ladung im Auto zu verstauen. Bald wird er sich ins Auto setzen und die Strecke zurück zu mir fahren. Ich freue mich darauf, mit ihm gemeinsam die Pakete ins Haus und hinauf in Joannas Zimmer zu tragen. Wir werden nebeneinander in dem kleinen Raum sitzen, die Aufbauanleitung studieren und stundenlang Schrauben, Löcher und Holz miteinander verbinden. Jamie wird dabei Musik laufen lassen und ich werde irgendwann in die Küche hinuntergehen, um uns ein Tablett mit Shortbread und Tee vorzubereiten.

Ich wische über das Display des Smartphones und gehe zu Jamies Kontaktprofil. Ich könnte ihn anrufen. Dann wüsste ich, ob er wirklich schon dabei ist, das Möbelstück im Auto zu verstauen.

Ich wähle und es läutet. Fünf Mal. Dann springt die Mailbox an. Ich nehme das Telefon vom Ohr und seufze. Wahrscheinlich steckt das Telefon in der Gesäßtasche seiner Jeans und er hat beide Arme an einem schweren Holzpaket.

Nachdem ich in die Küche hinunter gegangen bin und einige Minuten gewartet habe, wähle ich noch einmal seine Nummer. Sekunden später ertönt eine Stimme an meinem Ohr, die mich darüber informiert, dass die Person, die ich zu erreichen versuche, nicht erreichbar ist.

Langsam lasse ich das Telefon sinken und starre auf das Display, auf dem Jamies Nummer abgebildet ist. Ich bin verwirrt. Gerade war sein Telefon noch an. Was ist passiert? Der Akku?

Aber ich erinnere mich daran, dass er es heute Morgen erst vom Ladekabel genommen hat. Mit gerunzelten Brauen beende ich den Anruf und wähle wieder. Noch einmal antwortet mir die automatische Ansage seines Mobilfunkanbieters.

Ich probiere es noch zwei Mal. Vergeblich. Dann lege ich mein Smartphone auf dem Küchentresen ab. Ich kann mir nicht vorstellen, dass der Akku ausgegangen ist. Nicht, nachdem das Telefon heute Morgen am Kabel hing. Hat Jamie das Telefon absichtlich ausgeschaltet? Er muss doch gesehen haben, dass ich kurz zuvor angerufen habe.

Hör auf damit, ermahne ich mich. Es gibt unzählige Erklärungen dafür, dass ich ihn gerade nicht erreiche. Ein Funkloch. Defekter Akku. Eine ungeschickte Bewegung, bei der sich das Telefon unabsichtlich selbst abgeschaltet hat.

Ich atme tief ein und öffne dann die Kaffeemaschine, um frisches Wasser einzufüllen. Es ist seltsam, denke ich, wie sehr wir uns daran gewöhnt haben, die Menschen, die wir lieben, zu jeder Zeit erreichen zu können. Egal wo Jamie sich aufhält: Wenn er nicht gerade auf dem Spielfeld ist, ist seine Stimme nur einen Anruf entfernt.

Ich bin froh, dass es bereits halb eins ist. Bald wird sein Wagen in die Einfahrt fahren. Ich werde mich an ihn schmiegen und den Geruch seines Aftershaves in mich aufnehmen. Alles wird gut sein.

2

Der Unfall

»Mrs. Katherine Rae?«

Zwei Polizisten in Uniform stehen auf dem Pflaster unserer Einfahrt und sehen mich mit ernsten Gesichtern an.

Mein Hals ist rau und eng. Die Innenflächen meiner Hände sind schweißig und mir ist bewusst, dass ich zu schnell atme.

Bevor ich den beiden Männern die Türe geöffnet habe, habe ich vom Sofa aus beobachtet, wie ihr Dienstwagen am Straßenrand vor unserem Haus geparkt hat. Mit wild klopfendem Herzen habe ich zugesehen, wie die beiden Beamten ausgestiegen und die Einfahrt zu unserem Haus heruntergekommen sind. Ich weiß, dass etwas nicht stimmt. Es ist drei Uhr und Jamie ist noch immer nicht zurück. Die vergangenen drei Stunden habe ich wartend auf dem Sofa verbracht. Ich habe versucht, zu lesen, und mir dabei immer wieder gesagt, dass es einen simplen Grund gibt, warum ich Jamie nicht erreiche. Aber je mehr Zeit verstrichen ist, umso weniger ist es mir gelungen, mich abzulenken. Tief in meinem Inneren hat mich das Gefühl nicht losgelassen, dass etwas nicht stimmt.

»Ja«, sage ich.

Die Beamten wechseln einen Blick und irgendwo in mir fällt mein letzter Funke Hoffnung in sich zusammen.

Der Jüngere der beiden Männer wendet den Kopf und sieht mich an.

»Mrs. Rae, wir müssen Ihnen leider mitteilen, dass Ihr Mann einen Unfall hatte.«

Meine Stimme flattert, als ich antworte:

»Einen Unfall?«

Die beiden Männer nicken und es ist die sanfte Bewegung ihrer Köpfe, die Panik durch meine Adern jagt.

»Ist es ... schlimm?«, frage ich, obwohl ich die Antwort kenne.

Sie wären nicht hier, wenn es nicht schlimm wäre.

»Ist er im Krankenhaus?«

Der Ältere, ein grauhaariger Mann mit faltiger Stirn, räuspert sich. Dann schüttelt er langsam den Kopf.

»Nein, Mrs Rae. Der Wagen Ihres Mannes ist über die Klippen gestürzt. Wir gehen davon aus, dass er sofort tot war. Es tut uns sehr leid.«

Ich starre ihn an und Erleichterung breitet sich in mir aus. Meine Brust weitet sich und die frische Aprilluft strömt in meine Lunge.

Ich lächle die beiden Männer an und antworte:

»Das muss ein Missverständnis sein. Mein Mann war heute nicht an der Küste. Er ist in Edinburgh, um dort etwas abzuholen.«

Und plötzlich bin ich unendlich froh, dass Jamie diesen Schrank bestellt hat. Für ihn ist er nach Edinburgh gefahren. Auf dem Highway, weit weg von den Klippen.

Ich registriere, wie zwischen den Männern ein Stirnrunzeln getauscht wird.

»Sie sind doch Mrs. Katherine Rae, richtig? Die Ehefrau von Mr Jamie Rae?«

Ich nicke. Und dann sehe ich, wie die Hand des älteren Polizisten in die Tasche seiner Hose greift. Als ich erkenne, was er daraus hervorzieht, jagt ein Schauer über meinen Rücken.

»Erkennen Sie das hier wieder?«

Ich starre ich auf das schwarze Leder von Jamies Portemonnaie und spüre, wie das Blut aus meinem Kopf weicht. Meine Hand tastet haltsuchend nach der Türklinke. Aber noch, bevor meine Finger das Metall berühren, sehe ich Sterne.

Ich werde von vier kräftigen Händen untergegriffen

und zum Sofa in meinem Wohnzimmer geführt. Mein Kopf fühlt sich benebelt an.

»Gibt es auf der Autobahn nach Edinburgh Klippen?«, frage ich mit zitternder Stimme.

»Nein, Mrs Rae. Der Unfall war in der Nähe von Saint Andrews.«

Saint Andrews.

Ich nehme die dünne Wolldecke, die sie mir bringen, und sinke ins Polster des Sofas.

»Mein Mann war auf dem Weg nach Edinburgh«, höre ich mich sagen. »Saint Andrews ist in der entgegengesetzten Richtung.«

Einen Meter von mir entfernt verschränkt der jüngere Polizist die Arme vor dem Oberkörper und sieht mich mitfühlend an.

»Wir haben die Pläne Ihres Mannes nicht gekannt, Mrs. Rae, aber mir fallen eine Menge Gründe ein, die seinen Aufenthalt in Saint Andrews erklären können. Ein Besuch in der Apotheke. ....«

Ich unterbreche ihn kopfschüttelnd.

»Ganz sicher nicht. Mein Mann war auf dem Weg nach Edinburgh, um einen bestellten Schrank abzuholen. Hätte er vorgehabt, einen Abstecher nach Saint Andrews zu machen, hätte er mir davon erzählt.«

Ich registriere die gerunzelten Augenbrauen, als die Männer erneut Blicke wechseln.

»Wann war der Unfall?«, frage ich.

Der ältere Beamte geht neben dem Sofa in die Hocke.

»Mrs Rae, Sie stehen unter Schock. Wir verstehen, dass Sie viele Fragen haben, aber die sollten Sie nicht heute stellen. Möchten Sie, dass wir jemanden für Sie anrufen? Ihre Eltern? Es wäre uns lieber zu wissen, dass Sie heute Nacht nicht alleine sind.«

Die Art, wie er beim Sprechen den Kopf unbewegt gerade hält, lässt mich eine gewisse Routine erkennen. Es ist sicher nicht das erste Mal, dass er das macht.

»Meine Eltern wohnen in Devon«, antworte ich.

Überflüssig, zu erklären, dass sie nicht bis zum Abend hier sein werden. Aber ich füge hinzu, dass ich sie anrufen werde.

Der Gedanke, mit Mum zu sprechen, macht mich für einen Moment ruhiger.

»Wenn Sie etwas zur Beruhigung brauchen«, sagt der jüngere Beamte, »setzen wir uns gerne mit ihrem Arzt in Verbindung.«

Er sieht mich fragend an und ich schüttle den Kopf.

Neben mir stemmt sich der Ältere aus der Hocke hoch und rückt seine Dienstmütze gerade.

»Wenn wir nichts weiter für Sie tun können, Mrs Rae, werden wir Sie jetzt alleine lassen. Unsere Kollegen sind noch am Unfallort. Sobald es weitere Erkenntnisse gibt, werden wir uns wieder bei Ihnen melden.«

Vor mir auf dem Sofatisch werden Jamies Portemonnaie und sein Telefon abgelegt.

»Eine Frage noch«, sagt der Jüngere. »Hat Ihr Mann Medikamente eingenommen?«

Ich schüttle den Kopf, ohne nachzudenken.

»Sie werden in unserem Haus nicht einmal einen Hustensaft finden.«

Der Mann nickt.

»Verstehe. Vielen Dank.«

Wenige Augenblicke später sind sie aus meinem Haus verschwunden.

*

Oben an der Straße rollt der blaugelbe Wagen der schottischen Polizei vom Gehwegrand, als ich in meinem Handy Joannas Nummer heraussuche.

»Geh ans Telefon, Joanna«, bete ich stumm, während ich mein Telefon ans Ohr gepresst halte.

Joanna ist diejenige von uns, die immer einen kühlen Kopf bewahrt. Ich will, dass sie mir sagt, was ich tun soll. An wen ich mich wenden kann, um herauszufinden, was mit Jamie passiert ist.

Aber Joannas Telefon bleibt stumm. Deshalb öffne ich den Messenger und tippe in unseren Chat.

Zwei Polizisten waren gerade hier. Sie behaupten, dass Jamies Auto von den Klippen gestürzt ist.

Unter der hastigen Bewegung meiner Finger hebt und senkt sich mein Brustkorb mit unangemessener Gleichmäßigkeit.

Es kann überhaupt nicht sein, tippe ich weiter. *Jamie ist heute nach Edinburgh gefahren.*

Als ich die Nachricht abgeschickt habe, wähle ich Mums Nummer. Während ich ihr alles erzähle, klammere ich mich an die Hoffnung, dass sie mich beruhigen wird. Dass sie mir sagen wird, dass es sich ganz sicher um ein Missverständnis handelt. Stattdessen bekomme ich ihr Entsetzen mit, als sie den Hörer vom Ohr nimmt und laut nach meinem Dad ruft. Einige Sekunden lang höre ich die beiden reden. Dann ist Dad am Telefon.

»Hör zu, Kat, wir kommen. Wir sind schon auf dem Weg. Bleib tapfer. Mach dir einen Tee, leg dich ins Bett und warte, bis wir da sind. Wir kümmern uns um dich.«

Vielleicht ist es der Schock darüber, dass niemand etwas sagt, um mich zu beruhigen, der mir Tränen in die Augen treibt.

»Die Fahrt dauert neun Stunden«, sage ich tonlos.

»Mach dir deshalb keine Gedanken«, antwortet mein

Dad, »es ist nicht das erste Mal, dass wir durchs ganze Land zu dir fahren.«

Ich widerspreche ihm nicht.

Als meine Eltern aufgelegt haben, lege ich mein Mobiltelefon neben Jamies und kauere ich mich auf dem Sofa zusammen. Meine Arme fest um meine angezogenen Knie geschlungen liege ich regungslos da und starre aus dem Fenster. Ein Teil von mir wartet noch immer darauf, dass Jamies Wagen am oberen Eck der Einfahrt auftaucht und langsam über das Pflaster auf unser Haus zurollt. Aber nichts geschieht. Stunden vergehen. Die tief am Himmel stehende Sonne wandert langsam über die Wolldecke, verschwindet über den Häusern der gegenüberliegenden Straßenseite und taucht das Zimmer in Dämmerlicht.

Wenige Zentimeter von meinem Kopf entfernt liegen nebeneinander Jamies Portemonnaie und sein Telefon. Ich starre die beiden Gegenstände lange an und beginne, langsam zu begreifen.

Ich schlinge die Arme noch enger um meinen frierenden Körper.

Was ist passiert, Jamie? Warum warst du nicht in Edinburgh?

In der herabgefallenen Dunkelheit drängen sich die schemenhaften Umrisse des Raums in mein Bewusstsein. Die Frage des Polizisten fällt mir ein.

»Hat Ihr Mann Medikamente eingenommen?«

Ich habe genau verstanden, worauf diese Frage abgezielt hat, habe ihr aber keine Bedeutung beigemessen. Jetzt aber höre ich für einen Moment auf, zu atmen. Ich schließe die Augen und denke an Jamies gut gelauntes Gesicht. An sein offenes, warmes Lachen.

Nein. Es ist absolut unmöglich.

*

Es muss weit nach Mitternacht sein, als der dunkelblaue Aston Martin meines Dads in die Einfahrt biegt. Ich liege noch immer auf dem Sofa im Wohnzimmer und bin wach. Quälende Gedanken haben in meinem Kopf einen Orkan der Verzweiflung ausgelöst. Mein Verstand tut sich schwer, die Wahrheit zu akzeptieren. In kurzen Episoden des Wegdämmerns versuche ich mich krampfhaft aus diesem wahrgewordenen Alptraum zu befreien, flüstere Jamies Namen und will mich an ihn schmiegen. Sobald sich mein Körper der kühlen Oberfläche des Sofamaterials bewusst wird, kehre ich in die Wirklichkeit zurück.

Die Scheinwerfer des Wagens fluten den Raum. Die Türglocke ertönt. Sekunden später liege ich in Mums weichen Armen.

Sie bringen mich ins Bett. Wie früher, als ich noch ein Kind war. Ich nehme noch wahr, wie Mum Jamies Kopfkissen aus dem Bett entfernt, sich neben mich setzt und mit ihrer Hand über mein Haar streicht. Und endlich finde ich in den Schlaf.

3

Der Tag nach dem Unfall

»Kat, bist du wach?«

Es ist Mums Stimme.

Sanft und kummervoll.

Ich öffne die Augen und starre auf die geschlossenen Verdunklungsvorhänge meines Schlafzimmers. Helles Licht schimmert an ihren Rändern.

»Zwei Polizisten sind hier. Sie möchten mit dir sprechen.«

Langsam rolle ich mich auf den Rücken.

Mum steht in der geöffneten Tür meines Schlafzimmers.

»Kannst du mit ihnen sprechen?«, gebe ich zurück. »Ich kann nicht.«

Mum tritt in den Raum und lehnt die Tür an.

»Sie haben ausdrücklich nach dir verlangt«, sagt sie leise.

Ich nicke stumm.

»Wie viel Uhr ist es?«

»Zehn. Wir dachten, es wäre besser, dich schlafen zu lassen.«

Ich befreie meinen verschwitzten Körper von der dicken Decke und setze mich im Bett auf.

»Sag ihnen, dass ich komme.«

Mum nickt und kehrt zur Tür zurück. Auf der Schwelle bleibt sie zögernd stehen und wirft über die Schulter einen Blick zurück.

»Lass sie bitte nicht warten. Es wäre mir unangenehm.«

In ihren Augen flackert Nervosität. Typisch Mum. Selbst jetzt ist es ihr noch wichtig, dass unsere Familie kein schlechtes Bild abgibt.

»Werde ich nicht«, sage ich. »Ich will mir nur etwas Anständiges anziehen.«

Als Mum gegangen ist, bleibe ich einen Moment unbewegt sitzen. Der Anblick von Jamies unbenutzter Bettseite bohrt sich grausam in mein Inneres. Ich strecke meine Hand aus und der kühle Stoff des Lakens zerrinnt unter meinen Fingern.

Jamie ist tot.

Mein Verstand hat es längst begriffen.

Widerwillig ziehe ich meine Hand zurück und stehe auf. Als ich die Vorhänge aufgezogen habe, um das Tageslicht hereinzulassen, sehe ich an mir hinunter. Meine Beine stecken in Jeans und an meinem Oberkörper klebt die hellgelbe zerknitterte Bluse, die ich mir vor sechsundzwanzig Stunden unter Jamies Blicken übergezogen habe. Ich streife den dünnen, chiffonähnlichen Stoff ab und verschwinde in einer von Jamies gefütterten Sweatshirtjacken. Auf dem Weg nach unten fahre ich mir nachlässig mit den Fingern durch die unfrisierten Haare. Auch ohne in den Spiegel gesehen zu haben, weiß ich, dass sie in störrischen Kanten vom Kopf abstehen.

*

Als ich in die Küche komme, sitzen ein Mann und eine Frau an unserem Küchentisch. Dad, der gerade dabei war, Tee einzuschenken, zieht einen Stuhl für mich zurück.

»Mum und ich sind oben. Falls du uns brauchst ...«

Er stellt den Teekessel auf dem Herd ab und geht an mir vorbei zur Tür.

»Setzen Sie sich, Mrs Rae«, sagt der Mann freundlich. »Wir möchten einige Dinge in Ruhe mit Ihnen besprechen.«

Er wartet, bis ich auf den zurückgezogenen Stuhl gsunken bin. Dann weist er mit ausgestrecktem Arm auf seine Kollegin.

»Das ist Detective Constable Shaw.«

Die junge, bebrillte Frau neben ihm nickt mir zu und legt dabei ihren fransigen Zopf über die Schulter.

»Ich bin Detective Sergeant Walker«, spricht der Mann weiter. »Wir sind Mitarbeiter der Kriminalpolizei und bemühen uns, den Unfall Ihres Mannes aufzuklären.«

Constable Shaw räuspert sich.

»Wir sind persönlich sehr betroffen. Wir haben Ihren Mann im Murrayfield Stadium spielen sehen. Er war ein großartiger Innendreiviertel. Leichtfüßig und unglaublich kraftvoll. Unser Beileid zu ihrem Verlust.«

»Danke«, sage ich und ertappe mich bei dem Gedanken, dass Constable Shaw eine von den Frauen sein könnte, die sich auf der Straße umgedreht haben, um Jamie hinterherzusehen. Sie hat das richtige Alter und scheint sich außerdem für Rugby zu begeistern.

Sergeant Walker verschränkt die Arme vor der Brust und sagt:

»Wir wissen, dass Sie großen Schmerz empfinden, Mrs Rae. Wir wollen die Situation für Sie nicht noch schwieriger machen. Doch da der Fall von der örtlichen Polizei an uns übergeben worden ist, sind wir gezwungen, Ihnen einige Fragen zu stellen.«

Er seufzt und sieht mich ernst an.

»Eine wichtige Information für Sie vorab: Wir werden nur dann hinzugezogen, wenn es einen Anlass zur Vermutung gibt, dass einem Unfall eine willentliche Ursache zugrunde liegt. Bisher wissen wir, dass der Wagen Ihres Mannes von der Fahrbahn abgekommen ist und von dort über die Klippen in die Tiefe gestürzt ist. Der Aufprall war so heftig, dass er sofort tot war. Wir verstehen jedoch nicht, weshalb der Wagen Ihres Mannes die Fahrbahn verlassen hat. War er abgelenkt? Gab es medizinische Gründe, die dazu geführt haben, dass er die Kontrolle über den Wagen verloren hat? Fremdeinwirkung?«

Ich kneife die Augen zusammen.

»Fremdeinwirkung?«

Verwirrt sehe ich zu Constable Shaw, die gerade eine verlorene Haarsträhne zurück in ihren Zopf steckt.

»Was DS Walker damit meint, ist, dass es theoretisch möglich wäre, dass jemand ihren Mann von der Straße abgedrängt hat. Bisher konnten wir mit niemandem sprechen, der den Unfall beobachtet hat. Deshalb wissen wir nicht, was genau geschehen ist.«

Sergeant Walker nickt.

»Richtig. Es ist aber nicht das, was wir glauben, Mrs Rae. Der Unfall ist an einer Stelle geschehen, an der die Straße eine Biegung macht. Aus meiner Sicht ist die wahrscheinlichste Erklärung, dass Ihr Mann zu schnell gefahren ist und für einen Moment abgelenkt war. Seit es Mobiltelefone gibt und Menschen sich auf der Straße nicht mehr nur auf das Fahren konzentrieren, sehen wir oft Unfälle, die auf mangelnde Konzentration zurückzuführen sind. Trotzdem ist es unsere Pflicht, allen Möglichkeiten nachzugehen.«

Ich blicke auf meine schmalen Hände hinab. Der Ring, den Jamie bei unserer Hochzeit an meinen Finger gesteckt hat, funkelt im Licht des hereinscheinenden Sonnenlichts. Ein Jahr und sieben Monate sind seit damals vergangen, doch ich habe noch den Duft der Eukalyptuszweige in meinem Brautstrauß in der Nase. Ich höre noch die Stimmen unserer Freunde, die lachend ein Lied sangen, als Jamie und ich Hand in Hand aus der Kirche traten. Tief in meiner Brust hallt das Echo von Jamies rauer Stimme, mit der er »Ich will« sagte.

»Eine Frage, die wir Ihnen stellen müssen ...«

Sergeant Walkers Stimme unterbricht meine Gedanken.

»Hat Ihr Mann Ihnen irgendetwas hinterlassen? Einen Brief? Eine Nachricht?«

Für einen kurzen Moment löst die Frage Panik in mir aus.

Ist es möglich, dass Jamie absichtlich über den Rand der Klippen gefahren ist?, überlege ich mit klopfendem Herzen, und mir fällt auf, dass ich mir diese Frage bisher nicht gestellt habe.

Ich denke an Jamie, rufe mir Bilder der vergangenen Monate ins Gedächtnis, und komme zu der tiefen Überzeugung, dass es keinen Anhaltspunkt gibt, dass Jamie das getan haben könnte.

Ich straffe meine Schultern und sehe Sergeant Walker direkt in die Augen.

»Mein Mann wäre niemals, wirklich niemals, absichtlich über den Rand der Klippen gefahren«, erkläre ich. »Wir waren sehr glücklich und etwas so Abscheuliches hätte er mir nicht angetan.«

Sergeant Walker nickt und befördert einen Notizblock und einen Kugelschreiber aus seiner Jackentasche.

»Kein Brief ...«, murmelt er, während er den Stift übers Papier bewegt.

»Ich habe nicht nachgesehen«, füge ich hinzu.

Sergeant Walker setzt den Stift ab und hebt den Blick.

»Informieren Sie uns bitte, wenn etwas auftaucht.«

Eine Visitenkarte wird aus der Jacke seiner Uniform befördert und landet in der Mitte des Tischs.

»Unter dieser Nummer erreichen Sie mich.«

Weil ich weiß, dass es von mir erwartet wird, verspreche ich es.

»Was ist mit Jamies ...«, beginne ich und stocke, weil ich es nicht schaffe, das Wort auszusprechen.

Constable Shaw kommt mir zur Hilfe.

»Leichnam?«

Ich nicke.

»Er wurde an die Gerichtsmedizin übergeben. Sie ist dafür zuständig, körperliche Ursachen auszuschließen. Sobald die Untersuchungen durchgeführt wurden, wird der Leichnam freigegeben.«

Ich runzle die Stirn.

»Welche körperlichen Ursachen?«, frage ich.

Wieder ist es Constable Shaw, die mir antwortet.

»Ein erhöhter Alkoholspiegel oder der Konsum von Drogen oder Medikamenten zum Beispiel. Auch medizinische Ursachen. Ein Schlaganfall oder Herzinfarkt.«

Ein Herzinfarkt.

Ich blinzle und frage mich, wie wahrscheinlich es ist, dass mein gesunder, 27 Jahre alter Ehemann, der mich noch nie zuvor angelogen hat, an genau dem Tag einen Herzinfarkt erleidet, an dem er sich an einem anderen Ort befindet, als er mich glauben ließ?

»Hatte Ihr Mann gesundheitliche Probleme?«, fragt Sergeant Walker.

»Nein.«

»Gab es Erkrankungen in seiner Familie?«

Ich starre Sergeant Walker an.

»Gehirnblutung«, sage ich belegt. »Seine Mutter.«

Sergeant Walkers Augen weiten sich. Eine weitere Notiz wird auf seinen Block gekritzelt. Während ich ihn beobachte, spüre ich, wie sich ein bleierner Schmerz auf meine Schläfen legt. Es fällt mir schwer, mich zu konzentrieren.

Zehn Minuten schenkt mir Constable Shaw ein Lächeln und leert ihre Teetasse.

»Haben Sie noch Fragen an uns, Mrs Rae?«, fragt Sergeant Walker und steckt den Notizblock zurück in seine Jackentasche.

Ich sitze aufrecht auf meinem Stuhl und fühle mich erschlagen.

Jamie ist tot. Das ist alles, woran ich denken kann. Der Rest ergibt keinen Sinn für mich.

»Mrs Rae? Haben Sie noch Fragen?«

Ich schüttle den Kopf.

»Nein«, sage ich.

Als sie gegangen sind, nehme ich die Karte mit Sergeant Walkers Durchwahl vom Tisch und lege sie auf dem Küchentresen ab. Ich werde sie nicht brauchen. Jamie hat mir nichts hinterlassen.

*

Am späten Vormittag erhalte ich einen Anruf von Jamies Trainer Scott Haynes. Nachdem er mir sein tiefes Mitgefühl ausgesprochen hat, bittet er mich um mein Einverständnis dafür, dass der Verein auf seiner Webseite eine offizielle Erklärung zu Jamies Tod abgeben darf. Die

Fans haben aus dem Fernsehen von Jamies Unfall erfahren und seitdem findet ein Bombardement der Mannschaft auf Social Media statt. Ich sage ihm, dass es mir egal ist, was auf der Webseite des Vereins kommuniziert wird, solange er sich dabei an die polizeibekannten Fakten hält. Mr Haynes versichert mir gerade, dass er nicht vorhabe, Details bekannt zu geben, als von der Haustür ein lautes Klopfen zu mir herüberdringt.

Es gibt nur einen Menschen, der mit einem dermaßen energiegeladenen Schwung aufs Holz klopft. Joanna.

Ich trete ans Fenster, und da steht sie. Die Hand bereits an der Türklinke. Im nächsten Moment drückt sie die Türe auf und ist im Haus.

»Mr Haynes«, unterbreche ich den Redefluss des Trainers, »ich danke Ihnen für Ihren Anruf, aber ich muss Sie leider abwürgen. Bitte melden Sie sich bei mir, falls weitere Fragen auftauchen.«

Die Wohnzimmertür öffnet sich, und Joanna und ich liegen uns in den Armen.

»Es tut mir so leid, Kat«, höre ich sie sagen. »Ich bin gestern früh ins Bett gegangen und habe deine Nachricht erst heute gelesen. Ich habe mich ins Auto gesetzt und bin sofort gekommen.«

»Ich bin froh, dass du da bist«, sage ich mit dem Gesicht an ihrer Schulter.

Dann laufen Tränen über meine Wangen.

»Lass es raus«, flüstert Joanna und streicht mit der Hand über meine Haare. »Lass es raus.«

Minutenlang stehen wir so im Raum. Joanna aufrecht und den Blick irgendwo an mir vorbei aus dem Fenster gerichtet. Ich an sie gelehnt, während ich die beruhigende Wärme ihres Körpers einatme.

Es mag merkwürdig klingen, aber für mich war Joanna immer ein Fragment meiner Beziehung mit Jamie. Vom ersten Tag an war sie dabei, als Jamie und ich uns kennen lernten. Und sie war diejenige, die mich in meinem ersten Jahr im Haus eines Abends geradeheraus fragte:

»Sag mal, Kat, stehst du auf Jamie?«

Ich war damals überrumpelt von ihrer schonungslosen Direktheit und stritt alles ab. Doch dann, als Jamie mich Wochen später zu meiner eigenen Überraschung fragte, ob ich Lust hätte, ihn übers Wochenende nach Aberdeen zu begleiten, kam ich zu ihr.

Joanna lag an diesem Abend bereits im Bett und las in einem Buch. Nur das schwache Licht einer Leselampe erhellte den kleinen Raum. Ich schloss die Tür hinter mir und ließ mich auf dem Rand des Betts nieder.

»Hat Jamie dich auch gefragt, ob du übers Wochenende mit ihm nach Aberdeen kommen willst?«, fragte ich sie.

Joanna nahm den Blick vom Buch und schaute mich überrascht an.

»Jamie hat dich gefragt, ob du mit ihm nach Aberdeen fährst?«

Ihr Blick drückte unverhohlene Neugier aus und ich spürte, wie es in ihrem Kopf zu arbeiten begann.

»Dich hat er also nicht gefragt?«, gab ich unsicher zurück.

Joanna rollte auf den Rücken und verschränkte die Arme hinter dem Kopf.

»Ich habe am Wochenende zu tun«, erklärte sie dann. »Das Komitee von *The Saint* hat entschieden, dass ich den ersten Entwurf für die Verabschiedung unserer Chefredakteurin verfassen soll. Jamie weiß, dass ich keine Zeit habe.«

Ich wusste nicht, welche Antwort ich mir erhofft hatte. Dennoch spürte ich bei Joannas Worten einen Anflug von Enttäuschung.

Sie musste es bemerkt haben. Denn sie legte den Kopf schief und fügte augenzwinkernd hinzu:

»Ich könnte mir aber vorstellen, dass es kein Zufall war, dass Jamie gerade dieses Wochenende für einen Trip nach Aberdeen ausgewählt hat.«

Ich schwieg und Joanna redete weiter.

»Was hast du geantwortet? Fährst du mit ihm? Du warst noch nie in Aberdeen, oder? Es ist eine interessante Stadt. Vor allem, wenn man etwas für Granitbauten und Blumenanlagen übrig hat.«

Ich hatte Jamie noch keine Antwort gegeben. Ich lebte seit neun Monaten in seinem Haus, verbrachte fast jeden meiner freien Abende mit ihm und Joanna und wusste, welche Marmeladensorte er am liebsten aß. Doch der Gedanke, mit ihm alleine übers Wochenende wegzufahren, machte mich nervös. Meine Angst, herauszufinden, dass ich für ihn nicht mehr als ein Mitglied seiner selbstgewählten Hausgemeinschaft war, lähmte mich. Nach den neun Monaten, die ich nun in seinem Haus verbracht hatte, wusste ich eines sicher: Ich wollte bleiben. Hier, in dem kleinen Haus, das Jamie von seiner verstorbenen Mutter geerbt hatte. Ich wollte mit Jamie am Frühstückstisch sitzen und mir von ihm das Marmeladenglas über den Tisch reichen lassen, während er die Ergebnisse am Vortag stattgefundener Rugbybegegnungen checkte. Ich wollte abends mit ihm auf dem Sofa sitzen, einen Film ansehen und sein heiseres Lachen hören. Ich wollte, dass er sich zu mir umdrehte, wenn ich den Raum betrat, und mich mit seinen freundlichen, smaragdfarbenen Augen ansah.

»Ich weiß nicht, ob es klug wäre«, antwortete ich Joanna und wendete den Blick ab.

Ihre Antwort kam gedehnt.

»Es kommt wohl darauf an ...«

»Was meinst du?«, fragte ich.

Joanna lachte leise.

»Was wohl? Es kommt darauf an, was du willst.«

Sie kroch übers Bett auf mich zu und flüsterte:

»Was willst du, Kat?«

Einen Moment lang starrte ich sie verblüfft an. Dann öffneten sich meine Lippen.

»Ich glaube, ich liebe Jamie.«

Der Ausdruck in ihren vor Entsetzten geweiteten Augen blieb mir lange im Gedächtnis. Eine Hand an der Stirn schüttelte sie ungläubig den Kopf.

»Oh Kat«, sagte sie dann, und die Worte hingen noch im Raum, als wir beide längst in unseren Betten lagen.

Der mitleidige Ton in ihrer Stimme hatte mich verletzt. Ich bereute, dass ich zu ihr gegangen war. Ich hatte nicht geplant, ihr von meinen Gefühlen für Jamie zu erzählen. Die Worte waren aus mir herausgeplatzt und ich hätte sie gerne zurückgenommen. Als ich am nächsten Morgen die Küche betrat, saßen Joanna und Jamie am Frühstückstisch. Jamies Blick war auf das Display seines Smartphones gerichtet. Ohne hinzusehen, wusste ich, dass er die Sportnachrichten las. Joanna sah aus dem Fenster hinaus in den Garten.

Ich ging zum Kühlschrank und öffnete ihn, um einen Joghurt herauszunehmen, als ich in meinem Rücken Joanna sagen hörte:

»Ich habe gehört, du willst übers Wochenende mit Kat wegfahren. Super Idee. Als Engländerin kennt sie all die wunderschönen Orte unseres Landes noch nicht. Es ist sowieso höchste Zeit, dass sie mal etwas anderes sieht als die Uni und dieses kleine Fischerdorf.«

Ihre Stimme klang unbekümmert und hell, doch mir stockte bei ihren Worten der Atem. Ich hatte Jamie noch keine Antwort gegeben, und nach meiner Unterhaltung mit Joanna hielt ich es für das Beste, wenn alles so blieb, wie es war. Es war perfekt, so wie es war. Wir drei waren perfekt.

»Ich erinnere mich daran, dass es in der Nähe des Hafens ein sehr gemütliches Café gibt. Mit langen Holzbänken und Live Musik«, redete Joanna weiter. »Dort solltet ihr unbedingt hingehen. Mir fällt der Name jetzt gerade nicht mehr ein, aber ich werde später in meinem Handy nachsehen, wie der Laden hieß.«

»Kat hat mir noch nicht gesagt, ob sie mitkommt«, hörte ich Jamie in meinem Rücken antworten.

Ich schluckte, als ich mich langsam zu den beiden umdrehte und an Joannas triumphierendem Gesicht vorbei in Jamies ernste Augen sah.

»Ich würde wirklich gerne mitkommen«, begann ich. »Es ist nur ...«

Bevor ich Jamie sagen konnte, dass ich etwas für die Uni zu lernen hatte und deshalb hier bleiben würde, fuhr Joanna mir ins Wort.

»Es ist so«, sagte sie, rutschte vom Stuhl und trat neben

mich. »Kat würde dich sehr gerne begleiten. Sie hat sich nur etwas Sorgen gemacht, dass ich mich ausgeschlossen fühlen könnte, wenn ihr ohne mich fahrt. Nicht wahr, Kat?«

Die Verärgerung über ihre Einmischung trieb mir die Hitze in die Wangen. Ich mied Jamies Blick und brachte kein Wort heraus.

Aber Joanna ließ sich nicht beirren.

»Lasst mich versichern: Ich fühle mich nicht ausgeschlossen. Ich werde es genießen, das Haus zwei Tage lang für mich zu haben.«

Ohne sie anzusehen, wusste ich, dass ein zufriedenes Grinsen auf ihrem Gesicht lag.

Als ich das Kinn hob, sah ich in Jamies strahlende Augen. Er schien nicht zu bemerken, dass ich verärgert war.

»Großartig«, sagte er. »Dann werde ich mich heute Abend auf Airbnb um ein Zimmer kümmern.«

Ich rang mir ein verlegenes Lächeln ab, schnappte mir einen Löffel und verließ mit dem Joghurtbecher in der Hand die Küche.

Joanna gehört zu den Menschen, die Herausforderungen lieben. Sie ist temperamentvoll und unberechenbar. Ich war ein paar Stunden lang böse auf sie. Dann verzieh ich ihr die Einmischung.

»Ohne mich wärt ihr nie ein Paar geworden«, behaup

tete sie später. Und damit hatte sie wahrscheinlich sogar recht.

*

Joanna bleibt bis zum Tee. Während wir mit meinen Eltern am Tisch sitzen und Haferkekse essen, die Mum uns hartnäckig anbietet, fällt mir auf, dass sie blass und müde aussieht. Unwillkürlich frage ich mich, ob sie die Wahrheit gesagt hat, als sie meinte, sie wäre früh ins Bett gegangen. Joanna ist keine Lügnerin, aber ich hatte schon oft den Verdacht, dass sie mir nicht immer genau die Wahrheit sagt. Und in Anbetracht der dunklen Ringe unter ihren Augen drängt sich mir der Gedanke auf, dass sie die Nacht nicht schlafend in ihrem Bett, sondern in einem Pub oder mit einem Mann verbracht hat. Ich würde es verstehen, wenn sie mir nicht die Wahrheit gesagt hätte. *Tut mir leid, Kat, ich habe deine Nachricht erst heute Morgen gelesen, weil ich die Nacht durchgefeiert habe* klingt auch in meinen Ohren unsensibel.

Eigentlich bezweifle ich sogar, dass es meine Nachricht war, aus der sie von Jamies Unfall erfahren hat. Als Sportjournalistin gehe ich davon aus, dass auf ihrem Handy ein Newsticker installiert ist. Einer, der sie ständig über die neusten Ereignisse informiert. Spätestens in den frühen Abendstunden muss eine Meldung von der Polizei herausgeben worden sein, durch die die Medien von dem Unfall erfahren haben. Es ist unglaubwürdig, dass Joanna sich so früh ins Bett gelegt hat, dass sie nichts davon mitbekommen hat.

Sie versucht nur, mir eine gute Freundin zu sein, beruhige ich mich, und verbiete mir, weiter darüber nachzudenken, wann Joanna von Jamies Unfall erfahren hat. Noch immer erschöpft stütze ich meinen Kopf auf die Hand und höre mit halbem Ohr zu, wie Joanna sich höflich mit meinen Eltern unterhält.

Sie reden über Jamie. Darüber, was für ein erfolgsversprechendes Leben er vor sich hatte. Über das, was er in seinem kurzen Leben erreicht hat und über die scheinbare Leichtigkeit, mit der er seinen Weg ins Nationalteam gemacht hat. Wie glücklich er war, mich an seiner Seite zu haben.

Als unsere Teetassen leer sind, steht Joanna auf und schiebt ihren Stuhl zurück.

»Ich werde euch jetzt etwas Ruhe gönnen. Mein Kalender hat mich heute Morgen daran erinnert, dass ich einen Termin beim Friseur habe, und ich denke, es macht keinen Sinn, ihn zu verschieben. Das ist einer der Nachteile von Kurzhaarfrisuren. Sie dulden wenig Aufschub. Aber ehrlich gesagt halte ich es auch schlecht aus, den ganzen Tag herumzusitzen und mich mit Fragen zu quälen, auf die offenbar niemand eine Antwort hat.«

Sie wirft einen schnellen Blick in meine Richtung.

Ich weiß, dass andere Menschen Joanna manchmal für gefühlskalt halten. Nicht ich. Ich kenne sie zu lange, um mich von ihrer harten Schale täuschen zu lassen.

»Es ist völlig o.k.«, sage ich müde. »Kümmere dich um deine Haare. Es ist niemandem geholfen, wenn du unfrisiert herumläufst.«

Sie drückt mir einen flüchtigen Kuss auf die Stirn.

»Ich wusste, dass du es auch so sehen würdest. Ruf mich an, wenn du mich brauchst, meine Liebe.«

*

Später am Nachmittag klopft es erneut an der Tür. Als ich öffne, stehe ich Leon gegenüber. Seine übliche Verlegenheit, wenn wir alleine sind, ist dem blassen, hilflosen Ausdruck der Erschütterung gewichen. In seinen ernsten, braunen Augen begegnet mir Fassungslosigkeit. Bevor ich etwas sagen kann, breitet Leon die Arme aus.

Ich kann mich nicht daran erinnern, dass unsere Körper sich je zuvor berührt hätten. Jetzt gräbt sich sein zu knochiger Oberkörper auf eine natürliche Weise in meine Brust, wie ich es nie für möglich gehalten hätte. Der Schmerz verbindet uns und spült alle Zurückhaltung weg.

»Jamie war der Beste von uns«, murmelt Leon mit

gedrückter Stimme.

Ich spüre, wie seine unrasierte Wange die nackte Haut meiner Schulter berührt, und versteife mich.

»Falls du etwas brauchst ...«, höre ich ihn sagen.

Ich befreie mich aus seiner Umarmung und sehe ihn an. Der Moment unserer natürlich geteilten Nähe ist vorbei. Leon weicht meinem Blick aus und macht mit der Hand eine unscharfe Bewegung in die Richtung seines Hauses.

»... du weißt ja. Ich bin nur zwei Häuser entfernt.«

Ich versuche, zu lächeln.

»Danke.«

Mit einer Kinnbewegung in Richtung Wohnzimmertür füge ich hinzu:

»Im Moment sind meine Eltern hier.«

Er blinzelt.

»Ich weiß. Ich war noch wach, als sie angekommen sind.«

Meine Augenbrauen wölben sich.

Er wusste es, denke ich überrascht. Er wusste, dass Jamie tot ist, und kommt erst jetzt.

Ich wickle mich enger in meinen Cardigan.

»Dann wusstest du es gestern schon«, stelle ich laut fest.

Ich lasse es nicht wie eine Anklage klingen. Es ist keine. Sicher hatte er Gründe, warum er nicht früher herübergekommen ist.

Aber Leons Gesicht wirkt prompt schuldbewusst.

»Ich habe es gestern Abend aus dem Radio erfahren. Eigentlich wäre ich sofort gekommen, aber mein Bruder und seine Frau saßen in meiner Küche und aus irgendeinem verrückten Grund habe ich es nicht fertiggebracht, ihnen zu sagen, dass Jamie mein Freund war. Ich war wie gelähmt. Als sie vor einer halben Stunde aufgebrochen sind, bin ich sofort zu dir gekommen.«

Seine Stimme flattert und verrät die ungeweinten Tränen der vergangenen zwölf Stunden.

Auch er hat einen Freund verloren. Den, dem er am nächsten stand.

»Du musst dich nicht entschuldigen. Wir stehen alle unter Schock«, antworte ich und denke an Joanna, die in diesem Augenblick auf einem Friseurstuhl sitzt und sich die Haare in Form föhnen lässt.

Leon tritt mit dem Schuh gegen den Türrahmen.

»Damit hast du verdammt recht.«

Als ich wenig später die Türe hinter Leon geschlossen habe, bleibe ich mit dem Rücken an die Haustür gelehnt im Windfang stehen. Ich kann das Gefühl nicht abschütteln, in einem bösen Traum gefangen zu sein. Alles erscheint mir so unwirklich. Das Gespräch mit den Polizeibeamten. Der Besuch meiner Eltern. Leons Worte.

Mit geschlossenen Augen nehme ich wahr, wie auf

dem Nachbargrundstück ein Motorrad gestartet wird. Es ist Leons. Wütend wird der Motor hochgeheizt. Dann braust die Maschine mit Leon in Richtung Hafenbecken davon.

Ich weiß, dass er sich so seine Emotionen von der Seele fährt. Es ist nur wenige Jahre her, als er einmal einen ganzen Tag mit dem Motorrad unterwegs war, nachdem Joanna und ich ihm seine totgefahrene Katze gebracht haben.

Wir stehen alle unter Schock. Joanna. Leon. Ich. Max.

Max.

Lautlos formen meine Lippen seinen Namen und ich öffne langsam die Augen.

Wo ist Max?

Jamie ist seit über vierundzwanzig Stunden tot und mir fällt auf, dass ich noch nichts von Max gehört habe. Es ist unmöglich, dass er es noch nicht erfahren hat. Oder? Wenn Leon aus dem Radio davon erfahren hat, kam es bestimmt auch im Fernsehen. Und in den Zeitungen.

Max war Jamies bester Freund. Warum habe ich noch nichts von ihm gehört?

4

Zwei Tage nach dem Unfall

Am Montagmorgen wird landesweit in der Tagespresse über den Unfall berichtet. Ein Stapel Zeitungen, den Dad vor dem Frühstück im Supermarkt mitgenommen hat, belegt das.

»Ich weiß nicht, ob du wolltest, dass ich sie kaufe«, sagt Dad, als er den Stapel neben mir auf dem Tisch fallen lässt.

»Aber ich dachte, wenn ich es nicht tue, kommt vielleicht irgendwann der Tag, an dem du dir wünschst, wir hätten ein paar der heutigen Ausgaben gekauft. Zum Aufbewahren, nicht zum gleich Lesen. Ich werde sie beim Frühstück durchblättern und danach kannst du sie wegpacken.«

Ich starre auf die frisch gedruckten Seiten, die noch

den Geruch neuer Druckerfarbe verströmen.

»Danke, Dad. Sehr umsichtig von dir.«

Vorsichtig blättere ich die oben liegende Zeitung auf. Gleich auf der ersten Seite blicke ich in Jamies Gesicht. Den dazu geschriebenen Artikel überfliege ich.

Star des Rugby-Union-Nationalteams tödlich verunglückt

Saint Andrews. Am vergangenen Samstag ereignete sich am Ortsrand von Saint Andrews ein tragischer Unfall, bei dem ein Auto über den Rand der Klippen stürzte. Fahrer des Wagens war Rugbystar Jamie Rae. Er starb bei dem Verkehrsunfall.

Um zwölf Uhr mittags ging bei der örtlichen Polizei der Anruf ein, dass ein Auto von der Fahrbahn abgekommen und über den Klippenrand in die Tiefe gestürzt war. Als die Polizei an der Unfallstelle eintraf, fand sie den Wagen des berühmten Nationalspielers stark verbeult auf einer Kiesbank. Der 27-Jährige konnte nur noch tot geborgen werden. Unfallhergang und Unfallursache sind bisher unklar.

Jamie Rae war die Nummer 12 im Rugby-Union-Nationalteam und ein Star im Rugbysport. Er war verheiratet und hinterlässt eine Ehefrau.

Er war verheiratet und hinterlässt eine Ehefrau. Als ich die Worte lese, läuft es mir eiskalt den Rücken hinunter.

Wie oft habe ich Sätze wie diesen schon gelesen? Habe einen Moment innegehalten, tiefes Mitleid mit einer fremden Frau empfunden, zu der ich kein Gesicht hatte, und bin dann zum nächsten Artikel gegangen, ohne jemals wieder an die unbekannte Witwe zu denken? Heute bin ich es. Ich bin die Witwe.

Mit zitternden Händen schlage ich die Zeitung zu.

Wie viele Menschen da draußen lesen wohl gerade in diesem Augenblick über Jamie und mich? Wie vielen Frauen jagt der Gedanke durch den Kopf: *Zum Glück nicht ich.* ?

Dad kommt mit zwei Schüsseln mit Cornflakes zu mir an den Tisch. Er stellt mir eine davon vor die Nase und setzt sich mir gegenüber.

»Ich weiß nicht, ob es in dieser hier stand«, sagt er und schiebt sich einen Löffel Cornflakes in den Mund. »Irgendwo habe ich beim Durchblättern im Supermarkt gelesen, dass die Polizei die Bevölkerung um Hinweise bittet.«

Er neigt den Kopf und sieht mich nachdenklich an.

»Oder habe ich es auf der Webseite der Kriminalpolizei gelesen?«

»Darüber solltest du wirklich nicht mit Kat reden«, mischt sich Mum ein.

Sie steht mit einem Sieb Blaubeeren an der Spüle und wirft Dad einen strengen Blick zu.

»Ich wurde darüber informiert, dass sie den Unfall untersuchen«, entgegne ich leise. »Leider werden sie mir Jamie dadurch nicht zurückbringen.«

Mum schüttelt ihre Hände über dem Waschbecken ab, kommt zu mir herüber und legt von hinten ihre Hände auf meine Schultern.

»Natürlich nicht, Liebes. Niemand kann das. Jamie war der Beste, und der wird er in unseren Herzen immer bleiben.«

Ich drehe mich zu ihr um.

»Du sagst das so. Aber es ist wirklich so. Jamie war der Beste.«

Kopfschüttelnd krault sie mit kleinen, kreisenden Bewegungen ihrer Hände meine Schultern.

»Nein, ich sage das nicht nur so. Ich weiß noch, wie du mir erzählt hast, dass ihr heiraten werdet. Weißt du, was ich zu deinem Dad gesagt habe? »Ich kann mir keinen besseren Ehemann für Kat vorstellen.« Genau das habe ich gesagt. Ich wusste, dass wir Jamie vertrauen können, seit wir deine Sachen in dieses Haus getragen haben.«

Ihr Kinn ruht auf meinem Haar und ich spüre ihren warmen, beruhigenden Atem. Dann löst sie sich von mir und kehrt an die Spüle zurück.

Ich atme tief ein und werfe einen Blick zur Uhr. Zehn Minuten vor acht.

Plötzlich fällt mir ein, dass das Wochenende vorbei ist.

»Ich habe vergessen in der Schule anzurufen«, sage ich und setze mich kerzengerade auf. »In zehn Minuten beginnt der Unterricht und niemand weiß, dass ich heute nicht komme.«

Mum dreht den Kopf.

»Doch, sie wissen es. Ich habe dort angerufen, als du im Bad warst. Die Sekretärin hat den Schulleiter ans Telefon gerufen. Nick Allan, oder so ähnlich? Ein sehr netter Mann. Er meinte, du sollst dir die ganze Woche frei nehmen und erst wieder kommen, wenn du dich danach fühlst. Ich soll dir sein Beileid ausrichten.«

Ich hebe überrascht die Augenbrauen.

»Jemand übernimmt die ganze Woche meine Klasse?«, frage ich, weil mir spontan niemand aus dem Kollegium einfällt, der eine ganze Woche lang die Vertretung für meine Klasse übernehmen könnte. »Wer?«

»Zerbreche dir darüber nicht den Kopf«, brummt Dad hinter einer Zeitung.

Mum nickt zustimmend.

Ich starre auf die inzwischen eingeweichten Cornflakes in meiner Schüssel. Die beiden haben natürlich recht. Ich habe gerade meinen Mann verloren und sollte ein paar Tage lang alles andere vergessen. Und trotzdem - ich weiß, wie sehr es Nick unter Druck setzt, so kurzfristig für mehrere Tage eine Vertretung zu organisieren. Nachdem bereits eine Lehrkraft längere Zeit wegen einer Hüft-

OP ausfällt und eine andere regelmäßig wegen Schwangerschaftskomplikationen krankgeschrieben ist, rotiert Nick mit dem Vertretungsplan.

Dad lässt die Zeitung sinken und sieht mich an.

»Hatte Jamie eine Lebensversicherung?«

Ich nicke, schwer kauend.

»Ja.«

»Wie hoch?«

»Ich bin wirklich nicht sicher, ob es gut ist, wenn Kat sich im Moment mit diesen Dingen beschäftigt«, mischt sich Mum ein.

Dad wirft ihr einen missbilligenden Blick zu.

»Kat muss sich mit diesen Dingen beschäftigen. Sie muss darüber Bescheid wissen.«

Er sieht mich wieder an.

»Wie hoch ist die Lebensversicherung, Kat?«

»800.000 Pfund«, antworte ich.

»Sehr gut.«

Er nickt.

»Weißt du, wann Jamie die Versicherung abgeschlossen hat?«

»Vor ungefähr eineinhalb Jahren. Kurz nach unserer Hochzeit.«

Auf Dads Stirn bildet sich eine nachdenkliche Falte.

»Wir müssen unbedingt nachlesen, ob es eine Selbstmordklausel gibt«, erklärt er in dem bedeutungsschweren

Ton des Anwalts, der er in seiner Heimatstadt in Devon ist.

Ich werfe ihm einen düsteren Blick zu.

»Jamie hat den Wagen nicht mit Absicht die Klippen hinuntergestürzt«, sage ich.

Genervt, dass ich mich bereits zum zweiten Mal gegen diesen Verdacht wehren muss.

Dad fährt sich mit der Hand übers Kinn und schüttelt langsam den Kopf.

»Selbst wenn wir das sicher wüssten, Kat ... Dass die Polizei nach Hinweisen in der Bevölkerung sucht, bedeutet, dass sie nicht ausschließt, dass Jamie entweder absichtlich über den Abhang gefahren ist, oder dass ihn jemand abgedrängt hat. Ich will damit nicht sagen, dass ich das glaube. Aber wir sollten vorbereitet sein.«

Ich blinzle. Auch wenn Dad es nicht direkt ausspricht, spüre ich, dass er unentschlossen ist. Deshalb tut er das, wozu er ausgebildet ist. Er betrachtet die Sachlage aus juristischen Gesichtspunkten. Solange niemand weiß, was geschehen ist, darf keine Möglichkeit ausgeschlossen werden.

»Das Geld ist mir egal«, gebe ich zurück.

Sofort werden Dads Züge weicher.

»Sollte es nicht. Du wirst das Geld brauchen, um dieses Haus in Stand zu halten. Und dabei solltest du nicht kurzfristig denken. Die eigentlichen Kosten kommen erst noch. In zehn, fünfzehn Jahren. Irgendwann wirst du die Heizung erneuern müssen. Dann kommen Malerkosten. Du willst das Haus nicht selbst streichen. Und so weiter.«

Ich höre, was er sagt, aber es interessiert mich nicht. Ich weiß, dass er nicht anders kann. Er möchte mir helfen, und sich um meine Angelegenheiten zu kümmern, ist der einzige Weg, den er kennt, das zu tun.

Er hat es immer schon getan - dafür gesorgt, dass in meinem Leben nichts schief läuft. Als ich noch zur Schule ging, überprüfte er geschriebene Tests auf Fehler. Nicht auf meine Fehler. Die haben ihn mitnichten interessiert. Nein - es ging ihm ausschließlich darum, diejenigen Fehler aufzudecken, die der korrigierenden Lehrkraft bei der Punktevergabe unterlaufen waren. Für ihn musste alles seine Richtigkeit haben. Dass es ihm nicht zuletzt in der achten Jahrgangsstufe tatsächlich gelang, mich von einem C auf ein B zu korrigieren, bestätigte ihn in seinem Misstrauen. Als ich vor einigen Jahren mit Jamie und Joanna zu einem zweiwöchigen Urlaub in Thailand aufbrach, klärte er mich übers Telefon über die dort gültige Gesetzeslage auf und erklärte mir, welche Handlungen wir dort unter allen Umständen vermeiden sollten.

Trotz der Gespräche, die ich mit meinen Eltern führe, kann ich noch immer nicht wirklich fassen, was passiert ist. Jamie war der Mensch, mit dem ich mein Leben verbringen wollte. Ich will nicht glauben, dass es das

Leben, das wir uns in so bunten Farben ausgemalt haben, nicht geben wird. Genauso wenig wie die Kinder, von denen wir geträumt haben.

Jamie wollte drei Kinder. Ich zwei.

»Auf jeden Fall einen Jungen und ein Mädchen«, sagte Jamie, als wir uns einmal halbernst über die Anzahl unserer Kinder unterhielten.

»Was machen wir, wenn es zwei Mädchen werden?«, gab ich augenzwinkernd zurück.

Jamie legte den Kopf schief und tat erst so, als müsste er erst darüber nachdenken. Dann spannte sich ein triumphierendes Grinsen über seine Wangen.

»Das wäre dann der Fall, in dem wir drei Kinder bekommen.«.

»Abgesehen davon, dass ich noch nicht ja zu drei Kindern gesagt habe«, antwortete ich ernst, »ist es nicht ganz ausgeschlossen, dass auch das dritte Kind ein Mädchen wird.«

Jamie starrte mich einen Moment irritiert an und ich rechnete schon damit, dass er mir im nächsten Augenblick erklären würde, dass wir in diesem Fall vier Kinder bekommen würden.

Aber das tat er nicht.

»In diesem Fall«, sagt er und schüttelte sein volles, helles Haar, »werde ich unseren drei Mädchen beibringen, wie man Rugby spielt.«

Er zog mich in seine Arme und hielt mich fest an sich gepresst.

Mit einem stummen Lächeln auf den Lippen flüsterte ich:

»Damit bin ich einverstanden.«

Ohne mit Jamie darüber zu reden, dachte ich manchmal darüber nach, wie unsere Kinder aussehen würden. Ob sie sein helles Haar erben würden, oder meine Wellen. Welche Namen wir ihnen geben würden. Ob sie sich wie ich für Brettspiele begeistern würden oder ob sie wie Jamie dem Sport verfallen würden. Wir entschieden damals, dass wir noch ein paar Jahre warten wollten. Ein paar Jahre. In unseren Ohren klang das wie eine kurze Zeitspanne. Bis dahin wollten wir entspannt das Haus ausbessern und uns auf Jamies Karriere konzentrieren. Der Gedanke, dass es nun nie dazu kommen wird, schnürt mir die Luft zum Atmen ab. Es wird nie einen kleinen Menschen geben, der so aussieht wie Jamie und ich.

Über meinem Kopf höre ich Mum in energischem Ton zu Dad sagen:

»Ich finde es wirklich unnötig, dass du Kat heute mit finanziellen Dingen belastest.«

»Schon gut«, sage ich. »Ich weiß, dass er es nur gut meint.«

An Dad gerichtet füge ich hinzu:

»Jamie hat einen Ordner, in dem er all unsere Unterlagen aufbewahrt. Die Versicherungspolice sollte darin abgeheftet sein. Ich werde ihn dir später geben und du kannst ihn durchsehen, wenn du möchtest.«

5

Drei Tage nach dem Unfall

»Und du bist sicher, dass ich nicht bleiben soll?«

Ein sorgenvoller Ausdruck liegt auf Mums Gesicht, als sie mich ansieht. Wir stehen vor meinem Haus und sehen zu, wie Dad den Wagen bepackt. Am Morgen hat sich die Kanzlei gemeldet, in der Dad seit über zwanzig Jahren als Anwalt tätig ist. Ein wichtiger Auftrag - die Scheidung eines Immobilien-Moguls, wenn ich es richtig verstanden habe - verläuft holpriger als erwartet und erfordert Dads Anwesenheit.

»Es ist lieb, dass du das anbietest«, antworte ich, während vor meinen Augen der Kofferraum geschlossen wird. »Aber es ist natürlich Unsinn, dass du ohne Auto hier zurückbleibst.«

Mum lässt die Schultern herabsinken.

»Ach Kat. Das Auto ist doch unwichtig. Wenn du mich hier brauchst, bleibe ich. Es gibt Flüge, die mich zurückbringen können.«

Wenn ich ehrlich wäre, würde ich zugeben, dass mich ihre frühe Abreise unerwartet trifft. Ich war nicht darauf vorbereitet, dass sie mich so schnell wieder verlassen würden.

Ich setze ein erzwungenes Lächeln auf und schüttle den Kopf.

»Oh nein, Mum. Wir wissen beide, dass Dad ohne dich völlig aufgeschmissen wäre. Er braucht jemanden, der dafür sorgt, dass er das Haus morgens in einem gebügelten Anzug verlässt. Außerdem würde er sich wahrscheinlich Tage lang nur von Chips ernähren. Das reinste Gift für seinen Cholesterinwert.«

Mums Lippen kräuseln sich.

»Damit könntest du recht haben.«

Sie seufzt.

»Trotzdem hasse ich die Vorstellung, dich ganz alleine hier zurückzulassen.«

Ich verschränke die Arme vor der Brust.

»Ich bin nicht allein, Mum. Ich habe Freunde.«

»Meinst du Joanna? Sie hat eine Wohnung in Edinburgh, nicht wahr?«

»Ja, sie wohnt in Edinburgh. Aber ich habe auch andere Freunde. Einer von ihnen wohnt in diesem Haus.«

Ich strecke meinen Arm aus und deute auf das Haus, in dem Leon wohnt, von dem aber nur das graue Dach zu sehen ist.

Mum kneift die Augen zusammen.

»Das Übernächste meinst du? Ist es das Haus mit dem großen Garten, den man von deinem Bürofenster aus sieht? Der mit dem roten Geräteschuppen und den zwei krumm gewachsenen Palmen?«

Ich nicke.

»Genau. Es ist ein zweistöckiges Haus. Im Erdgeschoss wohnt ein älterer Herr, der lange als Fischer gearbeitet hat. Leon wohnt im oberen Stock. Er war ein guter Freund von Jamie. Sie kannten sich schon, bevor ich eingezogen bin.«

Ich bemerke ihre gewölbten Brauen.

»Tatsächlich? Ich kann mich nicht erinnern, den Namen schon einmal von dir gehört zu haben.«

»Leon war mehr Jamies Freund als meiner«, antworte ich. »Was nicht bedeutet«, füge ich schnell hinzu, als ich ihren Gesichtsausdruck bemerke, »dass er nicht für mich da wäre, wenn ich ihn bräuchte. Leon hat sich selbstständig gemacht und arbeitet von zu Hause. Er ist also quasi ständig hier.«

Ein Freund, der nebenan wohnt und jederzeit erreichbar ist. Ich bin sicher, dass das beruhigend klingt.

Mum sieht mich lange schweigend an und seufzt.

»Wenn ich ehrlich bin, wäre es mir lieber, dich in Zukunft wieder in unserer Nähe zu haben. Dich alleine hier zu wissen, bricht mir das Herz. Vielleicht wäre jetzt der richtige Zeitpunkt, zurückzukommen ...«

Zurück. Sie meint Devon.

Ich habe geahnt, dass sie das Thema nun wieder ansprechen würde. Mum hat den Schock nicht überwunden, dass ich nach meinem Abschluss nicht nach England zurückgekehrt bin. Sie hat sich zwar gefreut, als ich ihr von Jamies und meinen Hochzeitsplänen erzählt habe, aber insgeheim hat sie die Hoffnung nicht aufgegeben, dass ich Jamie irgendwann dazu überreden würde, mit mir nach Devon zu ziehen.

Ich schüttle den Kopf.

»Ich kann nicht zurückkommen. Mein Leben ist hier. Meine Freunde. Meine Schüler. Joanna.«

Mum sieht mich traurig an. Dann streckt sie ihre Hand nach mir aus.

»Pass gut auf dich auf, Kat.«

*

Als der dunkelblaue Aston Martin, der zwei Tage lang in unserer Einfahrt geparkt hat, aus meinem Sichtfeld verschwindet, steht die Sonne weit über den Dächern des Küstenorts. Ich kehre ins Haus zurück, lasse mich von der

Stille einfangen. Ohne Mums und Dads Stimmen, ohne Jamie, fühlt es sich fremd an, durch die Räume zu wandeln. An der Spüle komme ich schließlich zur Ruhe. Ein Berg Geschirr, der vom Lunch stehen geblieben ist und keinen Platz mehr in der Maschine gefunden hat. Während meine Finger über die glatten Flächen des nassen Porzellans gleiten, denke ich an die Worte der Kriminalpolizisten.

Die einfachste Erklärung ist, dass er zu schnell gefahren ist und für einen Moment abgelenkt war.

War es so? Ein Moment, in dem er nicht bei der Sache war? Ich kenne die Stelle, an der sich die Straße eng an den Klippen schlängelt. Seit Max und Dana in das kleine Haus am Rand von Saint Andrews gezogen sind, haben wir oft diesen Weg genommen. Wenn ich die Augen schließe, sehe ich die zerklüfteten, schwarzen Steinklippen vor mir, die am Fahrbahnrand steil zu feinen Kiesbänken abfallen. Felsen, die sich über Tausende von Jahren durch Erosion in vertikale Wände verwandelt haben. Plötzlich erinnere ich mich an einen Vorfall, der sich vor einigen Jahren ein paar Orte weiter ereignet hat. Der Hund eines Anwohners starb, nachdem er während eines Spaziergangs die Klippen hinunter stürzte und ins Wasser fiel. 14 Meter tief. Das war die Zahl, die damals in der Presse genannt wurde. Die Vorstellung, dass auch Jamies Wagen mehrere Meter in die Tiefe stürzte, bevor er aufschlug, ist so brutal, dass sie mir die Luft abschnürt.

Und plötzlich verspüre ich das Bedürfnis, dort zu sein. Die Stelle zu sehen, an der Jamie die letzten Augenblicke seines Lebens verbrachte. Meine Hände spülen den letzten Teller ab. Als er auf dem Abtropfständer steht, hänge ich das Spültuch an den Haken.

*

Während ich mit dem kleinen, roten Mini, den Jamie mir zu Beginn meiner Karriere geschenkt hat, nach Saint Andrews hinüberfahre, höre ich zu, wie eine Sportjournalistin namens Megan Macdonald im Radio über Jamies Karriere spricht. Ihre Stimme ist mir vertraut, weil Jamie oft Berichte von ihr im Hintergrund mitlaufen ließ. Während ich Megan Macdonald zuhöre, wie sie über Jamies letztes großes Spiel mit dem Nationalteam berichtet, stelle ich mir vor, Jamie säße neben mir.

Der Moderator der Sendung schaltet sich ein.

»Vielen Dank, Ms Macdonald, für diese ausführliche Zusammenfassung von Jamie Raes Karriere. Ich denke, das hat uns allen nochmal ins Gedächtnis gerufen, was für ein außergewöhnlich talentierter Spieler dieser junge Mann war. Nun ist es so: Wir alle kannten Jamie Rae nur als den hervorragenden Rugbyspieler, der er war. Im Nationalteam spielte er tatsächlich aber erst seit drei Jahren. Was ist über die Zeit davor bekannt? Wissen wir etwas über seine Kindheit?«

»Tatsächlich nicht viel. Es ist bekannt, dass er bei seiner Mutter in Dundee aufgewachsen ist. Nach seinem Schulabschluss studierte er an der Universität von Saint Andrews Wirtschaftswissenschaften. Das ist auch der Ort, wo er gefördert und geformt wurde. Ich habe vor dieser Sendung noch einmal recherchiert. Jamie nahm dort seit seinem ersten Studienjahr an einem Trainingsprogramm teil, das besonders begabte Talente im Rugby fördert und das vor ihm schon viele international erfolgreiche Spieler hervorgebracht hat. Ich gehe davon aus, dass sein Fokus von Anfang an auf diesem Programm gelegen hat und er die Vorlesungen seines Studienfachs eher am Rande mitgenommen hat.«

»Sehr gut vorstellbar, dass es so war. Eingeschrieben an der Universität, um Rugby zu spielen. Nun ja, es gibt schlechtere Gründe. Nun noch die traurige Frage: Was ist über seine Familie bekannt?«

»Nun, wir wissen, dass er verheiratet war. Ansonsten ist recht wenig bekannt. Seine Mutter ist wohl vor wenigen Jahren gestorben. Ich habe versucht, herauszufinden, woran, konnte aber nur einen einzigen Bericht finden, in dem von einer Gehirnblutung die Rede ist. Man kann eigentlich nur die Vermutung äußern, dass Jamie sich nie selbst zum Tod seiner Mutter geäußert hat.«

»Das klingt nach einer tragischen Familiengeschichte. In so frühen Jahren ein Elternteil zu verlieren ist ein harter Schicksalsschlag für einen jungen Menschen.«

»Absolut.«

»Was wissen wir über seinen Vater, Ms Macdonald?«

»Überhaupt nichts. Ich kann mich erinnern, dass Jamie ganz zu Beginn seiner Karriere einmal vor laufender Kamera direkt auf seinen Vater angesprochen wurde. »Sie können mich alles fragen, was mich betrifft, aber meine Familie steht nicht auf dem Spielfeld. Stellen Sie bitte keine Fragen, ich werde sie nicht beantworten.« Eine unmissverständliche Antwort. Irgendwo habe ich gelesen, dass sein Vater die Familie bereits vor Jamies Geburt verlassen hat. In einem anderen Bericht stand, dass Jamie seinen Vater nie kennengelernt hat. Aber um ehrlich zu sein, das sind für mich Vermutungen. Wir wissen, dass er bei seiner Mutter aufgewachsen ist. Die Hintergründe sind spekulativ.«

»Dann sollten wir an dieser Stelle Jamies Wunsch respektieren. Aber vielleicht reden wir noch einmal über seine Zeit im Universitätsteam. Sie sagten vorhin bereits, dass es von Anfang an sein Ziel war, diesen Sport professionell zu betreiben. Und er war ein hartnäckiger Spieler, muss man sagen. Im Rugby-Union-Nationalteam war er die Nummer 12, also der erste Innendreiviertel. Damit war er in erster Linie für den Raumgewinn des Teams zuständig. War das auch die Position, die er während seines Studiums spielte?«

Den Ausführungen über Jamies Zeit im Universitätsteam folge ich nur noch mit halbem Ohr. Ich habe die Küste vor Saint Andrews erreicht und richte meine Aufmerksamkeit nun ganz auf die Umgebung. Anders als an den sandigen Stränden im Stadtgebiet, an denen die Wellen sanft über den Sand rollen, trifft das Wasser hier draußen auf felsige Klippenlandschaft. Die ersten Häuser der Stadt rücken in mein Sichtfeld und ich schalte das Radio aus. Ich ertrage es nicht, hier zu sein - so nah an dem Ort, an dem Jamie starb - und gleichzeitig seinen Namen zu hören.

Ich finde eine Parkbucht und stelle mein Auto ab. Von dort überquere ich die Fahrbahn. Ich sehe mich um und blicke aufs offene Meer hinaus. Auf meiner Zunge breitet sich der salzige Geschmack des Wassers aus, den der Wind von der Brandung zu mir hinaufträgt. Ich wende mich in Richtung Stadt und betrachte die Straße, die sich an dieser Stelle einige Meter über dem Meer windet. Während meine Augen noch dem Straßenverlauf folgen, weiß ich bereits, wo Jamie die Kontrolle verloren hat. Es gibt nur eine einzige Stelle, an der sich die Straße eng genug am Rand der Klippen schlängelt. Eine leichte Linkskurve, an deren rechten Fahrbahnrand in etwa fünf oder sechs Metern Entfernung der Untergrund steil abfällt. Keine wirklich gefährliche Stelle. Also keine, die man meiner Meinung nach hätte sichern müssen. Wie konnte es passieren, dass Jamie dort hinuntergestürzt ist? Meiner Meinung nach könnte kein Fahrer, der sich an die angegebene Geschwindigkeit hält, derart weit vom Fahrbahnrand ausscheren, dass er an den Rand der Klippen kratzt. Außer vielleicht ein Alkoholisierter. Oder einer, der hinunterstürzen wollte.

Ich schaffe es nicht, dorthin zu gehen, sondern bleibe, wo ich bin. Unter meinen Füßen wächst grünes Gras, das sich wie ein sanfter, weicher Teppich über den zerklüfteten Küstenstreifen zieht. Nur dort, wo der Boden steil zum Meer hin abfällt, säumt eine geröllartige Erdschicht den Untergrund.

Ich betrachte die ersten Wohngebiete, die sich nicht weit entfernt fächerartig ins Landesinnere erstrecken. Kleine, zweistöckige Häuser, deren liebevoll gestaltete Vorgärten die ruhigen Straßen der küstennahen Wohngegend schmücken. In einem dieser Häuser wohnen Max und Dana. Nicht zum ersten Mal frage ich mich, ob Jamie am Samstag bei Max gewesen ist.

Ich warte seit drei Tagen darauf, dass Max mich anruft. Ohne mit ihm gesprochen zu haben, weiß ich, dass Jamies Unfall ihm den Boden unter den Füßen weggezogen hat. Max und ich - wir sind die Menschen, die Jamie am nächsten gestanden haben. In all den Jahren, die ich an Jamies

Seite verbracht habe, verging keine Woche, in der Max nicht mindestens einen Abend in unserem Haus verbracht hat. Die Beine auf dem Sofatisch, in der Hand eine Dose Bier. So saß er meistens in unserem Wohnzimmer.

Ich war zwanzig, als ich Max zum ersten Mal traf, und wenige Tage zuvor in Jamies Haus eingezogen. Unsere erste Begegnung war eine von der Art, die sich nur unter Studenten abspielt. Es war Samstagmorgen. Mein Erster im Haus. Ich war erschöpft von meiner ersten Woche als Studentin und blieb noch eine Weile im Bett liegen, als ich bereits wach war. Aus der Küche drangen Stimmen zu mir herauf, während ich mich in die dicke Daunendecke kuschelte und darüber nachdachte, was ich an meinem ersten Wochenende in Schottland unternehmen würde. Ich stellte mir vor, wie ich zum Hafen hinuntergehen und am Wasser entlangspazieren würde. Außerdem wollte ich ein Fahrradgeschäft aufsuchen, um mich nach einem gebrauchten Rad umzusehen. Durch die Straßen laufen und den fremd klingenden Akzent der Menschen inhalieren. Als ich mich aus dem Bett rollte, zog ich mich nicht sofort an, sondern lief barfuß die Treppe hinunter. Ich erinnere mich noch daran, wie ich überrascht in der offenen Küchentür stehen blieb. Ich hatte damit gerechnet, Jamie und Joanna anzutreffen, aber es saßen drei Personen am Tisch. Jeder von ihnen hatte eine Tasse Kaffee vor sich.

Max bemerkte mich als Erster. Er hob die Hand und warf mir ein »Hi« zu, bevor er sich wieder Jamie zuwendete.

»Hi«, erwiderte ich schüchtern und hob ebenfalls die Hand. Aber sie waren bereits wieder in ihr Gespräch vertieft.

Unsicher stand ich im Türrahmen und sah an mir hinunter. An der weiten Pyjamahose, unter der meine nackten Füße hervorlugten. Augenblicklich bereute ich, mich nicht zuvor angezogen zu haben.

Die drei beachteten mich nicht, während ich Tee aufkochte und eine Schüssel mit Müsliflocken füllte. Erst als ich mich zu ihnen setzte, schenkte mir Jamie seine Aufmerksamkeit.

»Kat, das ist Max. Max, Kat«, stellte er uns vor.

Max und ich nickten uns zu. Und dann redeten sie wieder und nippten an ihren Kaffeetassen.

Ich fand bald selbst heraus, dass Max Jamies bester Freund war. Er war ständig bei uns. Am Wochenende, wenn ich morgens in die Küche kam. Abends, wenn Jamie und Max vor dem Fernseher hingen. Freitagnachts, wenn es zu spät geworden war und Max die letzte Busverbindung nach Saint Andrews verpasst hatte. Max war der Freund, der immer da war, wo Jamie war.

Ich habe damit gerechnet, dass Max mich anrufen würde. Immerhin war ich Jamies Ehefrau. Ich bin die Witwe.

Aber während ich hier stehe und in die Richtung von Max' und Danas Zuhause blicke, greift meine Hand wie selbstgesteuert in meine Jackentasche und zieht mein Mobiltelefon daraus hervor. Ich wähle Max' Nummer und halte das Telefon ans Ohr. Mein Blick ruht auf den grauen und roten Dächern der Häuser.

Es läutet fünf Mal. Ich überlege schon, aufzulegen, und mich zu Fuß auf den Weg zu Max' Haus zu machen. Dann höre ich seine Stimme.

»Hi Kat.«

Dumpf.

»Hi Max«, sage ich.

»Tut mir leid, ich wollte dich längst anrufen ... Mein Beileid.«

»Danke«, antworte ich spröde. »Wann hast du es erfahren?«

»Samstagabend.«

Drei Tage, denke ich, und beiße mir auf die Lippe. Drei Tage lang hat er es nicht geschafft, sich bei mir zu melden.

Ich warte auf eine Erklärung, aber es kommt keine. Stattdessen will er wissen, wie es mir geht.

»Wie geht's dir?«, frage ich zurück.

Max schweigt.

»Max«, sage ich dann, »ich habe eine Frage. Jamie hätte am Samstag eigentlich in Edinburgh sein sollen. Er hatte einen Schrank bestellt, den er dort abholen wollte. Ich habe ihm noch nachgewunken, als er losgefahren ist. Ich bin mir so sicher, dass er vorhatte, nach Edinburgh zu fahren.«

Ich stocke.

»Und dann«, fahre ich leiser fort, »ist er stattdessen nach Saint Andrews gefahren. Ich zermartere mir den Kopf, aber ich finde keine Erklärung dafür. Weißt du etwas darüber? War er bei euch?«

Innerlich bete ich um eine Antwort, die mir beweist, dass Jamie mich nicht absichtlich angelogen hat.

»Nein. Hier war er nicht.«

Ein Frösteln geht durch meinen Körper und ich umklammere das Telefon mit beiden Händen.

»Hast du eine Idee, was er am Samstag in Saint Andrews gemacht haben könnte?«, frage ich.

»Nein. Sorry, Kat. Keine Ahnung.«

Ich stehe regungslos im Gras und starre in Richtung Stadt.

»O.k.«, flüstere ich.

»Ich wünschte, ich könnte dir helfen«, höre ich entfernt Max' Stimme. »Aber ehrlich gesagt bin ich selbst echt fertig.«

»Ich weiß.«

»Dana steht neben mir. Sie würde gern ein paar Worte mit dir reden. Darf ich sie dir geben?«

Ich löse meinen Blick von den Umrissen der Stadt,

wende mich ab und verliere mich irgendwo zwischen Himmel und Wasser.

»Können wir das ein andermal machen?«

Ich weiß, dass die feinfühlende, gutherzige Dana mich mit ihrer Anteilnahme überschütten wird. Etwas, wofür ich ihr dankbar bin. Doch gerade mangelt es mir an Konzentration. Meine Gedanken sind zu aufgekratzt. Ich habe so sehr gehofft, dass Max eine Antwort für mich hat. Ich habe darauf gebaut, dass er mir sagen würde, dass Jamie auf dem Weg nach Edinburgh war, als Max ihn anrief und bat, vorbeizukommen. Ich habe mir ausgemalt, dass er und Dana ihn für irgendeinen handwerklichen Job im Haus benötigt hatten.

»Sicher«, antwortet Max. »Sie richtet dir ihr Beileid aus. Du sollst dich melden, wenn du sie brauchst. Sie ist für dich da.«

»Danke«, sage ich.

Dann lasse ich mich doch noch zu einer letzten Frage hinreißen.

»Max, wo wart ihr beide am Samstagnachmittag? Wart ihr zu Hause?«

Max' und Danas Haus befindet sich keine tausend Meter Luftlinie von den Klippen entfernt. Ich gehe davon aus, dass Polizei und Rettungswagen mit Blaulicht an der Unfallstelle vorgefahren sind. Wenn Max und Dana zu Hause waren, müssten sie mitbekommen haben, dass vor der Stadt etwas passiert ist.

»Nein. Dana hat ihre Eltern besucht und ich war im Fitnessstudio.«

»Ah.«

Aus dem Augenwinkel sehe ich, wie ein vorbeifahrendes Auto langsamer wird und in der Kurve anhält. Am geöffneten Wagenfenster erscheinen zwei Männerköpfe.

Schaulustige.

Langsam gehe ich zurück zu meinem Wagen.

»Danke, Max«, sage ich ins Telefon.

Dann lege ich auf.

*

Spät am Abend stehe ich im Pyjama am offenen Fenster meines Schlafzimmers, weil ich nicht einschlafen kann. Das Gespräch mit Max lässt mir keine Ruhe.

Er wollte nicht mit mir sprechen. Das konnte ich spüren. Was dazu passt, dass er sich nach dem Unfall nicht bei mir gemeldet hat.

Ich weiß, dass wir alle unter Schock stehen, und dass es der falsche Moment ist, um mich über sein Verhalten zu ärgern. Mir fehlt auch schlicht die Kraft, mich über Max aufzuregen. Trotzdem beschäftigt es mich auf eine Weise, die es mir unmöglich macht, einfach darüber hinwegzugehen.

Uns verbindet eine so lange, starke Freundschaft. Sollten wir nicht gerade jetzt eng zusammenstehen? Unseren Schmerz bündeln und füreinander da sein?

Immerhin war Jamie Max' bester Freund. Der, den Max angerufen hat, wenn er wieder einmal mitten in der Nacht betrunken in einer Gegend gestrandet ist, in der keine Busse fuhren. Jedes Mal ist Jamie mit dem Wagen über die Felder gefahren, hat ihn eingesammelt und nach Saint Andrews gebracht, und ist dann zu mir zurückgekehrt. Das waren keine kurzen Trips.

»Er weiß vorher genau, dass er nicht mehr zurückkommt«, beschwerte sich Jamie bei mir, »und er tut es trotzdem. Er schließt sich irgendwelchen Leuten an, die in Studentenunterkünften weit außerhalb der Stadt wohnen, verbringt den Abend mit ihnen und verlässt sich drauf, dass er im Zweifelsfall von mir nach Hause gefahren wird. Ich sollte es nicht mehr tun. Wenn er wüsste, dass er nicht mehr zurückkommt, würde er damit aufhören. Das Blöde ist, dass ich die ganze Nacht wach liegen würde, weil ich ja fürchten müsste, dass er seinen Rausch in irgendeinem Straßengraben ausnüchtert. Er schießt sich auf diesen Privatpartys immer so dermaßen ab.«

Jamie hat ihn nicht hängen lassen. Nicht ein einziges Mal. Wenn Max zu später Stunde betrunken anrief, schnappte er sich seinen Autoschlüssel und fuhr los.

Die Freundschaft zwischen Jamie und Max hatte etwas

von einer alten, tief verwurzelten Eiche. Lange gewachsen, gefestigt, unempfindlich. Die Wurzeln von beachtlicher Länge und kräftig, so dass auch der stärkste Sturm ihr nichts anhaben konnte.

Sie haben sich nie gestritten, denke ich, und sehe in die Dunkelheit hinaus.

Außer dem einen Mal. Aber das war zu einer Zeit, als ich sie beide noch nicht kannte.

Es war vor ungefähr sechs Jahren. Kurz, bevor ich von England nach Schottland zog. Ich lebte damals noch in Devon und wartete vermutlich gerade ungeduldig auf die Ergebnisse der Studienplatzvergabe. Auch Joanna kannte ich noch nicht. Aber da sie ein Jahr vor mir ihren Schulabschluss gemacht hatte, studierte sie damals bereits und wohnte mit Jamie und Max zusammen im Haus. Sie war diejenige, die dabei war und die mir später von dem Streit erzählte.

Es war ein Freitagnachmittag in Crail und Joanna lief von der Bushaltestelle nach Hause. Sie hatte den Vormittag auf den hölzernen Sitzen eines Hörsaals verbracht und freute sich auf ein freies Wochenende. Als sie die Einfahrt des Hauses erreichte, in dem sie seit einigen Monaten lebte, blieb sie erstaunt stehen, weil aus einem der oberen Zimmer laute Stimmen zu ihr herunterdrangen. Sie hob den Kopf zu den halb geöffneten Fenstern des oberen Stockwerks und legte die Stirn in Falten. Noch nie hatte sie Jamie und Max streiten gehört. Die beiden waren zu entspannt, um Differenzen aufzubauschen. Und trotzdem waren es ihre aufgebrachten Stimmen, die die friedliche Freitagnachmittagatmosphäre störten.

Im gerade einsetzenden Nieselregen setzte sich Joanna auf eine gepflasterte Stelle unter dem Vordach, zog ein Buch aus ihrem Rucksack und las, während sie darauf wartete, dass die Auseinandersetzung im oberen Stock endete. Erst als minutenlang kein Laut mehr zu hören war, klappte sie ihr Buch zu und betrat das Haus. Sie durchquerte den Flur und begab sich in die Küche, um sich eine Tasse Kaffee zu kochen. Zur gleichen Zeit fiel im ersten Stock eine Zimmertür zu. Schritte polterten über die Treppenstufen. Sekunden später trat Jamie in den Raum. Ein Rucksack baumelte in seiner Hand und wurde achtlos auf den Küchentisch geworfen.

Während Joanna ihn besorgt musterte, ging Jamie zum Kühlschrank.

»Ich werde übers Wochenende weg sein«, informierte er sie und zog ein paar Joghurtbecher, einen Korb Trauben und eine Flasche Saft aus dem Kühlschrank.

Er fragte nicht, ob sie den Streit mitgehört hatte, und sie hütete sich, ihn darauf anzusprechen.

»Wohin fährst du?«, fragte sie stattdessen und verfolgte neugierig, wie die Lebensmittel nacheinander im Inneren des Rucksacks verschwanden.

»Ist noch nicht entschieden. In die Highlands vielleicht.«

»Ah. Ein spontaner Ausflug also. Gibt es einen Anlass dafür?«

Jamie hielt in seinen Bewegungen inne.

»Brauche ich einen?«

Joannas Lippen öffneten sich. Ihr lag ein Kommentar auf der Zunge, aber als sie Jamies grimmigen Blick auffing, zog sie es vor, zu schweigen. Wortlos wendete sie sich von ihm ab und trug die Kaffeekanne zum Spülbecken, um Wasser hineinzufüllen. Als sie mit der vollen Kanne zur Kaffeemaschine zurückkehrte, hatte Jamie den Raum verlassen. Sie hörte am anderen Ende des Hauses die Haustür ins Schloss fallen. Kurz darauf röhrte der Motor von Jamies Wagen. Joanna stand einen Moment lang unbewegt im Raum. Dann schüttelte sie verwundert den Kopf und widmete sich wieder der Kaffeemaschine.

Der Kaffee war noch nicht ganz durch die Maschine gelaufen, als Max in die Küche kam. Auch er hatte einen Rucksack dabei. Stumm wurde eine Flasche Wasser darin verstaut.

Joanna lehnte sich mit dem Rücken an die Küchenzeile und räusperte sich.

»Wo geht's hin?«, fragte sie, die Lippen keck gespitzt.

»Zu meinen Eltern.«

Joanna hob eine Braue.

»Du fährst nach Dundee? Hast du überhaupt nicht erzählt.«

Vor ihren Augen wanderte der Rucksack auf Max' Rücken. Kurz richtete er dann seinen Blick auf sie.

»Ist nur Dundee, nicht London. Keine große Sache.«

Er ging zur Tür.

»Na dann. Schönes Wochenende.«

Sekunden später schloss sich die Tür hinter ihm und Joanna presste verärgert die Lippen aufeinander. Sie nahm eine Tasse aus dem Schrank und goss den frisch gebrühten Kaffee hinein. Ihre Hände ums warme Porzellan geschlossen, ging sie ins Wohnzimmer hinüber und stellte sich hinter die Fensterscheibe, um gerade noch zu sehen, wie Max ums Eck der Einfahrt stapfte. Sie wusste, dass er den Weg zur Bushaltestelle einschlagen würde. Er würde in den nächsten Bus einsteigen und nach Saint Andrews fahren, um dort am Busbahnhof in einen anderen Bus umzusteigen, der ihn nach Dundee bringen würde.

Er flieht, dachte sie, während ihre Lippen den Rand der Tasse berührten und das herbe Aroma des Kaffees in ihren Mund floss.

Ja, verdammt. Er flieht aus unserem Haus.

Joanna verbrachte das Wochenende alleine. Sie hätte sich darüber freuen können, das Haus einmal ganz für sich zu haben. Als Studentin genoss sie so gut wie nie den Luxus des Alleinseins. Aber das Gefühl, dass etwas nicht stimmte, lag wie ein Schatten über den Tagen.

Die Jungs kehrten am Sonntagabend nach Hause zurück. Jamie von einer ausgedehnten Wanderung in den Highlands, Max von einem Wochenende mit seiner Familie. Joanna hätte neugierig sein und beiläufig fragen können, ob etwas zwischen ihnen vorgefallen war. Aber sie hielt es wohl für klüger, sich aus allem herauszuhalten. Und da ich selbst nicht dabei war, ist meine Erinnerung an die Ereignisse dieses Wochenendes nicht mehr als ein Konstrukt aus Joannas Erzählungen und den Früchten meiner Phantasie. Das, was Joanna mir nicht erzählte, reimte ich mir selbst zusammen. Die Details.

Ich weiß, dass Max wenige Wochen später in ein frei gewordenes Zimmer im Studentenwohnheim umzog. In Saint Andrews, nicht in Crail. In Crail gibt es keine Studentenwohnheime. Das Zimmer, das Max von Jamie gemietet hatte, blieb eine Weile lang unbewohnt. Bis Jamie es auf einer Webseite anbot, auf der ich - zu diesem Zeitpunkt frisch eingeschriebene Studentin der Universität - nach einer Unterkunft suchte. Ich zog in Max' Zimmer, ohne zu ahnen, dass er vor mir darin gewohnt hatte. Erst als Joanna mir davon erzählte - Monate, nachdem ich Max kennengelernt hatte -, begann ich, Max' Anwesenheit in dem Zimmer zu spüren. Plötzlich roch ich die Rückstände seines Aftershaves im obersten Schrankfach. Ich bildete mir ein, den Geruch seines Haarwachses auf dem

Stoff der Matratze zu entdecken. Und mir fiel auf, dass sich im Holz der Schreibtischplatte Abdrücke von Max' krakeliger Handschrift befanden.

Obwohl ich von Joanna wusste, dass Max eine Weile lang im Haus gewohnt hatte, hielt mich immer etwas davon ab, Jamie darauf anzusprechen. Es war vielleicht eine innere Ahnung, dass er das, was zischen ihm und Max vorgefallen war, nicht wieder aufwärmen wollte. Sie hatten sich wieder eingekriegt und Max' Auszug hatte ihre Freundschaft nicht zerstört. Es erschien mir nicht wichtig, nachzubohren.

Ich bin noch in Gedanken versunken, als eine kalte Böe von der Küste zu mir heraufbläst und meine langen, offenen Haare wölbt. Ich atme tief ein und aus und lasse die salzige Luft tief in meine Lunge strömen.

Warum haben wir nie darüber geredet, Jamie? Gab es einen Grund dafür, dass du es nicht erwähnt hast?

Fragen, so leise geflüstert, dass der Wind sie ungehört davon trägt.

Frierend trete ich zurück und schließe die Fensterflügel. Meine Gedanken kehren zu Max zurück.

Woran denkt er gerade?

6

Vier Tage nach dem Unfall

Den Brief, nach dem Sergeant Walker gefragt hat, gibt es nicht. Das weiß ich sicher, nachdem ich am Mittwoch das gesamte Haus danach durchforstet habe. Ich habe es nicht für die Polizisten getan, sondern weil ich die Gewissheit brauchte, dass mich meine tiefe Überzeugung nicht in die Irre führt. Jedes einzelne Zimmer des Hauses wurde von mir abgesucht. Ich sah in allen Schubladen und Schränken nach, durchwühlte Jamies Sporttasche und kroch unter unser Bett. Hätte Jamie mir irgendetwas hinterlassen, das mit dem Unfall in Verbindung steht, hätte ich es gefunden.

Ich könnte es dabei belassen. Aber das tue ich nicht. Als ich alles durchsucht habe, gehe ich ins Büro. Dort setze ich mich an Jamies Schreibtisch und öffne seinen

Laptop. Auf dem Bildschirm erscheint das Eingabefeld für das Passwort des Computers. Ich suche Jamies handgeschriebene Passwortliste heraus und tippe eine der notierten Buchstabenkombinationen ab.

Es fühlt sich nicht ganz richtig an, mir ohne seine Erlaubnis Zugang zu seinem Rechner zu verschaffen. Aber ich beruhige mich damit, dass er an meiner Stelle das Gleiche tun würde. Wäre er derjenige von uns, der übrig bleibt, würde er alles daran setzen, Antworten zu bekommen.

Ich warte, während sich der Bildschirm aufbaut. Kurz darauf benutze ich noch einmal die Passwortliste, um mich in Jamies E-Mail-Account einzuloggen. Und dann bin ich drin. In Jamies Postfach. Ein Haufen ungelesener E-Mails, die seit Samstag angekommen und nicht geöffnet worden sind, starrt mir entgegen. Ich überfliege sie und gehe dann zu dem Tag zurück, an dem Jamie mich darüber informierte, dass der Schrank zur Abholung bereitstand. Ich muss wissen, ob er mir die Wahrheit gesagt hat. Nach dem, was geschehen ist, haben mich Zweifel befallen, ob Jamie diesen Kleiderschrank wirklich bestellt hat.

Doch da ist sie. Lächerlich unschuldig erscheint vor meinen Augen die E-Mail des Möbelhauses. Ich bewege den Mauszeiger und klicke darauf. Sekunden später erhalte ich alle Informationen zum Kauf. Die schwedisch klingende Bezeichnung des Möbelstücks. Die gewählte Bezahlmethode. Den Tag der Bestellung. Das Abholdatum. Den Ort, an dem die Pakete lagern.

Ich lege mich in die bewegliche Rückenlehne von Jamies Bürostuhl und schließe die Augen.

Er hat mich nicht angelogen. Er ist losgefahren, um diesen Schrank zu holen.

Ich atme tief ein und aus. Dann öffne ich die Augen wieder und betrachte lange die geöffnete E-Mail.

Filialstandort: Edinburgh

Alles ist genauso, wie Jamie gesagt hat.

*

Ich entscheide, Sergeant Walker darüber zu informieren. Er soll wissen, dass Jamie mich nicht angelogen hat.

»Ich habe das ganze Haus durchsucht«, sage ich, als ich ihn am Telefon habe. »Jetzt kann ich Ihnen mit Sicherheit sagen, dass Jamie nicht absichtlich über den Klippenrand gefahren ist. Hätte er so etwas vorgehabt, hätte er mir eine Nachricht hinterlassen.«

»Danke für Ihren Anruf, Mrs Rae. Ich notiere es«, antwortet der Mann, der erst vor wenigen Tagen in meiner Küche gesessen hat.

»Noch etwas«, sage ich. »Ich weiß, dass Sie glauben, dass er mir möglicherweise etwas verheimlicht hat. Eine

Affäre, die erklären würde, warum er nicht dort war, wo ich ihn vermutet habe.«

Die Worte kommen zu schnell aus meinem Mund und ich muss nach Luft schnappen.

»Mrs Rae, das hat niemand ...«

»Er hatte keine Affäre. Ich habe Ihnen doch erzählt, dass er nach Edinburgh fahren wollte, um dort einen Schrank abzuholen.«

»Ja. Das sagten Sie.«

»Ich habe in seinen E-Mails nachgesehen. Er hat mich nicht angelogen. Der Schrank, den er abholen wollte, war bestellt und liegt seit Samstag in Edinburgh zur Abholung bereit.«

Sergeant Walker räuspert sich.

»Vielen Dank für die Information, Mrs Rae. Auch das werde ich notieren und im Team besprechen. Wäre es möglich, dass Sie mir die E-Mail mit der Bestellbestätigung weiterleiten? Ich habe die Dinge immer gerne schwarz auf weiß vor mir.«

»Natürlich«, antworte ich und lasse mir eine E-Mail-Adresse diktieren.

»Wir haben inzwischen die Ergebnisse der Obduktion«, sagt Sergeant Walker dann. »Sie bestätigen den Aufprall als Todesursache.«

»Oh.«

»Das heißt, dass wir ausschließen können, dass Drogen

oder ein medizinischer Notfall Schuld an dem Absturz waren.«

Er gibt mir einige Sekunden, um die Informationen zu verarbeiten.

Dann fügt er hinzu:

»Leider wissen wir immer noch nicht, wie der Unfall passiert ist. Wir sind noch auf der Suche nach Zeugen.«

Ich balle meine freie Hand zur Faust.

»Wäre es nicht auch wichtig, herauszufinden, weshalb er überhaupt in Saint Andrews war? Nachdem wir nun wissen, dass er mich nicht angelogen hat ...«

»Mrs Rae«, unterbricht mich Sergeant Walker. »Mir ist bewusst, dass diese Frage für Sie persönlich wichtig ist. Aus kriminalpolizeilicher Sicht ist sie es im Moment leider noch nicht. Wir konzentrieren uns darauf, den Unfallhergang aufzuklären. Aus welchem Grund Ihr Mann auf dieser Straße gefahren ist, ist für uns irrelevant, solange wir keinen Anhaltspunkt dafür haben, dass ein Fremdverschulden vorliegt. Und erlauben Sie mir eine Bemerkung: Dass Sie diese E-Mail gefunden haben, bedeutet nicht zwingendermaßen, dass das, was er zu Ihnen gesagt hat, die volle Wahrheit war. Wäre es so, wäre er an diesem Tag direkt nach Edinburgh gefahren und hätte keinen Umweg in die entgegengesetzte Richtung gemacht.«

In meinem Bauch ballt sich stumme Wut zusammen. Obwohl ich weiß, dass Sergeant Walker recht hat, gefällt mir nicht, was er sagt.

»Das ist alles sehr hart für Sie. Hören Sie auf, sich den Kopf darüber zu zerbrechen, weshalb er an diesem Vormittag über Saint Andrews gefahren ist. Wir alle sagen nicht immer die ganze Wahrheit.«

Ich höre ihm nicht mehr zu. Das Telefon ein paar Zentimeter von meinem Ohr entfernt haltend, trete ich ans Fenster. Ich lehne mich mit dem Rücken an die Scheibe und warte darauf, dass Sergeant Walker unser Gespräch beendet. Dann schleudere ich das Telefon aufs Sofa.

»Verdammt. Warum bist du nicht einfach nach Edinburgh gefahren, Jamie?«

Meine Stimme grell und laut.

Niemand hört mich. Niemand antwortet.

Im stummen Echo schlägt mir nur das Schweigen des leeren Hauses entgegen.

»Du hättest überhaupt nicht fahren sollen«, sage ich mit erstickter Stimme.

Tränen rollen über meine Wangen.

»Wir haben diesen Schrank nicht gebraucht. Joanna fand es völlig in Ordnung, ihre Kleider in einem Karton aufzubewahren. Sie verbringt sowieso nicht mehr viel Zeit hier.«

Ich weiß nicht, wie oft ich in den vergangenen Tagen schon gedacht habe, dass Jamie noch hier wäre, wenn er an diesem Morgen nicht ins Auto gestiegen wäre. Ein unerträglicher Gedanke.

Mein Blick fällt auf die Fernbedienung, die wenige Schritte entfernt auf dem Fußboden liegt. Sie ist vom Sofatisch gerutscht. Ich gehe hin, bücke mich und schleudere sie unbeherrscht durch den Raum. Auf der anderen Seite trifft sie den Türrahmen, springt sie in zwei Teile und geht scheppernd zu Boden. Mein Herz klopft wild, als ich aus meiner Jeanstasche den Autoschlüssel herausbefördere und mit Wucht hinterherwerfe. Mit dem Gefühl, von meinen Emotionen erdrückt zu werden, fülle ich meine Lungenflügel mit Luft und schreie, so laut ich kann.

Mein Zorn hallt in den Mauern des Hauses. Ich schlage die Hände vors Gesicht und sinke auf den Teppich. Ich wollte meine Wut hinausschreien, doch bald verlässt mich die Kraft und ich schnappe wie eine Ertrinkende nach Luft. Irgendwann verstummt meine Stimme heiser. Ich sitze auf dem Boden, die Knie zur Brust gezogen, und mein ganzer Körper zittert.

»Joanna hätte sich selbst um den verdammten Schrank kümmern sollen«, murmle ich. »Sie hat das Zimmer jahrelang für sich beansprucht. Es wäre ihre Aufgabe gewesen, sich um die Einrichtung zu kümmern.«

Insgeheim weiß ich, dass Joanna keine Schuld trifft. Aber es tut gut, meine Wut für einen Augenblick auf sie zu richten. Ich fand schon immer, dass Joanna zu sehr auf ihre Karriere konzentriert war. Alles andere war Nebensache. Und genau das war der Grund, weshalb es ihr egal war, dass sie ihre Kleider in einem Karton stapeln musste, wenn sie uns besuchte. Aber sie wusste auch, dass es Jamie nicht egal war. Dass er nicht jahrelang ignorieren würde, dass in unserem Gästezimmer ein provisorischer Karton als Kleiderschrank dient. Ja. Es war falsch, dass sie zugelassen hatte, dass er sich darum kümmerte. Wäre es ein ganz normales Gästezimmer ... Eines, in dem auch andere Gäste übernachteten ... Dann wäre es anders. Aber so war es nicht. Es war Joannas Zimmer, als sie noch hier wohnte. Und als sie die kleine Wohnung in Edinburgh mietete, blieb es ihr Zimmer. Wir ließen nie andere Gäste darin schlafen, weil wir wussten, dass es ihr nicht gefallen würde. Das Zimmer beherbergt noch immer Dinge, die ihr gehören. Auf dem Schreibtisch stehen Bücher, die sie während ihres Studiums gelesen hat.

»Meine neue Wohnung ist so klein«, sagte sie, als sie auszog. »Ist es in Ordnung, wenn ich ein paar meiner Sachen hierlasse?«

Im Regal über ihrem Bett lagern Vorlesungsskripte. Und ein Paar Laufschuhe, die sie benutzt, wenn sie sonntagmorgens eine Runde um den Hafen dreht.

Es machte uns nichts aus. Wenn meine Eltern zu Besuch kamen, buchte ich ihnen ein Zimmer im Hotel oder zog das Schlafsofa im Wohnzimmer aus. Andere Gäste hatten wir nicht.

Joanna wusste es nicht zu schätzen, denke ich, dass wir das Zimmer für sie bewahrt haben.

Ich sitze still im Raum und fühle mich erschöpft und abgekämpft. Von der Straße dröhnt Motorengeräusch. Als das Auto am Haus vorbeifährt, fällt das Licht seiner Scheinwerfer durch die verglaste Scheibe und zeichnet meinen Schatten an die weiße Wand. Ich starre ihn an und bemerke, dass ich zum zweiten Mal in diesem leisen, leeren Haus im Dunkeln sitze.

Ich will mich vom Boden hochstemmen, um zum Lichtschalter zu gehen und die Deckenlampe anzuschalten. Da lässt mich eine undeutliche Schattenbewegung an der Wand stutzen. Ich verharre unbewegt und blinzle im schwächer werdenden Licht. Der Schatten sieht so aus, als zeichnete sich auf dem weiß lackierten Türstock der Umriss einer zweiten Person ab. Bevor ich genauer hinsehen kann, liegt der Raum wieder im Dunkeln.

Mit klopfendem Herzen stehe ich auf und gehe ans Fenster. Ich blicke hinaus auf die Einfahrt, die fast vollkommen im Dunkeln daliegt. Die alte Ligusterhecke, die unseren Vorgarten von der Straße abschirmt, verdeckt die orange getönten Straßenlaternen. Ohne das Licht anzuschalten, gehe ich zur Haustür und öffne sie.

Auf der Türschwelle bleibe ich stehen und sehe mich um, kann jedoch niemanden entdecken.

»Hallo? Ist hier jemand?«

Ich halte den Atem an und lausche.

Alles ist still. Nur der sanfte Wind des Meeres streicht durch die Blätter der Büsche.

Ich atme auf. Es war nichts.

Doch dann erscheint in meiner Erinnerung wieder der Umriss des zweiten Schattens. Es ist wohl kaum möglich, dass ich ihn mir eingebildet habe. Es muss jemand hier gewesen sein.

»Hallo«, rufe ich noch einmal. Lauter.

Ich höre meinen eigenen Atem, der stoßweise in unseren Vorgarten fließt. Irgendwo am Straßenverlauf, viele Meter vom Haus entfernt, wird wieder der Motor eines Autos angelassen. Ich lasse meinen Blick noch einmal über die dunkle Einfahrt schweifen. Dann kehre ich ins Haus zurück. Meine Hände drücken die Tür hinter mir zu. Einen Fuß noch gegen die Tür gepresst, beuge ich mich zum Garderobenhaken, an dem meine Schlüssel hängen. Hastig taste ich in der Dunkelheit nach dem Haustürschlüssel und stecke ihn ins Schloss. Ich drehe einmal. Zweimal. Der Riegel greift.

Während der Schlüssel im Schloss stecken bleibt, bewege ich mich in Richtung Lichtschalter. Ich knipse das Licht im Flur an und stehe im Hellen.

7

Fünf Tage nach dem Unfall

Um die Stille im Haus zu vertreiben, setze ich mich vor den Fernseher und sehe mir eine Dokumentation über die Lofoten an. Eine Inselgruppe im Norden Norwegens, deren Bewohner hauptsächlich vom Fischfang und dem Tourismus leben. Ich kauere auf dem Sofa, eine heiße Tasse Tee vor mir, und lasse die Bilder einer kargen und wunderschönen Küstenlandschaft an mir vorbeiziehen, als mich ein Klopfen an der Haustür aufschreckt. Ich schalte den Fernseher aus und stelle den Tee ab. Als ich aufstehe, um nachzusehen, wer es ist, habe ich ein nervöses Flattern im Magen. Aber als ich an der Scheibe stehe, sehe ich, dass es nur Leon ist, der lang und schlaksig auf dem Pflaster unseres Hauses steht. Er entdeckt mich am Fenster und hebt die Hand. Ich probiere ein

Lächeln, bevor ich meinen Platz hinter der Glasscheibe verlasse und in den Windfang gehe, um ihm die Tür zu öffnen.

Die Tür ist abgeschlossen. Ich muss den Schlüssel zweimal im Schloss drehen, bevor die Tür aufspringt und ich Leon gegenüberstehe.

»Hi.«

»Hi Kat.«

Leon sieht erst mich an, dann den Schlüssel in meiner Hand. Ich sehe die Überraschung in seinen Augen aufblitzen, bevor er fragt:

»Du schließt tagsüber die Tür ab?«

Ich schließe meine Finger fester um den Schlüssel und überlege, welche Antwort ich ihm darauf geben soll. Wenn ich zugeben würde, dass ich die Tür absichtlich abgeschlossen habe, würde er glauben, dass ich durchdrehe.

»Sei nicht albern«, sage ich kopfschüttelnd. »Warum sollte ich das tun? Niemand in dieser Gegend schließt am Tag sein Haus ab.«

Leon nickt.

»Du sagst es.«

Er deutet auf die Tür in meinem Rücken.

»Deswegen wundere ich mich darüber, dass du gerade eben deine Tür aufgeschlossen hast. Ich habe gehört, wie sich der Schlüssel im Schloss gedreht hat.«

Er sieht mich jetzt besorgt an und ich entscheide, ihn

anzulügen.

»Die Wahrheit ist ...«, erkläre ich, »ich war heute noch nicht vor der Tür. Ich habe abgeschlossen, bevor ich schlafen gegangen bin, und habe die Tür seitdem nicht geöffnet.«

Ich war vor der Tür, um die geleerte Mülltonne hereinzuholen. Aber dabei wird er mich wohl kaum beobachtet haben.

Leons Blick durchbohrt mich.

»Es ist halb sechs, Kat. Was hast du den ganzen Tag gemacht?«

Ich verschränke die Arme vor der Brust.

»Nichts«, sage ich.

Und das ist die Wahrheit.

Leon seufzt und bückt sich, um etwas vom Boden aufzuheben. Eine Auflaufform, die er auf der Stufe meines Eingangs abgestellt hat und die ich erst jetzt bemerke.

»Ofenkartoffeln«, sagt er und überreicht mir die Form. »Ich habe gehört, dass man das so macht.«

Ich bin zu überrascht, um mehr als ein knappes »Danke« über die Lippen zu bekommen.

»Weißt du schon, wann die Beerdigung stattfinden wird?«, fragt Leon.

Ich schüttle den Kopf.

»Nein. Ich warte noch auf die Freigabe.«

Leon nickt.

»Er ist in der Gerichtsmedizin, oder?«

Ich presse die Lippen aufeinander und weiche der Frage mit einem angedeuteten Nicken aus.

Sergeant Walker hat mich angewiesen, keine Informationen über das Ermittlungsverfahren preiszugeben. Aber vermutlich stand diese Information bereits in der Zeitung.

Mein Blick fällt auf die Auflaufform, unter deren gläsernen Deckel die Umrisse von drei großen, gelben Kartoffeln schimmern. Ich bezweifle, dass ich etwas davon probieren werde. Leon ist nicht gerade für seine herausragenden Kochkünste bekannt. Er ist in der Vergangenheit so oft zum Essen zu uns herübergekommen, dass ich angenommen habe, dass er überhaupt nicht kochen kann.

»Musstest du sein Handy abgeben?«

Ich löse meinen Blick von den Kartoffeln und sehe Leon überrascht an.

»Nein. Die Polizei hat es mir nach dem Unfall vorbeigebracht. Es liegt hier.«

»Aha. Nun, du solltest darauf vorbereitet sein, dass sie es eventuell noch einfordern werden. Falls sie irgendetwas finden, das sie glauben lässt, dass es kein Unfall war, werden sie seine Nachrichten checken wollen.«

Sein Ton ist sachlich, der Ausdruck in seinen Augen aber argwöhnisch.

»Woher weißt du das?«, frage ich.

»Hast du noch nie einen Krimi gesehen? Das tun sie immer, wenn sie in einem Mordfall ermitteln.«

Ich spüre, wie sich meine Gesichtszüge versteinern.

»Aber sie bringen mir doch nicht sein Handy vorbei, um es dann später doch noch zu beschlagnahmen«, presse ich hervor. »Das würde doch überhaupt keinen Sinn ergeben.«

Leon zuckt mit den Schultern und schweigt.

Ängstlich frage ich weiter:

»Hat Jamie dir irgendetwas erzählt, Leon? Hatte er Probleme?«

Leons Unterlippe schiebt sich ein Stück vor. Dann schüttelt er den Kopf.

»Nein. Jamie war überhaupt nicht der Typ für Probleme. Abgesehen von einem durchgedrehten Rugbyfan fällt mir niemand ein, der einen Grund gehabt hätte, Jamie zu schaden. Ich persönlich glaube, dass er einfach einen Unfall hatte. Ich gebe dir trotzdem den Rat, die Fotos von seinem Handy vorsichtshalber auf einen Rechner zu übertragen. Nur für den unwahrscheinlichen Fall, dass du das Telefon abgeben musst. Du möchtest seine Fotos sicher nicht verlieren.«

Ich nicke langsam.

Die Wahrheit ist, dass ich bisher keinen einzigen Gedanken an die Fotos auf Jamies Handy verschwendet habe. Aber was Leon sagt, macht Sinn. Sollte die Polizei einen Hinweis erhalten, dass ein zweites Auto an dem Unfall beteiligt war, kann ich mir gut vorstellen, dass sie sich für Jamies Telefon zu interessieren beginnen.

»Danke für den Tipp«, sage ich zu Leon, und nehme mir vor, später den PIN für Jamies Handy herauszusuchen.

Als Leon kurz darauf die Einfahrt hinaufgeht, bleibe ich mit der Auflaufform im Arm auf der Schwelle stehen und warte, bis er den Bürgersteig erreicht hat. Erst dann schließe ich die Türe. Ich stecke den Schlüssel von innen ins Schloss, drehe ihn langsam und warte auf das Herausschnellen des Riegels.

*

Es stellt sich erneut als hilfreich heraus, dass Jamie seine Passwörter auf einer Liste notiert hat. Auch die PIN zu seinem Handy finde ich darauf. Und sie funktioniert. Nachdem ich das Passwort - acht Buchstaben, die gemeinsam unsere Namen ergeben - abgetippt habe, öffnet sich der Handybildschirm mit einem Hintergrund, der mich zeigt. Mit den Fingerspitzen streiche ich über das Display. Es gleicht einem Wunder, dass es unversehrt geblieben ist. Beim Aufprall des Wagens muss es schützend zwischen Sitzpolster und Airbag eingeschlossen worden sein.

Ich verschränke meine Beine im Schneidersitz und

blättere durch die neusten Fotos. Ein Bild von Joannas Zimmer, das Jamie aufgenommen hat, als er den Schrank bestellte. Ein Schnappschuss von mir, auf dem ich grinsend vor dem Ofen stehe und ein gerade fertig gewordenes Bananenbrot in die Kamera halte. Dann ein Foto, das er nach dem Training gemacht haben muss. Obwohl das Licht in der Umkleide schlecht war, erkenne ich die frisch geduschten Gesichter seiner Teamkollegen. Auf dem Nächsten wieder Jamie und ich, wie wir lachend mit Baseballcaps auf dem Kopf mit der Kamera seines Telefons flirten. Das Foto entstand am Freitagabend und ist das letzte Bild, das aufgenommen wurde. Jamie brachte die Caps mit, als er vom Training zurückkam. Werbegeschenke. Ich fand sie hässlich, aber er stülpte sie uns lachend über.

»Schau in die Kamera und mach ein freundliches Gesicht«, wies er mich an und hielt das Telefon vor unsere Nasen.

Weil ich fast immer tat, was Jamie sagte, lachte ich.

Während ich es jetzt betrachte, denke ich, dass es ein glückliches Bild ist. Ich selbst wäre nie auf die Idee gekommen, uns mit so hässlichen Caps zu verewigen. Aber Jamie hat es einfach getan. Seinetwegen habe ich jetzt ein letztes, gemeinsames Bild von uns beiden.

Ich werfe einen letzten Blick in Jamies funkelnde Augen. Dann lege ich das Telefon weg, stehe auf und trage meinen Laptop zum Sofatisch. Ich starte den Computer, schließe ihn über ein USB-Kabel an Jamies Handy an, kopiere den Ordner mit den Bildern auf meine Festplatte und warte darauf, dass der Kopiervorgang abgeschlossen ist.

Es war nett von Leon, mich darauf hinzuweisen, dass die Fotos auf Jamies Handy nicht gut aufgehoben sind. Da es Jamies Bilder waren, sollten sie jetzt, wo er tot ist, bei mir bleiben.

Im oberen Stockwerk knarzt der Boden. Eines der Geräusche, die unser Haus von Zeit zu Zeit macht. Schon immer wahrscheinlich, aber erst in den vergangenen Tagen habe ich begonnen, bewusst darauf zu achten. Auch jetzt spanne ich unwillkürlich meine Muskeln an und lausche in die Stille.

Es ist seltsam. Ich war so oft alleine in diesem Haus und nie habe ich mich unwohl gefühlt. Früher, als wir alle noch zur Uni gingen, saß ich manchmal stundenlang an meinem Schreibtisch und lernte für Prüfungen, während Jamie und Joanna Vorlesungen besuchten. Es gab Abende, an denen ich in meinem Zimmer im Bett lag - das Haus dunkel und verlassen -, während die anderen sich auf einer Abendveranstaltung der Universität vergnügten. Und später, als Jamie Mitglied des Nationalteams wurde, kam es sogar vor, dass ich mich mehrere Tage lang alleine im Haus aufhielt, weil Jamie zu einem

Auswärtsspiel reiste und ich ihn wegen meines Jobs nicht begleiten konnte. Ich habe viel Zeit alleine hier verbracht, aber nie hat es sich so angefühlt wie jetzt.

Oben bleibt alles ruhig. Meine Anspannung löst sich und ich richte meine Aufmerksamkeit wieder auf den Bildschirm meines Laptops. Die Übertragung der Bilder scheint abgeschlossen zu sein. Nachdem ich Jamies Telefon von meinem Computer getrennt habe, halte ich es in den Händen und starre mein Ebenbild auf dem Display an. Unsicher, was ich als Nächstes tun werde.

Steht es mir zu, einen Blick in seine Nachrichten zu werfen?

Mein Gewissen sagt: Nein. Aber mein Drang, Jamie nahe zu sein, ihn in den getippten Erinnerungen seines Telefons zu spüren, siegt.

Mein Finger tippt auf das Display und der Inhalt des Messengers baut sich vor mir auf.

Die ersten drei Nachrichten sind ungelesen. Ich überprüfe die Sendedaten und erkenne, dass sie alle nach dem Unfall eingegangen sind.

Hey Buddy, beginnt die Erste. *Im Radio haben sie etwas von einem Unfall gesagt. Das war doch ein anderer Jamie, oder? Ich hoffe, bei dir ist alles o.k. Lass mal wieder von dir hören.*

Den Absender der Nachricht kenne ich nicht. Jamie hat ihn unter dem Kürzel *JL Big* abgespeichert, aber das Profilbild zeigt das Gesicht eines vollbärtigen Mannes, den ich noch nie gesehen habe. Ein entfernter Freund, nehme ich an. Vielleicht jemand, der mit ihm im Rugbyprogramm der Universität trainiert hat.

Ich überfliege die anderen beiden Nachrichten. Sie scheinen ebenfalls von Fans oder Bekannten zu stammen, die im Radio über das Unglück gehört haben. Ihre Verfasser wollten sich versichern, dass es Jamie gut geht. Offenbar war Jamies Bild noch nicht im lokalen Fernsehen gezeigt worden.

Wie lange es wohl gedauert hat, bis diese Menschen erkannt haben, dass Jamie nicht mehr am Leben ist? Fünfzehn Minuten? Eine halbe Stunde? Es kann nicht lange gewesen sein.

Während ich noch darüber nachdenke, richtet sich meine Aufmerksamkeit auf eine Nachricht weiter unten im Chatverlauf. Ich erkenne sofort, dass sie von Joanna stammt, weil sich ihr Profilbild am linken Rand des Chats befindet.

Überrascht runzle ich die Stirn, als ich feststelle, dass ihre Nachricht die Letzte gewesen zu sein scheint, die Jamie geöffnet hat. Sie hat mir nicht erzählt, dass sie und Jamie an diesem Morgen noch Kontakt hatten. Oder hat sie das? Ich gehe in Gedanken zurück, kann mich aber nicht an eine entsprechende Bemerkung erinnern.

Ich öffne den Chat und Sekunden später weiten sich meine Augen überrascht.

Hi Jamie. Es gibt Neuigkeiten von mir. Irgendwie habe ich es geschafft, schwanger zu werden. Saublöd, ich weiß. Noch blöder ist, dass ich es zu spät bemerkt habe. Sag's keinem und ruf mich an, wenn du kannst.

Die Nachricht wurde fünfzehn Minuten, nachdem Jamie aus unserer Einfahrt gefahren ist, gesendet. Ich starre sie mit offenem Mund an und kann keinen klaren Gedanken fassen.

»Was zum Teufel«, flüstere ich.

Mit zittrigen Händen schließe ich den Messenger und gehe zur Anrufliste des Telefons.

Zum vergangenen Samstag gibt es dort zwei Einträge.

Ein nicht angenommener Anruf um 11:57. Meiner.

Ein ausgegangener Anruf um 11:02. An Joanna.

****

Dich zu sehen, Kat, war ein Schock für mich. Ich funktioniere nicht mehr, weil ich den ganzen Tag dein schmerzverzerrtes Gesicht vor meinen Augen habe. Natürlich wusste ich, dass es dir furchtbar geht. Aber es zu wissen ist etwas anderes als es zu sehen. Man hat dir sicher nicht gesagt, wie elend du aussiehst. Ich meine, kein vernünftiger Mensch würde das jetzt tun.
Ich war nicht darauf vorbereitet, dich so anzutreffen. Ich hatte ein Bild von dir in meinem Kopf - das Bild der schick zurechtgemachten Privatschullehrerin. Du warst diejenige, die immer mit frisch gewaschenen Haaren und gut sitzender Kleidung das Haus verlassen hat. Auf den ersten Blick hätte ich dich kaum wiedererkannt. Wo sich vor Kurzem noch wunderschöne, schimmernde Strähnen um dein fröhliches, sommersprossiges Gesicht geschmiegt haben, hängt jetzt eine stumpfe, ungepflegte Mähne von deinem Kopf herab. Deine langen, dünnen Beine wirken noch staksiger. Und dein Gesicht ... Dein Gesicht, Kat, ist das Schlimmste. Eine blasse, nicht wiederzuerkennende Maske deines wahren Ichs.
Es hat mich gequält, dich so zu sehen. Ich habe Angst, dass ich deinen Schmerz von jetzt an für immer in mir tragen werde.

8

Sechs Tage nach dem Unfall

»Hi Joanna. Ich bin's. Tut mir leid, dass ich so früh anrufe. Ich hoffe, du warst schon wach ...«

Ich sitze auf Jamies Betthälfte und halte das Telefon eng an meinem Ohr. Ich habe mich noch nicht umgezogen, sondern trage noch meinen dünnen Jersey-Pyjama. Um nicht zu frieren, habe ich mir die dicke Daunendecke bis zur Hüfte über die Beine gezogen.

Dafür, dass ich erst spät in der Nacht eingeschlafen bin, bin ich viel zu früh aufgewacht. Noch bevor ich die Augen aufgeschlagen habe, habe ich die schwere Erschöpfung gespürt, die mich seit Tagen verfolgt. Auf dem Weg ins Bad habe ich im Vorbeigehen die dicken Verdunklungsvorhänge aufgezogen. Doch Licht fällt an diesem Morgen nicht in den Raum. Es ist einer der Tage, an denen dichter, grauer Nebel wie Watte an der Scheibe klebt und den Blick auf die Bucht verschleiert.

Passend zu meiner Stimmung.

Als ich aus dem Bad zurückgekehrt bin, bin ich zurück ins Bett gekrochen und habe darauf gewartet, dass der kleine Zeiger der Wanduhr die Sieben erreicht. Die Uhrzeit, um die Joannas Wecker für gewöhnlich klingelt. Ich habe mich noch zwei, drei Minuten länger geduldet und sie dann angerufen.

Am anderen Ende höre ich Joanna laut gähnen.

»Dein Anruf hat mich endgültig wach gemacht«, sagt sie. »Ich habe im Bett gelegen und darauf gewartet, dass mich die Schlummerfunktion aus dem Bett wirft.«

Ich höre ihr Federbett rascheln, als sie die Decke zurückschlägt.

Dann stöhnt sie.

»Oh, Kat ... Ich wollte mich gestern nach der Arbeit bei dir melden. Ich hatte mir fest vorgenommen, dich diese Woche jeden Abend anzurufen. Aber irgendwie habe ich es gestern nicht geschafft. Keine Ahnung, was passiert ist. Ich wollte mich nach dem Dinner ausruhen und bin dann auf dem Sofa eingeschlafen. Es ist eine furchtbare Woche. Wie ging es dir gestern? Konntest du heute Nacht besser schlafen?«

Ich höre die Sorge in ihrer Stimme. Ihr schlechtes Gewissen, weil sie sich einen Tag nicht bei mir gemeldet hat.

»Ich bin wieder erst spät eingeschlafen«, antworte ich. »Und zu früh aufgewacht.«

»Das klingt nicht gut, Kat. Vielleicht solltest du langsam mal einen Arzt aufsuchen und dir etwas verschreiben lassen. Du brauchst Schlaf.«

Ich schaue aus dem Fenster und kaue auf meiner Unterlippe.

Sie hat recht. Der Schlafmangel reibt mich auf. Zusätzlich zu allem, mit dem ich fertigwerden muss, raubt er mir den letzten Rest Energie.

»Ich werde darüber nachdenken«, antworte ich.

»Das solltest du unbedingt tun. Es ist wichtig, dass du zur Ruhe kommst. Was ist mit heute Abend? Soll ich zu dir kommen? Ich arbeite bis vier. Wenn ich mich danach direkt ins Auto setze, kann ich am frühen Abend bei dir sein. Vielleicht kannst du besser schlafen, wenn jemand im Haus ist.«

Ich schweige.

»Kat? Möchtest du, dass ich heute komme?«, wiederholt Joanna ihre Frage.

Sie klingt verunsichert.

»Natürlich«, antworte ich geistesabwesend. »Natürlich möchte ich, dass du kommst.«

»Alles klar. Dann fahre ich später zu dir und kümmere mich um dich. Vielleicht kannst du in der Zwischenzeit ein bisschen spazieren gehen. Geh zum Meer runter und laufe um den Hafen. Frische Luft und Bewegung sind das beste Mittel, um die Gedanken zu beruhigen.«

Ich höre, wie sie eine Schublade ihres Kleiderschranks aufzieht.

Wieder hat sie recht. Es sind ohne Zweifel die vielen, düsteren Gedanken, die in meinem Kopf kreisen und mir den Schlaf rauben.

Was Joanna nicht ahnt, ist, dass mich in dieser Nacht nicht die Gedanken an Jamie wach gehalten haben. Stattdessen habe ich bis weit nach Mitternacht wachgelegen und darüber nachgedacht, welche Frage ich Joanna stellen werde. Herauszufinden, dass sie ein Baby erwartet, hat mich erschüttert. Je länger ich wach gelegen habe, umso mehr hat sich das Gefühl in mir breitgemacht, dass es falsch ist. Joanna ist überhaupt nicht der mütterliche Typ. Auch ohne dass wir darüber gesprochen haben, weiß ich, dass es nur eines gibt, was Joanna wichtig ist: ihre Karriere als Sportjournalistin. Kinder großzuziehen passt nicht in das Bild, das ich von Joanna habe. Und was mich noch mehr trifft, ist die Erkenntnis, dass Joanna offenbar entschieden hat, die Neuigkeit mit Jamie zu teilen. Mit Jamie. Nicht mit mir.

Sag's keinem.

Unfähig, in den Schlaf zu finden, habe ich auf dem Rücken gelegen, mit offenen Augen an die Zimmerdecke gestarrt und versucht, eine Erklärung zu finden.

Es ist eine Tatsache, dass Jamie und Joanna sich immer gut verstanden haben. Sie waren Mitbewohner. Freunde. Und nicht nur das. Als meine Freundin gehörte Joanna praktisch zu unserer Familie. Trotzdem fällt mir kein Grund ein, warum sie sich ihm anvertraut hat. Ihm und nicht mir. Außer ... Ja. Außer. Das ist der Gedanke, den ich nicht zu Ende denken will. Jamie hat mich so sehr geliebt, dass diese Möglichkeit ausgeschlossen ist. Er hat mir nie den leisesten Grund gegeben, an seiner Treue zu zweifeln.

Joannas Worte haben mich bis tief in die Nacht gequält. Mit jeder Stunde, die vorübergestrichen ist, haben sie sich tiefer in mein Herz und meinen Verstand gebohrt.

Ruf mich an, wenn du kannst.

Die Anweisung an Jamie, sie anzurufen, wenn ich nicht in der Nähe bin.

Laut Jamies Anrufliste hat Jamie Joanna um 11:02 angerufen. Eine Stunde später ist sein Wagen über den Rand der Klippen gestürzt. Ich war immer der Meinung, dass vieles von dem, was in unserem Leben geschieht, auf seltsamen Zufällen beruht. In diesem Fall glaube ich aber nicht, dass es so war.

»Weißt du, was ich mich die ganze Zeit frage?«, sage ich laut zu Joanna. »Ich frage mich, was Jamie getan hat, nachdem er aus unserer Einfahrt gefahren ist. Er wollte nach Edinburgh fahren. Irgendetwas muss passiert sein, was seine Meinung geändert hat.«

»Ich glaube nicht, dass es gut ist, wenn du dir darüber ...«

Ich lasse Joanna den Satz nicht beenden, sondern falle ihr ins Wort.

»Habe ich dir erzählt, dass Jamie mich von unterwegs noch einmal angerufen hat?«

Ich wundere mich selbst darüber, wie leicht mir die Lüge über meine Lippen kommt. Es ist das erste Mal, dass ich Joanna anlüge.

»Als ich gestern Nacht noch einmal über unsere letzte Unterhaltung nachgedacht habe«, fahre ich fort, »ist mir eingefallen, dass er dich erwähnt hat. Er hat mir erzählt, dass er mit dir telefoniert hat.«

In Joannas Schlafzimmer wird die Schiebetür des Kleiderschranks geschlossen.

»Worüber habt ihr gesprochen?«, frage ich.

»Über deinen Geburtstag.«

Die Antwort kommt prompt, und ich weiß, dass sie ebenfalls gelogen ist.

»Über meinen Geburtstag?«, wiederhole ich, um Zeit zum Nachdenken zu gewinnen.

»Ja, genau. Jamie wollte wissen, ob ich glaube, dass du enttäuscht wärst, wenn er keine Party vorbereitet. Er hat überlegt, stattdessen mit dir ans Meer zu fahren. Ich glaube, dass er etwas von einem Haus an der Ostküste

Englands gesagt hat.«

»Du lügst«, will ich sagen. »Ich weiß, worüber ihr gesprochen habt.«

Aber irgendwie schaffe ich es, mich zurückzuhalten.

Stattdessen konfrontiere ich sie mit einer weiteren Frage.

»Warum hast du mir nicht erzählt, dass du an diesem Vormittag noch mit ihm gesprochen hast?«

»Ich weiß nicht«, antwortet Joanna, und jetzt klingt ihre Stimme unsicher.

»Es erschien mir nicht relevant«, setzt sie nach.

»Aber es ist relevant«, widerspreche ich. »Ich will wissen, weshalb Jamie nicht auf dem Weg nach Edinburgh war. Alles, was ich über die Ereignisse an diesem Vormittag in Erfahrung bringen kann, wird mir helfen, das herauszufinden.«

Ich klinge sachlich.

Zu sachlich? Hört Joanna die Warnung überhaupt?

Sie sagt nichts.

Dann, als sie endlich antwortet, klingt ihre Stimme mitfühlend echt.

»Ach Kat, denkst du nicht, dass du es der Polizei überlassen solltest, den Unfall aufzuklären?«

Wenn ich nicht genau wüsste, dass sie mich gerade angelogen hat, würde ich ihrem fürsorglichen Ton vertrauen.

Im Hintergrund nehme ich gedämpft das Geräusch eines laufenden Wasserhahns wahr. Sie ist jetzt in der Küche angekommen.

»Shit. Es ist halb acht. Ich muss los. In zwei Stunden habe ich einen Live-Auftritt. Es tut mir leid. Ich wünschte, ich könnte mehr für dich da sein. Versprich mir, dass du dich heute ablenkst. Geh raus. Atme frische Luft. Soll ich dich nochmal anrufen, wenn ich den Sender verlassen habe?«

»Musst du nicht«, antworte ich. »Du kommst ja heute Abend.«

Ich lasse das Telefon auf die weiche Matratze fallen, schlage die dicke Daunendecke zurück und gehe zum Fenster, wo sich in diesem Moment der Nebel zu klären beginnt. Meine Hände sind zu Fäusten geballt, als ich meine Stirn ans Glas drücke und die Augen schließe.

Joanna hat mir gerade einen weiteren Grund geliefert, ihr nicht zu vertauen.

*

Ich verbringe den Tag im Garten. Bei miesem Wetter mähe ich das Gras und stutze die Buchsbaumhecke. Es macht mich nicht ruhiger, aber ich atme frische Luft.

Als Joanna am frühen Abend ankommt, bin ich frisch geduscht. Ich habe gerade einen Anruf von Sergeant Walker erhalten und gehe mit dem Telefon in der Hand zur Tür.

»Die Polizei hat gerade angerufen«, sage ich. »Ich kann die Beerdigung planen.«

Joanna beugt sich zu mir und drückt mich an sich.

»Hi erstmal.«

Sie lässt ihre Reisetasche auf den Teppich fallen und streift ihre Stiefel ab.

»Das Gute ist«, sagt sie, als sie strumpfsockig auf dem Teppich steht, »dass du mich jetzt bis Sonntagabend hier hast. Ich helfe dir natürlich.«

Ich sehe sie an und spüre die Erleichterung in mir aufsteigen.

Bis Sonntagabend. Sie bleibt das ganze Wochenende.

Joanna blickt sich suchend im Windfang um.

»Du hast meine Hausschuhe weggeräumt, oder? Ich habe sie letztes Mal hier im Eck abgestellt ...«

»Ja. Warte.«

Ich bücke mich, um Joannas Pantoffeln zu suchen, die ich nach ihrem letzten Besuch zwischen meinen und Jamies Schuhen verstaut habe, und erkläre:

»Es soll eine kleine Beerdigung werden. Keine Fans. Keine Journalisten. Nur wir. Leon, Max, Dana, meine Eltern, du und ich.«

»Gute Entscheidung.«

Ich entdecke die Schuhe auf dem untersten Brett des

Schuhregals, ziehe sie heraus und richte mich wieder auf. Während Joanna mit ihren Füßen hineinschlüpft, mustere ich sie möglichst unbemerkt. Sie trägt einen dunkelblau gestreiften Hosenanzug, der perfekt zu passen scheint. Darunter ein nicht ganz eng anliegendes weißes Top. Aber außer, dass die Knöpfe des Sakkos offen stehen, erkenne ich auf den ersten Blick nicht wirklich ein Anzeichen für eine Schwangerschaft.

»Ich geh hoch und räume meine Tasche aus.«

Joanna rauscht mit der Reisetasche an mir vorbei in Richtung Treppe und ich gehe in die Küche, um Nudelwasser aufzusetzen. Als Joanna wieder herunterkommt, trägt sie bequeme Kleidung. Jogginghose und Sweater. Außerdem hat sie ihr Parfum erneuert. Eine Mischung aus Lavendel und Kiefernnadeln.

»Du hast mein Zimmer geputzt«, stellt sie fest. »Das hättest du nicht tun sollen. Ich kann mich selbst darum kümmern, wenn ich hier bin.«

Ich gehe zum Herd und lasse die Spaghetti ins sprudelnde Wasser gleiten.

»Jamie hat mich darum gebeten«, sage ich, als ich mich wieder zu ihr umdrehe.

Joanna presst die Lippen aufeinander. Dann nickt sie und hält mir eine Packung Tee entgegen, die sie scheinbar von oben mit heruntergebracht hat.

»Hier. Das ist für dich. Ich habe es in meinem Küchenschrank gefunden.«

Überrascht nehme ich die Papiertüte entgegen und lese das Etikett.

Schlaf- und Nerventee.

Als ich Joanna ansehe, zuckt sie mit den Schultern.

»Ich habe ihn mir gekauft, als ich neu beim Sender war. Irgendwie habe ich mir wohl zu viele Sorgen gemacht und konnte abends nicht gut einschlafen. Ehrlich gesagt kann ich mich nicht daran erinnern, ob der Tee geholfen hat, oder ob ich mich am Ende einfach an den Job gewöhnt habe. Aber es wird nicht schaden, wenn du ihn ausprobierst. Vielleicht hilft er dir, besser zu schlafen.«

»Danke«, sage ich. »Lieb, dass du dich so um mich sorgst.«

Ich stelle die Packung zu den Gläsern mit meinen Frühstücksflocken, ganz oben auf den Tresen. Sicher war es nett gemeint, aber ich glaube nicht wirklich daran, dass mir der Tee helfen wird.

»Uhh, Kat, was ist das?«

Joanna ist an den Tisch getreten und steht mit angewidertem Gesicht über der Auflaufform, die Leon mir gebracht hat.

»Setz den Deckel wieder drauf«, weise ich sie an. »Das muss entsorgt werden.«

»Auf jeden Fall. Es sieht eklig aus und riecht nicht

gut.«

Sie legt den Glasdeckel zurück auf die Form.

»Ich werde es in den Garten bringen«, sagt sie und trägt die Form an mir vorbei zur Terrassentür.

»Leon hat es mir gebracht«, rufe ich ihr hinterher, während sie durch die Tür ins Freie tritt.

Joannas Kopf schnellt zurück.

»Ach, du meine Güte. Na ja, ich bin sicher, es war gut gemeint.«

Ich zucke nur mit den Schultern.

Als Joanna gleich darauf durch die Verandatür zurückkommt, fragt sie:

»Was ist mit Max? Hast du auch mit ihm gesprochen?«

»Nur kurz.«

Ich weiche ihrem Blick aus, weil ich nicht will, dass sie bemerkt, wie sehr mich Max' Verhalten verletzt.

»Hast du mit ihm gesprochen?«, frage ich beiläufig und ziehe ein Sieb aus der Küchenschublade.

Im Augenwinkel sehe ich Joanna den Kopf schütteln.

»Ich wollte ihn anrufen, habe es aber nicht getan.«

Wir sagen beide nichts mehr dazu. Aber ich spüre, dass wir dasselbe denken.

Wir sollten das gemeinsam durchstehen. Und wir tun es nicht. Eigentlich sollten wir fünf in meinem Wohnzimmer zusammensitzen. Joanna. Max. Dana. Leon. Und ich. Wir sollten miteinander über Jamies Tod weinen. Nicht jeder für sich.

Joanna deckt den Tisch und ich gieße das Nudelwasser ab und mische eine Dose Tomatensoße unter die Spaghetti. Als wir uns am Tisch gegenübersitzen, sehe ich sie über meinen Teller hinweg an.

»Ich bin froh, dass du da bist«, sage ich.

Und seltsamerweise ist es so. Auch wenn ich genau weiß, dass sie mir Dinge verheimlicht, tut es gut, jemanden da zu haben. Die Tage, die ich seit der Abreise meiner Eltern alleine im Haus verbracht habe, haben mir viel abverlangt.

Joanna lächelt gequält.

»Ich auch.«

9

Neun Tage nach dem Unfall

Am Montagmorgen steige ich ins Auto und fahre landeinwärts zur St Margaret's School. Es ist diejenige Privatschule, bei der ich mich damals beworben habe, als Jamie ins Nationalteam aufgenommen wurde. Ich habe meine Lehrerausbildung dort abgeschlossen und wurde danach vom Schulleiter Nick Allan als Lehrerin für die Fächer Englisch und Biologie eingestellt. Dazu bin ich Klassenlehrerin einer siebten Klasse und leite die Schulgärtnerei.

Es fühlt sich seltsam an, an den Ort zurückzukehren, an dem ich zum letzten Mal vor Jamies Unfall unterrichtet habe. Ich habe nur eine einzige Woche gefehlt, aber als die grauen, mit roten Rosen bewachsenen Mauern der Schule jetzt vor der Scheibe meines Autos auftauchen, kommt es mir so vor, als wären Jahre vergangen. Als ich vor zehn

Tagen durch die Flure des Gebäudes gegangen bin, war ich noch Jamie Raes Ehefrau. Die Frau eines großen Sportlers. Heute bin ich seine Witwe.

Ich straffe meine Schultern und bemühe mich um einen aufrechten Gang, als ich wenige Minuten später an den verunsicherten, stummen Blicken der Schüler vorbei direkt zum Raum meiner Klasse schreite. Ich erwarte nicht von ihnen, dass sie wissen, wie sie sich in meiner Gegenwart verhalten sollen. Nicht einmal ich wüsste, wie das geht.

In der Pause kommt Nick Allan mit offenen Armen auf mich zu.

»Oh Katherine. Es tut mir so leid, was passiert ist.«

Seine Hände greifen nach meinen. Eine herzliche Geste.

Nick ist ein gutmütiger und umgänglicher Mann mit großen, vollen Lippen. Niemand könnte das Amt des Schulleiters besser ausfüllen als er. Er ist der perfekte Vermittler. Schlichter. Leiter.

»Bitte lassen Sie es mich wissen, wenn es etwas gibt, was wir für Sie tun können«, sagt er eifrig, als er meine Hände wieder losgelassen hat. »Unsere Schüler waren sehr betroffen, als sie im Fernsehen gesehen haben, was Ihrem Mann zugestoßen ist. Wir haben uns alle letzte Woche in der Aula versammelt und gemeinsam darüber gesprochen. Wir haben die Schüler darauf vorbereitet, dass

Sie diese Woche wieder hier sein werden, und sie gebeten, Ihnen keine unangenehmen Fragen zu stellen. Ich hoffe wirklich sehr, dass sie sich daran halten und Sie nicht belästigen.«

Er macht kurz ein bekümmertes Gesicht und ich weiß, dass ich ihm nicht sagen kann, dass ich bereits in meiner ersten Unterrichtsstunde gefragt wurde, ob ich wüsste, weshalb Jamies Wagen von den Klippen gestürzt wäre.

»Wissen Sie, was ich glaube, Mrs Rae«, sagte Charlotte, die nach der Stunde nach vorne gekommen war, um mit mir zu reden.

Sie ist eine meiner besten Schülerinnen und ich schätze ihre Mitarbeit im Unterricht sehr.

»Ich glaube, die Polizei hält Informationen zurück. Mein Dad sagt, es ist sehr unwahrscheinlich, dass jemand so weit über den Fahrbahnrand fährt, dass er über die Klippen stürzt.«

Ich sah in das aufgeregte Gesicht des jungen Mädchens und holte tief Luft.

»Es ist lieb, dass du dir darüber Gedanken machst«, antwortete ich. »Aber ich vertraue der Polizei. Die Polizei in unserem Land leistet gute Arbeit.«

Instinktiv war ich in die Rolle der Lehrerin geschlüpft.

Charlottes Augen weiteten sich ungläubig und sie kam noch einen Schritt näher.

»Wissen Sie etwas, das wir nicht wissen?«, wisperte

sie.

Ich räusperte mich.

»Nein, Charlotte. Im Moment weiß ich nicht mehr als du.«

Ich schickte Charlotte auf ihren Platz zurück und trat entschlossen vor das Lehrerpult.

»Eine Sache noch«, sagte ich laut in die Klasse, und anders als sonst, verstummten innerhalb von Sekunden alle Gespräche.

Ich faltete die Hände und blickte in die Reihen meiner Schüler, die durch ihre einheitlichen, dunkelblauen Pullover ihrer Schuluniformen stets geschlossener wirkten, als sie es in Wirklichkeit waren.

»Ich weiß, dass ihr euch fragt, was mit meinem Mann geschehen ist. Ich kann das nachvollziehen, denn seit dem Unfall denke ich ständig darüber nach. Ich habe meinen Mann sehr geliebt und es fällt mir schwer, seinen Tod zu akzeptieren, solange ich nicht weiß, was geschehen ist. Dennoch möchte ich euch darum bitten, dass wir uns in diesem Raum auf den Unterrichtsstoff konzentrieren. Die Aufklärung des Unfalls ist die Angelegenheit der Polizei.«

Alles in mir schreit nach einer Erklärung für Jamies Tod. Aber wie immer bringt die Anwesenheit meiner Schüler meine kontrollierte Seite zum Vorschein. In meinem Klassenraum habe ich nur eine einzige Aufgabe: meine Schüler auf das Vorrücken in die nächste Klassenstufe vorzubereiten.

»Mir ist jedoch auch bewusst«, dringt jetzt Nick Allans Stimme in mein Bewusstsein, »dass einige unserer Schüler sehr jung sind. Ihr Feingefühl ...«

Ich winke ab.

»Machen Sie sich keine Sorgen, Nick. Es tut gut, meine Schüler wiederzusehen. Eine Sache gibt es allerdings, die ich gerne mit Ihnen besprechen würde. Am Freitag ist die Beerdigung. Wenn es möglich wäre, noch einmal für zwei Tage eine Vertretung zu organisieren, würde ich gerne schon ab Donnerstag ...«

Nick hebt die Hände.

»Das sollte kein Problem sein. Letzte Woche hat Dana Ihre Klasse übernommen. Ich werde Sie bitten, das diese Woche noch einmal zu tun.«

Ich sehe ihn überrascht an.

»Dana hat meine Klasse übernommen? Soll das heißen, Sie hat zwei Klassen gleichzeitig unterrichtet? Ihre Eigene und meine?«

Nick nickt.

»Oh ja. Es war ihre Idee. Zwei andere Lehrer waren krank und ich konnte auf die Schnelle nicht drei Vertretungen organisieren. Dana meinte, es wäre kein Problem. Wir haben ein paar zusätzliche Tische in ihren Klassenraum gebracht und sie hat beide Klassen parallel unterrichtet. Soweit ich weiß, hat es wunderbar geklappt.«

Ich versuche, mir vorzustellen, wie Dana vierzig Kinder in einem Klassenraum unterrichtet, und empfinde Mitleid. Selbst mit den wohlerzogensten Kindern ist das eine Meisterleistung.

»Ich denke nicht, dass Dana am Freitag in der Schule sein wird«, sage ich schwach. »Sie kannte meinen Mann gut. Ich gehe davon aus, dass sie an der Beerdigung teilnehmen wird.«

Ich sehe, wie sich Nicks Augen überrascht weiten. Von den persönlichen Freundschaften in seinem Kollegium hat er ganz offensichtlich keine Kenntnis.

»Nun.«

Er reibt sich nachdenklich die Hände.

»Das bedeutet dann, dass ich zwei Vertretungen brauchen werde. Am besten, ich kümmere mich sofort darum. Alles Gute, Katherine. Und kommen Sie zu mir, wenn ich sonst noch etwas für Sie tun kann.«

Er rauscht an mir vorbei, in Richtung Schulsekretariat. Spürbar froh, sich um die organisatorischen Schwierigkeiten dieser Angelegenheit kümmern zu können.

Ich schlage den Weg zum Lehrerzimmer ein. Als ich dort ankomme, kauert davor eine Gruppe jüngerer Schüler auf dem Boden und spielt Karten. Sie sind so in ihr Spiel vertieft, dass sie nicht aufsehen, als ich an ihnen vorbei durch die Tür des Raums trete, zu dem nur wir Lehrer Zutritt haben.

In dem großen, von Fenstern gesäumten Raum begegnet mir die tadellose Manier einer Privatschule. Da ich selbst Teil dieser Institution bin, ist mir bewusst, dass der Empfang durch meine Kolleginnen und Kollegen nicht auf spontanen Reaktionen beruht. Mit ziemlicher Gewissheit wurden sie darauf hingewiesen, mir ihre Anteilnahme auszudrücken, ohne dabei aufdringlich zu werden. Es sind sorgfältig zurechtgelegte Worte, mit denen meine Rückkehr begrüßt wird. Eine Hand, die sanft meinen Unterarm drückt. Kommentare zu Jamies beeindruckender Karriere. Aber keine einzige Frage.

Als sich alle wieder ihren Smartphones und Kaffeetassen zugewendet haben und ich mit einem Glas Wasser am Tisch sitze, kommt Dana zu mir herüber.

»Gut, dich zu sehen. Wie geht es dir?«

Sie zieht den Stuhl neben mir zurück und lässt sich darauf sinken.

Ich schaue in ihr freundliches, herzförmiges Gesicht mit den langen, schwarzen Wimpern und antworte:

»Es ist gut, hier zu sein. Die Einsamkeit zu Hause ist erdrückend.«

Es sind die ersten Worte, die Dana und ich seit dem Unfall miteinander wechseln. Ich habe sie nicht angerufen, obwohl ich weiß, dass sie gerne für mich da wäre. Es gibt keinen genauen Grund, warum ich es nicht getan habe. Außer den einen: Sie ist nicht Joanna.

»Das verstehe ich gut«, sagt Dana. »Du weißt hoffentlich, dass du jederzeit zu uns kommen kannst.«

»Lieb, dass du das sagst. Wie geht's Max?«

Ein sorgenvoller Ausdruck huscht über Danas Gesicht und ihr Blick beginnt, unruhig zu wandern.

»Ich habe ihn noch nie so erlebt, Kat. Jamie war wie ein Bruder für ihn.«

Ihre Oberlippe zuckt und ich schiebe mitfühlend mein volles Glas Wasser über den Tisch. Dana wirft mir einen dankbaren Blick zu. Als sie das Wasserglas zum Mund hebt, bemerke ich den Ring.

»Was ist das?«, frage ich und deute auf ihre Hand.

Das Wasser schwappt, als Dana das Glas wieder absetzt.

»Oh.«

Sie wirft mir einen schnellen Blick zu. Dann streckt sie verlegen ihre schmale Hand aus und rückt den weiß funkelnden Stein in die perfekte Position. Ihre Wangen sind von einer leichten Röte überzogen und ein verlegenes Lächeln breitet sich auf ihrem Gesicht aus.

»Wir wollten es erzählen. Aber dann war der Unfall und wir konnten es dir nicht sagen. Max hat mir einen Heiratsantrag gemacht.«

Ich schlucke, während sich meine Finger um meinen eigenen Verlobungsring krallen.

Meine Freunde werden heiraten.

Dana sieht mich vorsichtig an.

Ich ignoriere den eisernen Druck auf meiner Brust und zwinge mich zu einem Lächeln.

»Das ist toll«, bringe ich hervor. »Herzlichen Glückwunsch.«

Dana schlägt die Augen nieder.

»Danke.«

Wir schweigen einige Augenblicke und ich denke an meine eigene Hochzeit, die noch keine zwei Jahre zurückliegt.

Es war die perfekte Hochzeit. Jamie und ich heirateten praktisch auf dem Wasser. Medienträchtig und glamourös.

»Ich will, dass du diesen Tag nie vergisst«, hatte Jamie zu mir gesagt und eines der teuersten Restaurants der Ostküste gebucht. Ein gläserner Pavillon, der am Ende eines Holzstegs auf dem Wasser schwebt. Ich erinnere mich noch daran, dass sich die Lichter der Party auf dem dunklen Meer spiegelten, als ich mit Jamie über die Tanzfläche flog.

»Wann hat er dir den Antrag gemacht?«, frage ich.

Nur aus Höflichkeit, nicht, weil ich wirklich an den Details interessiert bin.

Wieder senkt Dana den Blick.

»Es war irgendwie witzig. Zum ersten Mal hat er mich an dem Abend gefragt, an dem wir alle von unserem

Wochenende aus den Highlands zurückgekommen sind. Im Februar. Wir saßen beim Essen, als er das Thema ansprach. »Würdest du mich heiraten?«, fragte er plötzlich. Er sagte es so, als wäre ihm der Gedanken gerade in dem Moment in den Kopf geschossen, in dem er ihn ausgesprochen hatte. Ich wartete darauf, dass er einen Ring aus der Hosentasche ziehen würde, aber er aß einfach weiter. Ich habe ihn freundlich angelächelt und geantwortet: »Wenn du mich heiraten willst, Max Todd, musst du in ein Schmuckgeschäft gehen und einen Ring kaufen.« Das hat er dann getan. An dem Abend vor Jamies Unfall legte er diesen Ring auf den Tisch und fragte mich noch einmal.«

Sie holt tief Luft, bevor sie weiterspricht.

»Ehrlich gesagt war ich ziemlich überrascht. Wir haben nie wirklich über unsere Zukunft gesprochen. Und du kennst Max. Er hasst es, Verpflichtungen einzugehen.«

»Die Ehe ist viel mehr als eine Verpflichtung«, widerspreche ich reflexartig.

Dana nickt.

»Ja, das sehe ich genauso. Und Max scheint das nun auch begriffen zu haben. Ich glaube ja, es war das Wochenende in den Highlands. Irgendetwas hat ihn auf den Gedanken gebracht.«

»Kann sein«, gebe ich zurück, und denke an das Wochenende, das wir gemeinsam in den Highlands verbracht haben.

Es ist jetzt zwei Monate her, und es war das letzte Mal, dass wir alle zusammen waren. Jamie, ich, Joanna, Max, Dana und Leon.

Es war Jamies Idee gewesen, gemeinsam wegzufahren.

»Was hältst du von einem Wochenende in den Bergen?«, fragte er mich an einem Abend im Januar. »Wir könnten ein Haus in der Nähe des Skigebiets mieten und unsere Freunde fragen, ob sie mitkommen.«

»Eine schöne Idee«, antwortete ich, fügte dann aber hinzu, dass ich glaubte, dass Leon nicht Ski fährt.

Aber Jamie war schon immer unglaublich gut darin, andere mit seiner Begeisterung anzustecken. Im Internet fand er ein Haus in Glenshee und schickte unseren Freunden Bilder davon. Obwohl Leon, und wie sich herausstellte, auch Dana noch nie auf Ski gestanden hatten, waren alle von der Idee begeistert.

Wir reisten an einem Donnerstagabend im Februar an und verbrachten drei Nächte in dem Ferienhaus, das Jamie ausgesucht hatte. Während Max, Joanna, Jamie und ich die Tage auf den eingeschneiten Skihängen verbrachten, streiften Leon und Dana durch die Natur und beobachteten Rothirsche.

»Ich glaube, es hat Max beeindruckt, dass Jamie so glücklich gewirkt hat«, sagt Dana. »Jeder konnte sehen, wie harmonisch eure Beziehung war.«

Es versetzt mir einen schmerzhaften Stich, zu hören, wie sie in der Vergangenheitsform über mich und Jamie spricht.

»Möglich«, gebe ich zurück. »Habt ihr es schon Joanna erzählt?«

Dana schüttelt den Kopf.

»Ich überlasse es Max, ihr davon zu erzählen. Sie sind schon so lange befreundet. Joanna und ich dagegen ... Nun ja. Dir ist sicher aufgefallen, dass Joanna sich mir gegenüber recht kühl verhält.«

»Wirklich?«, lüge ich. »Ich glaube, Joanna mag dich. Aber ich gebe dir recht. Sie wird es vermutlich lieber von Max hören. Sie sind schon so lange miteinander befreundet. Es würde ihr nicht gefallen, wenn Max dich vorschickt.«

Dana wirft mir einen langen Blick zu. Dann nickt sie und sieht aus dem Fenster. Ich lasse sie sitzen und kehre zu meiner Klasse zurück.

Auf dem Weg durch die Flure schnürt mir mein tiefer Schmerz die Kehle zu. Ich denke an Nick, der so bemüht war, alles Schmerzhafte von mir fernzuhalten.

Deine Bemühungen waren völlig umsonst, Nick. Es ist mein erster Tag und ich muss mich über Verschwörungstheorien und Heiratsanträge unterhalten.

10

Zwölf Tage nach dem Unfall

»Ich wollte dir Bescheid geben, dass wir in dreißig Minuten aufbrechen werden.«

Es ist Mum, die anruft, bevor sie Devon verlassen. Sie reisen einen Tag vor der Beerdigung an.

»Ich denke, wir werden zum Dinner bei dir sein. Aber mach dir bitte keine Umstände deswegen. Ich habe sowieso ein schlechtes Gewissen, weil du dich um alles allein kümmern musstest.«

»Musste ich nicht«, beruhige ich sie. »Joanna hat mich unterstützt. Außerdem werden nur wenige Leute zur Beerdigung kommen. Sieben, um genau zu sein. Ich habe dir doch erzählt, dass ich entschieden habe, die Zeremonie im kleinen Kreis zu halten.«

»Trotzdem. Ich habe ständig das Gefühl, dass ich mehr

für dich da sein müsste. Aus der Ferne ist es so schwierig, etwas für dich zu tun. Wenn ich heute Abend komme, werde ich dir unter die Arme greifen.«

»Es gibt tatsächlich etwas, wobei ich eure Hilfe brauche«, erkläre ich. »Ich war gestern nach der Arbeit im Elektrogeschäft und habe drei Bewegungsmelder gekauft. Jemand müsste die Solarpaneele und die Bewegungsmelder an der Hauswand anbringen.«

Am anderen Ende stöhnt Mum.

»Oh Kat. Ich wusste, dass es nicht gut ist, wenn du alleine in diesem Haus bleibst.«

»Unsinn«, entgegne ich eine Spur zu ungezügelt. »Ich brauche nur eine Weile, um mich darin zu gewöhnen, dass ich nachts alleine bin. Das ist alles. Und ich bin sicher, dass ich besser schlafen werde, wenn die Bewegungsmelder angebracht sind.«

Mum seufzt.

»Du weißt, dass ich der Meinung bin, dass du zurückkommen solltest. Dein Dad und ich haben gestern Abend noch einmal die Pläne unseres Hauses durchgesehen. Er glaubt, dass es möglich wäre, im Obergeschoss eine abgetrennte Wohnung einzurichten. Es müssten ein paar Wasseranschlüsse verlegt werden und zur Treppe hin müsste eine Wand eingezogen werden. Dein Dad könnte jemanden damit beauftragen. Dann könntest du dir in wenigen Monaten in unserem Haus eine eigene Wohnung einrichten. Privat, aber nicht einsam. Und wenn du einmal nicht allein sein wolltest, brauchtest du nur die Treppe herunterkommen und könntest mit uns im Wohnzimmer sitzen ...«

Bis hierhin habe ich ihr geduldig zugehört. Aber jetzt unterbreche ich sie.

»Mum. Ich habe sechs Jahre lang mit Jamie in diesem Haus gelebt. Wenn ich von hier weggehen würde, würde ich auch von ihm weggehen. Es war Jamies Haus. Sein Lachen. Seine Stimme. All die glücklichen Erinnerungen an ihn hängen an diesem Haus. Auch wenn es im Moment hart ist - ich kann das nicht einfach zurücklassen. Die Erinnerungen an Jamie sind alles, was ich noch von ihm habe.«

»Allein, dass du Bewegungsmelder installieren willst, verrät mir, dass du dich in diesem Haus nicht so wohl fühlst, wie du mich glauben lassen willst.«

Mum hat messerscharf kombiniert. Aber ich kann ihr nicht sagen, dass ich das Gefühl nicht los werde, dass mich jemand vom Fenster aus beobachtet hat. Dass ich den Bewegungsmelder gekauft habe, weil ich sichergehen will, dass niemand in der Dunkelheit unbemerkt vor meinem Haus steht. Der Gedanke, dass jemand durchs Fenster ins Innere meines Hauses gespäht hat, lässt mich nicht los. Sobald ich mich alleine im Haus aufhalte, vergewissere ich mich, dass die Haustüre abgeschlossen ist. Für den Fall, dass noch einmal jemand mein Grundstuck betritt, ohne sich mir erkennen zu geben, möchte ich nicht, dass er die Tür zu meinem Haus öffnen und hereinkommen kann.

»Wir reden später darüber«, sagt Mum. »Dein Dad wartet auf mich. Er möchte, dass ich ins Auto steige.«

Sie ermahnt mich noch, dass ich mir ausreichend Ruhe gönnen soll, und beendet unser Telefonat.

*

Fünfzehn Minuten später bringt mich die abgeschlossene Haustür zum zweiten Mal in Verlegenheit. Ich habe das Spülbecken volllaufen lassen und will mich dem immer größer werdenden Berg von schmutzigem Geschirr widmen, dem ich keine Beachtung mehr geschenkt habe, seit ich an die Arbeit zurückgekehrt bin. Es sind die ersten Anzeichen der Einsamkeit. Alltägliche Gebrauchsgegenstände, die ich früher sofort an ihren Platz zurückgebracht habe, bleiben liegen. Genauso wie ich aufgehört habe, mir nach dem Duschen die Mühe zu machen, mit einem Tuch meine Haare aus dem Siphon zu entfernen. Irgendwann werde ich einen aggressiven Rohrreiniger verwenden müssen, um den Abfluss wieder frei zu bekommen. Im Moment aber gibt es niemanden, der sich an ein paar liegen gebliebenen Haaren stört. Oder an einem Berg Geschirr.

Ich habe meine Hände gerade ins warme, schaumige Wasser getaucht, als ich ein energisches Klopfen höre. Ich zucke unwillkürlich zusammen. Dann ziehe ich eilig die Hände aus dem Schaum, streife die Feuchtigkeit am Stoff eines Küchenhandtuchs ab und laufe zur Tür. Noch bevor meine Hand den Schlüssel herumgedreht hat, klopft es erneut. Ich beginne, zu schwitzen, weil mir einfällt, dass ich vergessen habe, vorher einen Blick aus dem Fenster zu werfen. Kurz zögere ich. Dann eile ich zurück ins Wohnzimmer, weil sein Fenster die perfekte Position hat, um von dort die Einfahrt zu überblicken.

Es ist Leon. Schon wieder.

Ich spüre eine leichte Gereiztheit.

Was will er diesmal? Ist ihm die Milch ausgegangen? Hat er Cupcakes gebacken, die er mit mir teilen möchte?

»Ich komme«, rufe ich laut und gehe zurück zur Tür.

Sekunden später stehe ich ihm gegenüber.

»Hi Leon.«

Ich lächle höflich.

Leon sieht mich an. Dann die Tür.

»Du schließt also doch ab«, sagt er.

Ich mache ein überraschtes Gesicht und möchte es im ersten Moment leugnen, bemerke aber den wissenden Ausdruck in seinen Augen.

Leon deutet auf die Tür.

»Du hast mich nicht gehört. Ich habe laut geklopft. Zweimal. Weil du nicht geöffnet hast, wollte ich reinkommen. Das konnte ich aber nicht, weil die Tür abgeschlossen war.«

Eine steile Sorgenfalte liegt zwischen seinen Augen. Aber ich bilde mir ein, auch einen leisen Vorwurf herauszuhören.

Gut möglich, dass er es persönlich nimmt. Leon ist es gewöhnt, jederzeit vorbeikommen zu können. Er klopfte nie an, als Jamie noch am Leben war, sondern rief Jamies Namen erst, wenn er bereits im Windfang stand.

Ich verschränke die Arme vor der Brust.

»Woher wusstest du, dass ich zuhause bin?«, frage ich und überlege, wie lange Leon wohl vor meinem Haus gewartet hat.

Leon macht eine Kopfbewegung in Richtung Garten.

»Ich bin ums Haus herum gegangen, weil ich sehen wollte, ob du da bist. Ich dachte erst, du wärst vielleicht unterwegs. Aber du hast am Spülbecken gestanden. Das Wasser lief. Wahrscheinlich hast du deshalb mein Klopfen nicht gehört.«

»Meine Eltern kommen heute Abend«, sage ich sachlich. »Ich mache sauber.«

Leon nickt, aber die Information scheint ihn nicht besonders zu interessieren. Er deutet wieder auf die Tür.

»Und warum schließt du ab?«

Ich hole tief Luft.

»Dir ist sicher bewusst, dass es Teile unseres Landes gibt, in denen es völlig normal ist, die Haustür abzuschließen. Dass hier niemand ein Problem damit zu haben scheint, dass jederzeit Fremde im eigenen Haus stehen können, bedeutet nicht, dass ich mich damit wohl fühle. Ich sehe mir die Menschen gerne vorher an, die ich mein Haus treten lasse.«

Mein Haus.

Bei den Worten zucke ich selbst erschrocken zusammen. Es ist das erste Mal, das ich das Haus so nenne. Und es war nicht geplant. In meiner Anspannung ist es mir einfach herausgerutscht.

Aber falls es Leon stört, dass ich das Haus so genannt habe, lässt er es mich nicht merken. Er zieht lediglich eine Braue hoch.

»Ich bin kein Fremder.«

»Natürlich nicht«, sage ich milder.

Leon legt den Kopf schief.

»Und soweit ich weiß, sind nur Max, Joanna und ich in eurem Haus ein und aus gegangen.«

»Einmal stand ein Fremder in unserem Windfang«, verteidige ich mich. »Ein Tourist. Er hat sich in der Hausnummer geirrt.«

Leon seufzt.

»Wie auch immer. Ich habe mir Sorgen gemacht.«

Er mustert mich unverhohlen und fügt dann hinzu:

»Du siehst nicht gut aus.«

Ich blinzle erstaunt und sehe an mir hinunter. Da ich das Haus an diesem Tag noch nicht verlassen habe, flattert eine von Jamies bequemen Jogginghosen um meine Beine und meine nackten Füße stecken in seinen großen, weichen Pantoffeln. Ich habe das auch früher oft getan - wenn wir zu Hause waren, Jamies Kleidung getragen. Sie ist bequem.

»Isst du genug?«, fragt Leon.

Jetzt reagiere ich gereizt.

»Ich habe kürzlich meinen Mann verloren. Es ist sicher normal, dass der Appetit leidet.«

Leon zuckt zusammen und starrt betroffen auf den gepflasterten Untergrund.

»Bist du deshalb hier?«, frage ich. »Um mich darauf hinzuweisen, dass meine Tür abgeschlossen ist, und mir zu sagen, dass ich schlecht aussehe?«

Leon schüttelt den Kopf.

»Natürlich nicht. Ich wollte fragen, ob du meine Hilfe brauchst. Ich habe noch nie eine Beerdigung organisiert, aber wenn du mir sagst, was ich tun kann ... Ich weiß, dass es dir elend geht. Wenn es irgendetwas gibt, das ich für dich tun kann ...«

Plötzlich wirkt er verunsichert und ich bereue, dass ich so unfreundlich zu ihm war. Offenbar ist er herübergekommen, weil er mir seine Hilfe anbieten wollte.

»Musst du nicht arbeiten?«, frage ich, um einen freundlichen Ton bemüht.

Leon ist freiberuflicher Berater in einer Firma, die Kunden im Online-Marketing unterstützt. Er arbeitet von zu Hause aus und kann sich seine Arbeitszeiten flexibel einteilen. Dennoch - ich kann mir nicht vorstellen, dass er mitten im Jahr zu wenige Aufträge hat.

»Ich habe mir frei genommen. Dachte, du brauchst vielleicht Hilfe mit den Vorbereitungen für morgen.«

Mein Gesicht wird milder.

»Es ist lieb, dass du das anbietest. Aber ich konnte das meiste an Joanna abgeben. Sie wollte sich unbedingt um alles kümmern.«

»Ach so.«

Leon nickt und seine Hände schlüpfen in die Taschen seiner ausgewaschenen Jeans.

»Also, dann verschwinde ich jetzt wohl besser wieder.«

Er wendet sich zum Gehen.

»Leon?«, sage ich.

Sein Kopf schnellt zu mir zurück.

»Es tut mir leid, dass ich so unfreundlich war. Die Beerdigung morgen ... Ich habe keine Ahnung, wie ich das durchstehen soll. Ich denke schon die ganze Woche darüber nach, ob es möglich ist, einfach nicht hinzugehen.

Bei der Vorstellung, zuzusehen, wie Jamie beerdigt wird, kann ich kaum atmen. Ich bin ein Wrack. Deshalb habe ich vorhin so schroff reagiert.«

Leon sieht mich lange und intensiv an, und für einen kurzen Moment halte ich die Luft an, weil ich erwarte, dass er auf mich zutreten und mich in die Arme nehmen wird. Aber der Augenblick streicht vorüber, ohne dass Leon sich bewegt.

»Du musst dich nicht entschuldigen«, sagt er, als mich sein Blick schließlich loslässt. »Ich bekomme auch kaum Luft, wenn ich an morgen denke. Ich wünschte, ich könnte etwas für dich tun.«

Seine Worte klingen aufrichtig.

Aus einem Impuls heraus antworte ich:

»Es reicht, dass ich weiß, dass ich dir wichtig bin.«

Leon starrt mich an und ich spüre die Irritation, die meine Worte in ihm ausgelöst haben.

»Ich meine, es hilft mir zu wissen, dass du dich um mich sorgst«, füge ich schnell hinzu.

Leon zuckt mit den Schultern.

»Ich bin kein aufgeschlossener Mensch. Jamie war der einzige wahre Freund, den ich hatte. Ich weiß, dass er gewollt hätte, dass ich jetzt für dich da bin.«

Es geht ihm um Jamie, denke ich. Selbst nach seinem Tod geht es ihm nur um Jamie.

Plötzlich weiß ich nicht mehr, was ich von Leons

Besuchen halten soll. Sollte ich gekränkt sein, weil er so offen zugibt, dass er sich aus einer Verpflichtung Jamie gegenüber um mich sorgt?

Leon lächelt mich an und ich wische die Gedanken schnell weg.

»Wir sehen uns morgen, Kat.«

Damit dreht er sich um und geht an meinem Wohnzimmerfenster vorbei hinauf zur Straße. Als sich sein Spiegelbild über das Glas der Scheibe bewegt, denke ich an den Schatten, den ich in der Dunkelheit gesehen habe. Leon befindet sich jetzt genau an der Stelle, an der die Person gestanden haben muss, die in mein Haus gespäht hat. Direkt vor der großen, knietiefen Scheibe meines Wohnzimmerfensters.

Bisher hatte ich immer eine gesichtslose Person vor Augen. Aber was, wenn es jemand war, den ich kenne?

Ich sehe zu, wie sich Leons große, hagere Gestalt von meinem Haus entfernt, und stelle mir vor, wie er wenige Minuten zuvor in meinem Garten gestanden und mir vom Küchenfenster aus zugesehen hat. War ich wirklich so in Gedanken versunken, dass ich ihn nicht bemerkt habe?

Ich trete aus dem Schatten meines Hauses.

»Leon. Warte.«

Leon hat das obere Ende der Einfahrt erreicht, bleibt stehen und dreht sich langsam zu mir um.

»Warum hast du nicht ans Küchenfenster geklopft?«, rufe ich.

Es kommt mir seltsam vor, dass er mich durchs Fenster gesehen hat, und dann auf die Vorderseite des Hauses zurückgekehrt ist, um dort erneut laut an der Haustür zu klopfen.

Leon blinzelt überrascht.

»Weil du mich nicht bemerkt hast. Ich hatte Angst, dass du dich erschrecken könntest, wenn ich hinter dir an die Scheibe klopfe.«

Ich nicke. Erleichtert.

Leon zuckt entschuldigend mit den Schultern, grinst schief und biegt ums Eck.

11

Der Tag der Beerdigung

Sieben Leute sind in die St Mary's Chapel gekommen. Mum, Dad, Joanna und ich sitzen direkt vor dem Altar. Leon, Max und Dana in der Bank hinter uns. Wie von mir beabsichtigt sind alle anderen Bänke leer geblieben. Und so richten sich die sanften Worte des predigenden Pfarrers alleine an uns.

»Es war eine schöne Beerdigung«, sagt Dana später, als wir in einem Café zusammensitzen. »Ich weiß, dass Jamie nicht oft in die Kirche gegangen ist. Aber ich glaube, diesen Pfarrer hätte er gemocht. Er war irgendwie jung und unkonventionell. Und er hatte eine nette Art, uns sein Mitgefühl auszudrücken und gleichzeitig in so bunten Farben über Jamies Leben zu sprechen.«

Selbst heute versucht sie, etwas Nettes zu sagen.

Ich lehne mich an Mum und sehe durchs Fenster hinaus auf den weißen Sand. Das Café, in dem Joanna einen Tisch für uns reserviert hat, steht mitten in den Dünen. Von meinem Platz in der Mitte des Raums sehe ich den langgezogenen, weißen Sandstrand. In der Ferne schlendern Spaziergänger in langen Hosen und Windbreakern die Wasserlinie entlang, während ein kräftiger Wind ihre dünnen Jacken bläht und ihre Haare zerwühlt.

»Es ist interessant, dass du es so empfunden hast«, sagt Joanna, die rechts von mir sitzt. »Ich finde, der Pfarrer ist viel zu wenig auf Jamies Leben eingegangen. Seine Erfolge im Nationalteam wurden überhaupt nicht genannt. All die Informationen, die ich ihm vorab über Jamies Leben habe zukommen lassen, wurden nicht erwähnt. Nur ein paar Worte über seine Liebe zu Kat, und die Erwähnung, dass Rugby seine Leidenschaft war. Im Grunde war es eine Predigt wie all die anderen, die vor trauernden Angehörigen gehalten werden. Keine, die einem Star wie Jamie gerecht wurde.«

Ich muss Joanna nicht ansehen, um zu wissen, dass Sie die Arme vor der Brust verschränkt hat und Dana provokativ ansieht.

Bevor Dana etwas erwidern kann, schaltet sich Mum ein.

»Ich denke nicht, Joanna, dass es üblich ist, dass Geistliche ausführlich auf berufliche Erfolge eingehen. Es liegt nicht in der Natur der Kirche, die Menschen an ihrem Erfolg zu messen.«

Dad und Leon nicken zustimmend.

Joanna zuckt mit den Schultern.

»Es wäre schade, wenn es so ist. Aber wie ihr wisst, hatte ich nie viel mit der Kirche zu tun. Als Sportjournalistin bin ich darauf ausgerichtet, mich für die herausragenden sportlichen Leistungen der Menschen zu begeistern.«

»Hat man dich eigentlich einen Beitrag über den Unfall machen lassen?«, fragt Leon.

Joanna schüttelt den Kopf.

»Nein. Ich wurde gefragt, ob ich an einer Sondersendung mitwirken möchte, habe aber abgelehnt. Es war eine Sache, über Jamies Spieleinsätze zu berichten. Öffentlich seinen Tod abzuhandeln ist eine andere.«

Neben mir nicken meine Eltern verständnisvoll.

Ein Kellner kommt mit einem Tablett an unseren Tisch und stellt eine silberne Platte mit Sandwiches vor uns ab. Ich habe keinen Hunger, bin mir aber der aufmerksamen Blicke meiner Eltern bewusst und beuge mich über die Tischplatte, um nach einem der Brote zu greifen.

Wir essen schweigend. Joanna starrt aus dem Fenster. Max und Dana sitzen aneinandergelehnt mit dem Rücken zur Wand. Während Max den Blick gesenkt hält, beobachtet Dana Gäste am anderen Ende des Raums. Leon, der neben Dana sitzt, kaut konzentriert.

Mum nimmt das Gespräch schließlich wieder auf.

»Es ist jedenfalls schön zu sehen, dass du so erfolgreich geworden bist«, sagt sie zu Joanna. »Ich stelle es mir nicht einfach vor, in dieser Branche Fuß zu fassen. Eine meiner Schulfreundinnen hat auch Journalistik studiert. Sie arbeitet heute noch für unsere Lokalzeitung. Ich glaube, sie schreibt für den Kulturteil. Immer, wenn irgendein Künstler der Gegend Bilder ausstellt, berichtet sie darüber.«

Joanna streicht sich eine Strähne aus der Stirn.

»Es ist wie fast überall. Es reicht nicht aus, gut zu sein. Man braucht Glück und die richtigen Kontakte, um erfolgreich zu sein.«

Dad nickt zustimmend.

»Genau das habe ich immer zu dir gesagt«, raunt er Mum zu. »Joannas Erfolg ist mit Jamies Karriere verknüpft.«

Er wendet sich an Joanna.

»Ich liege doch sicher richtig mit der Annahme, dass die BBC dich nach diesem Interview eingestellt hat, das du damals während des Six-Nations-Turniers mit Jamie geführt hast? Kats Mum und ich haben es gelesen. Es war Jamies erster Einsatz im Nationalteam. Wir waren damals so stolz und aufgeregt.«

Er stützt sich auf den Tisch, um an Mum vorbei mich anzusehen. Seine Augen glänzen.

»Weißt du noch, Kat? Wir haben dich damals angerufen.«

Ich nicke. Natürlich erinnere ich mich. Ich werde diesen Tag nie vergessen. Wie ich den ganzen Vormittag über vor der Klasse stand und mich zwingen musste, nicht ständig mein Handy zu zücken. Wie ich am Nachmittag nach Hause fuhr und im Auto nach einem Sender suchte, der über das Turnier berichtete.

Traurig lächle ich.

»Ihr habt keine Vorstellung, wie aufgeregt Jamie vor dem Spiel war«, sage ich. »Teil des Nationalteams zu sein war das Größte für ihn.«

Am anderen Ende des Tischs grinst Max.

»Stimmt. Es war das einzige Mal, dass ich ihn wirklich nervös erlebt habe. Ich erinnere mich noch daran, wie er mir erzählt hat, dass er spielen wird. Er ist nervös im Zimmer auf- und abgelaufen und konnte keinen Moment stillstehen. Ich hatte das Gefühl, etwas sagen zu müssen, das ihn beruhigte. Also habe ich so etwas Dummes gesagt wie: *Am Ende ist es ein Spiel wie jedes andere. Du wirst das tun, was du immer tust.* Totaler Quatsch, und wir wussten es beide.«

»Ja, das war wirklich Quatsch«, sagt Leon.

Max nickt und lässt den Kopf sinken.

Neben mir beugt sich Joanna über die Tischplatte und sieht Dad an, der ihr gegenübersitzt.

»Sie haben übrigens recht mit dem, was Sie gerade zu ihrer Frau gesagt haben, Mr Thomas. Es war tatsächlich ein glücklicher Zufall, dass einer meiner engsten Freunde im Nationalteam spielte. Und Jamie war großartig. Er wusste, dass es meiner Karriere einen Kick geben würde, wenn er sich von mir interviewen ließ.«

»Das ist aber eine ziemliche Abschwächung, Joanna.«

Leon sieht Joanna mit gerunzelter Stirn an.

»Er hat sich damals nicht einfach nur von dir interviewen lassen. Er hat dir ein Exklusivinterview gegeben.«

Joanna erwidert seinen Blick freundlich.

»Stimmt. Das hat er. Ich wusste anfangs nicht, dass Jamie nur mit mir sprechen würde. Es wäre mir nie in den Sinn gekommen, ihn darum zu bitten. Immerhin war er ganz frisch im Nationalteam und ich bin davon ausgegangen, dass er alles daran setzen würde, in den Spieldokumentationen zu Wort zu kommen.«

»Jamie war wirklich ein wundervoller Mensch«, sagt Mum. »Als er damals praktisch über Nacht berühmt wurde, fürchteten wir, dass ihn der Ruhm verändern würde. Aber irgendwie ist es ihm gelungen, nicht abzuheben.«

Sie legt ihre Hand liebevoll auf mein Haar und ich atme den Mandelduft ihrer Handcreme ein, während sie sanft über meinen Kopf streicht.

»Wir hätten uns keinen besseren Mann für Kat vorstellen können.«

Wir nicken alle und wechseln traurige Blicke.

Im nächsten Moment tritt der Inhaber des Cafés an unseren Tisch und platziert einen Teller mit Shortbread in unserer Mitte.

»Ein Geschenk unseres Hauses«, sagt er mit verlegenem Blick in meine Richtung.

Offenbar hat er mich erkannt und weiß, weshalb wir dunkel gekleidet in seinem Café sitzen.

»Dankeschön«, sage ich und sehe zu, wie der Mann sich umdreht und mit steifen Schritten in Richtung Küche davonschreitet.

Neben mir erhebt sich Joanna plötzlich von ihrem Stuhl und beugt sich über die Tischplatte. Mit ausgestreckter Hand deutet sie auf den funkelnden Ring an Danas Finger.

»Es ist nicht das, was ich denke, oder?«, fragt sie in spitzem Ton.

Ich halte den Atem an und beobachte, wie Danas Lippen ein überraschtes Lächeln formen.

»Oh.«

Sie räuspert sich.

»Ich dachte, du weißt es ...«

Ein schneller Blick zu Max.

»Hast du nicht gesagt, du würdest es Joanna erzählen?«

Aber Max antwortet ihr nicht, sondern sieht Joanna

über den Tisch mit müden Augen an.

»Ich hatte vor, es dir zu sagen. Sorry. Dana und ich heiraten.«

Ich verfolge, wie sich Joannas Augenbrauen wölben. Sie öffnet den Mund, aber die Worte bleiben in ihrer Kehle stecken.

Ihr Blick richtet sich auf mich. Ungläubig.

Wusstest du es?

Ich zucke mit den Schultern und tue so, als wusste ich es nicht.

»Herzlichen Glückwunsch«, höre ich Leon sagen.

Aus dem Augenwinkel nehme ich wahr, wie meine Eltern besorgte Blicke wechseln. Ich weiß, dass sie in diesem Moment mit mir leiden.

»Es ist eine mutige Entscheidung, sich für das Leben mit einem anderen Menschen zu entscheiden«, sagt Dad mit tiefer Stimme. »Aber es ist eine, die es wert ist, getroffen zu werden.«

Ich sehe von Joanna zu Dana.

Ihre Augen leuchten und ich merke, dass es ihr schwerfällt, ihr Glück zu verbergen.

Aber ich verzeihe ihr. Sie ist diejenige von uns, die Jamie am Kürzesten gekannt hat. Sie hatte nie eine enge Verbindung zu ihm.

Joanna sinkt auf ihren Stuhl.

»Na dann«, sagt sie und hebt ihr Glas hoch. »Herzlichen Glückwunsch an das glückliche Paar.«

Dann sieht sie Max eisig an und fügt hinzu:

»Schade, dass Jamie das nicht mehr miterlebt. Er hätte sich für euch gefreut.«

Ich sehe noch, wie Max' Gesichtszüge versteinern. Dann schiebe ich meinen Stuhl zurück und entschuldige mich auf die Toilette. Auch wenn ich verstehe, dass Joanna enttäuscht ist, dass Max ihr nicht von der Verlobung erzählt hat, erspare ich mir ihre hitzköpfige Art an diesem Tag.

Als ich wenig später an den Tisch zurückkehre, haben sich Joannas Gesichtszüge wieder entspannt. Sie sitzt zurückgelehnt, die Arme vor der Brust verschränkt.

»Ich muss euch auch etwas mitteilen«, sagt sie, als ich wieder sitze. »Ich wünschte, ich müsste es nicht gerade heute tun, aber es lässt sich kaum länger aufschieben.«

Sie holt tief Luft.

»Ich bin schwanger.«

Ihre Worte lösen einen Schauer des Entsetzens in mir aus. Ich spüre, wie das Blut in meinen Schläfen zu pochen beginnt. In meiner Kehle breitet sich ein pelziges Gefühl aus und mein Hals wird trocken.

Ich spüre, wie Joanna ihren Kopf in meine Richtung dreht. Sekundenlang starren wir uns wortlos an.

Ich bin deine beste Freundin. Warum hast du es mir nicht erzählt?

Joanna wendet den Blick wieder ab. Sie weiß, dass ich es ihr übel nehme, dass sie es mir nicht vorher gesagt hat.

»Also das ist wirklich eine Überraschung, Joanna«, sagt Mum neben mir. »Wir wussten nicht einmal, dass du einen Freund hast.«

Joanna spreizt die Lippen.

»Tatsächlich, Mrs Thomas, braucht man nicht zwingend einen Freund, um schwanger zu werden. Es reicht völlig aus, nach der Arbeit in eine Bar zu gehen, sich neben einen attraktiven und irgendwie interessant wirkenden Mann zu setzen und mit ihm seinen Frust über einen schlechten Arbeitstag im Whisky zu ertränken. Leider.«

Mum hebt eine Augenbraue, sagt aber nichts. Und auch der Rest des Tisches verharrt in einer Art Schockstarre. Danas Mund steht weit offen, während ihr Blick unverhohlen über Joannas Oberkörper wandert. Währenddessen bewegt sich ihre Schulter in Max' Richtung. Ich ahne, dass sie unter der Tischplatte nach seinem Oberschenkel sucht. Einen Augenblick später richtet Max sich gerade auf. Er ignoriert Danas Annäherung und starrt Joanna mit aufeinandergepressten Lippen an. Nur Leons Blick ruht auf mir. Er hat die Arme hinter dem Kopf verschränkt und schüttelt ungläubig den Kopf, während seine Lippen stumm Worte formen, *What the fuck*!

Obwohl Mum über Joannas Antwort schockiert ist,

findet sie als Erste wieder Worte.

»Da hast du natürlich recht«, antwortet sie freundlich. »Es war eine voreilige Annahme von mir, dass du in einer Beziehung bist. In der heutigen Zeit ist das natürlich nicht zwingend so.«

Später wird sie mir am Telefon sagen, dass sie es erschreckend findet, dass eine intelligente, gebildete junge Frau wie Joanna so leichtsinnig ist, sich von einem Fremden schwängern zu lassen. »Sie weiß es noch nicht. Aber ihre goldene Karriere geht gerade den Bach runter ...«, wird sie mit dem wissenden Ton einer Mutter sagen. »Oder sie lässt das Kind von Fremden betreuen. Dafür braucht sie aber auch erst einmal das nötige Kleingeld. Die Betreuung in Kinderkrippen ist unglaublich teuer. Ich bezweifle, dass sie es sich leisten kann, das Kind vor dem zweiten Geburtstag abzugeben. Hätte sie eine Familie, die ihr hilft ... Wie war das gleich mit ihren Eltern? Die Mutter lebt nicht mehr, oder? Und der Vater?« Ich werde ihr antworten, dass ich kaum etwas über Joannas Eltern weiß, da sie nicht darüber spricht, und dann werde ich ihr in allem anderen zustimmen, weil ich keine Lust habe, weiter mit ihr über Joanna zu sprechen.

»Und wann kommt das Baby?«, fragt Dana, der es irgendwie gelingt, echtes Interesse vorzutäuschen.

Joanna fährt sich mit der Hand durch ihre kurzen

Haare.

»Wenn es sich an den errechneten Termin hält, am 24. Oktober. Ehrlich gesagt glaube ich aber nicht, dass es das tun wird. Mein Gefühl sagt mir, es wird später kommen.«

Leon lässt die Arme sinken.

»Willst du damit sagen, dass du im fünften Monat schwanger bist?«, fragt er erstaunt.

»Fünfter Monat. Jap.«

»Fünfter Monat. Wow.«

Leon sieht wieder zu mir herüber. Aber diesmal tue ich so, als bemerke ich es nicht.

»Wie hast du den Termin berechnet?«, fragt Dana. »Wurde vom Eisprung aus gezählt oder vom ersten Tag deiner letzten Periode? Ich bin letztes Jahr Tante geworden. Soweit ich weiß, gibt die Berechnung mithilfe des Eisprungs ein zuverlässigeres Ergebnis.«

Joanna starrt sie verblüfft an.

»Keine Ahnung, Dana. Meine Frauenärztin hat den Termin berechnet.«

Mein Mund ist staubtrocken und ich sitze wie erstarrt auf meinem Stuhl. Ich will nicht schwierig sein, aber es fühlt sich falsch an, am Tag von Jamies Beerdigung erst über Danas und Max' Verlobung, und dann über Joannas Schwangerschaft zu sprechen. Ich weiß, dass sie es nicht geplant haben. Beides wäre vermutlich längst ausgesprochen worden, wenn Jamies Unfall nicht passiert wäre.

Aus Rücksicht auf mich haben sie die Neuigkeiten so lange zurückgehalten.

Was würde Jamie davon halten, wenn er uns sehen könnte?

Ob er gewusst hat, dass Max heiraten wird?

»Ich gehe davon aus«, dringt Joannas Stimme an mein Ohr, »dass die Ärztin den Termin noch korrigieren wird. Sie meinte, der Fötus hinkt der zeitgemäßen Entwicklung etwas hinterher. Es wäre mir ganz recht, denn ich muss zugeben, dass ich mich noch nicht ganz bereit fühle, die Mutterrolle zu übernehmen.«

Ich wende mich ab und sehe hinaus auf den weiten, weißen Strand. In der Ferne rollen die weißen Schaumkronen der Wellen übers Meer. Es ist erstaunlich, denke ich, wie die unzähligen kleinen Gasbläschen den mechanischen Kräften des Wassers standhalten. Die eingeschlossene Luft lässt den Schaum oben schwimmen. Ein Bestandteil des Meeres, der dennoch sieht, was außerhalb des Wassers geschieht. Er war Zeuge, als Jamies Wagen über die Klippen rutschte.

Als wir später durch die Dünen zurück zu unseren Autos gehen, atme ich tief die salzige Luft ein. Max und Dana gehen ein paar Meter entfernt neben mir. Schweigend, wie ich zuerst glaube. Bis in einer kurzen Windstille ihr Flüstern zu mir herüberdringt.

»Ich hatte dich doch gebeten, den Ring heute nicht zu

tragen.«

Max klingt wütend.

Ich schiele zu ihnen hinüber und sehe, wie Dana ihn mit großen Augen ansieht, bevor sie den Mund öffnet, um sich zu verteidigen.

»Ich dachte, es ging dir nur darum, die Beerdigung nicht zu stören. Ich habe den Ring abgenommen, bevor wir die Kirche betreten haben. Danach habe ich ihn wieder angesteckt. Du hast mir diesen Ring gekauft, aber irgendwie habe ich das Gefühl, dass du nicht möchtest, dass ich ihn trage.«

Ich höre Max' Seufzen.

»Es wäre mir einfach recht gewesen, wenn Kat nicht gerade heute davon erfährt.«

Danas Augen werden noch größer.

»Aber Max. Kat wusste längst, dass wir verlobt sind.«

****

Sie hat also die Bombe platzen lassen. Ich wusste genau, dass sie es tun würde, aber ich habe darauf gesetzt, dass sie warten würde. Aus Respekt dir gegenüber.

Es hat die ganze Zeit an ihr genagt. Ich habe es ihr angesehen, als sie neben dir in ihrem weiten, schwarzen Leinenkleid in die Kirche gekommen ist. Ihr Blick war die ganze Zeit starr nach vorne gerichtet. Nicht ein einziges Mal hat sie den Kopf zur Seite gewendet. Wahrscheinlich hätte ich da wissen müssen, dass sie sich nicht zurückhalten würde.

Natürlich habe ich kein Recht, wütend zu sein. Aber für dich tut es mir leid, Kat. Es war egoistisch von ihr, dich heute damit zu belasten. Nach allem, was passiert ist, war das das Letzte, das du verdient hast. Ich gehe davon aus, dass sie es nicht geplant hat. Jetzt im Nachhinein wird es ihr leidtun, dass sie nicht auf dich Rücksicht genommen hat.

Wahrscheinlich sollte ich froh sein, dass sie nicht mit allem ausgepackt hat. Ich bete, dass sie den Rest für sich behalten wird. Nur so kann ich weitermachen. Nur, wenn ich an eine friedliche Zukunft glaube. Ich weiß, dass es die geben kann. Die Wahrheit kennen nur zwei Menschen. Wenn beide schweigen, werden wir so weiterleben wie bisher.

12

Vierzehn Tage nach dem Unfall

»Ich frage mich, wie viele Quadratmeter dieses Haus hat. Auch wenn es keinen Keller besitzt, wirkt es so geräumig. Es fällt mir immer wieder auf, wenn ich hier bin. Dein Wohnzimmer ist so groß wie zwei Zimmer. Und dann das langgestreckte Obergeschoss mit vier Zimmern ...«

Es ist der Morgen nach Jamies Beerdigung. Genau zwei Wochen nach dem Unfall. Ich stehe am Küchenfenster und sehe hinaus in den Garten, während ich Mum zuhöre, die eine Kanne Earl Grey aufbrüht und dabei über das Haus redet, das ich gerade geerbt habe.

Während wir in der Küche stehen und uns unterhalten, ist Dad auf dem Dach und versucht, die Bewegungsmelder zu installieren.

»Bitte achte darauf, dass du sie so hoch anbringst, dass

man sie vom Boden aus nicht manipulieren kann«, wies ich ihn an, als ich ihm nach dem Frühstück die solarbetriebenen Leuchten in die Hand drückte.

So hatte es mir der Verkäufer erklärt.

Dad begutachtete die rechteckige Verpackung, auf der noch der Preis zu lesen war. Ich habe mich bewusst für ein hochwertiges Produkt entschieden, weil ich das Vertrauen haben will, dass das Gerät funktioniert.

»Für den Preis hättest du dir auch eine Videokamera anschaffen können«, brummte Dad.

Er muss mir nicht sagen, dass er es lächerlich findet, mein Haus mit dermaßen teuren Bewegungsmeldern auszustatten. Wie Mum denkt er, dass es meiner mentalen Verfassung zu schulden ist, dass ich so viel Geld dafür ausgegeben habe. Und ich kann es sogar verstehen. Sie wissen, dass die Gegend sicher ist. Die Menschen in der Umgebung lassen ihre Häuser tagsüber offen. Sie stören sich nicht daran, dass gelegentlich jemand einfach ins Haus kommt, nachdem er laut an die Tür geklopft hat und ihm niemand geöffnet hat. Ich weiß, dass meine Eltern sich keine Sorgen um meine Sicherheit machen. Sie sind nur besorgt um meine psychische Verfassung.

»Wer hat eigentlich früher hier gewohnt?«, fragt Mum.

Ich nehme den Blick von der frisch gemähten Rasenfläche.

»Ich weiß nicht genau«, antworte ich. »Eine Frau, glaube ich. Das Haus hat Jamies Mum gehört. Sie hat es von ihren Eltern geerbt und danach vermietet. Als sie gestorben ist, ist Jamie eingezogen und hat eine Studentenwohnung daraus gemacht.«

Mum öffnet den Küchenschrank über unseren Köpfen und nimmt zwei Tassen heraus. Heißer Tee strömt durch die Kannenöffnung ins Porzellan und verbreitet einen frischen, leicht blumigen Duft. Mums Lieblingstee.

»Du solltest dir Gedanken darüber machen, was du mit dem Haus machen willst.«

Sie setzt die Kanne ab und öffnet den Deckel der Zuckerdose.

»Ich finde, es ist zu groß, um alleine hier zu wohnen. Wenn du wirklich hier in Schottland bleiben willst …«

Ich lasse sie den Satz nicht beenden.

»Ich werde hier bleiben, Mum. Abgesehen von all den Erinnerungen an Jamie sind auch all meine Freunde hier. Wirklich einsam wäre ich, wenn ich nach England zurückgehen würde. Es ist über sechs Jahre her, seit ich dort zur Schule gegangen bin. Ich habe zu niemandem mehr Kontakt.«

Mum sieht mich lange an. Den Deckel der Zuckerdose hält sie noch in der Hand.

Irgendwann reicht sie mir seufzend die Tasse Tee.

»Ich verstehe dich ja. Es wäre mir einfach lieber, dich nicht alleine in diesem Haus zu wissen. Sogar mir kommt es ohne Jamie leer vor.«

Ich straffe meine Schultern.

»Ich werde mich daran gewöhnen, Mum.«

Die Worte kommen so einfach über meine Lippen. Ich will sie überzeugen, dass es das Richtige ist, hier zu bleiben, obwohl ich mit keiner Faser meines Körpers daran glaube, dass ich mich je daran gewöhnen kann, ohne Jamie in diesem Haus zu leben. Seit Jamies Unfall sind vierzehn Tage vergangen, und ich fühle mich mit jedem Tag unwohler, wenn ich mich im Haus aufhalte. Es ist nicht nur die Einsamkeit. Seit ich weiß, dass jemand auf meinem Grundstück gestanden hat, fühle ich mich nicht mehr sicher. Doch einfach ausziehen und das Haus, in dem Jamie und ich so glücklich miteinander waren, zurücklassen, kann ich nicht. Es ist gut, denke ich, während ich am Tee nippe, dass jetzt die Bewegungsmelder angebracht sind.

Durch die dünnen Wände dringen Geräusche von der Treppe in unsere Küche. Dad kommt durchs Wohnzimmer zu uns in die Küche. Auf seiner Stirn perlt Schweiß und sein Gesicht ist von der anstrengenden Arbeit gerötet.

»Alles erledigt«, sagt er und knetet seine Hände.

»Ab jetzt kann sich niemand mehr im Dunkeln deinem Haus nähern, ohne dass mindestens ein grelles Licht anspringt.«

Er zwinkert mir zu.

Ich gehe zu ihm und werfe meine Arme um seinen Hals.

»Danke, Dad«, sage ich, als ich mich wieder von ihm löse.

Er nickt zufrieden.

»Außerdem habe ich mir die Versicherungspolice angesehen.«

Er deutet in Richtung meines Büros.

»Ich bin davon ausgegangen, dass es dir recht ist, wenn ich mich darum kümmere«, fügt er hinzu.

Ich hebe überrascht eine Augenbraue, doch er wartet nicht, bis ich etwas darauf sage, sondern fährt fort.

»Alles ist gut, Kat. Du musst dir keine Gedanken machen.«

Ich kneife die Augen zusammen.

»Was genau heißt das?«

»Es bedeutet, dass Jamie die Lebensversicherung direkt nach eurer Hochzeit abgeschlossen hat. Vor eineinhalb Jahren. Der Vertrag hat eine Klausel, die besagt, dass die versicherte Summe einbehalten wird, falls der Versicherer in den ersten zwölf Monaten nach Vertragsschluss Selbstmord begeht. Wäre der Unfall in diesem Zeitraum passiert, hätte es Probleme geben können. Aber in diesem Fall musst du dir keine Sorgen machen. Die Versicherung wird dir die volle Summe auszahlen. Egal, zu welchem Schluss die Polizei am Ende kommt.«

»Ah.«

Ich nicke mechanisch.

Eigentlich interessiert mich das Geld nicht. Ich bin Lehrerin. Das, was ich zum Leben brauche, verdiene ich selbst.

Als hätte Dad meine Gedanken gelesen, klopft er an die Wand.

»Einiges davon wirst du in dieses Haus stecken müssen. Du weißt es noch nicht, aber es kostet viel Geld, ein Haus instand zu halten.«

»Oh«, hauche ich. »Ich weiß das, Dad. Ich lebe seit fünf Jahren hier. Seitdem haben wir einmal die Wände gestrichen, die Duschwand erneuert, die Einfahrt neu gepflastert und einen Mähroboter installiert. Mir ist bewusst, dass es Zeiten geben wird, wo ich Geld in das Haus investieren muss. Trotzdem habe ich nicht vor, das Geld von Jamies Versicherung anzurühren. Ich werde jedes Jahr etwas von meinem Gehalt beiseitelegen. Ich zahle keine Miete. Es wird also ausreichen, um mich gut um dieses Haus zu kümmern.«

Dad nickt.

»Eine sehr vernünftige Einstellung. Es beruhigt mich trotzdem zu wissen, dass du das Geld nun auf jeden Fall bekommen wirst.«

*

Meine Eltern bleiben bis zum Abend. Zu dritt machen wir einen ausgedehnten Spaziergang am Strand und nehmen im Hafenrestaurant einen Imbiss zu uns. Ich mache alles mit, weil ich weiß, dass sie es gut meinen. Aber als sie abgereist sind, steige ich als Erstes die Stufen hinauf zu meinem Büro und setze mich vor meinen Laptop.

Geburtstermin berechnen,

tippe ich in die leere Zeile der Suchmaschine ein und wähle einen der vielen Rechner aus, die die Maschine ausspuckt.

Der Geburtstermin von Joannas Baby hat sich wie gedruckte Farbe in mein Gedächtnis gebrannt und meine Gedanken den ganzen Tag nicht zur Ruhe kommen lassen. *24. Oktober.*

Der Rechner ist komplexer als ich dachte. Es gibt kein Feld, in dem ich das Datum direkt eintippen kann. Stattdessen muss ich mit den Zahlen spielen. Ich teste den Rechner mit einigen Daten im Januar. Dann habe ich ein Match.

Erster Tag des Zyklus. 17. Januar. Errechneter Termin. 24. Oktober.

Es muss also um den 31. Januar herum passiert sein. Mit zittrigen Fingern öffne ich den Kalender auf meinem Handy und blättere in den Registerkarten, bis ich im Januar angekommen bin. Ich muss wissen, ob die Möglichkeit besteht, dass es Jamies Baby ist.

Mir ist natürlich bewusst, dass meine Rechnung mit dem Internetrechner unpräzise ist. Ich weiß, dass Babys nicht an einem einzigen Tag im Zyklus entstehen können. Trotzdem hoffe ich auf irgendeinen Hinweis in meinem Kalender, der mich beruhigt. Vielleicht finde ich heraus, dass Jamie in dieser Woche verreist war. Ein Trainingslager. Oder ein Auslandsspiel. Irgendein Ereignis, das mit einer mehrtägigen Reise verbunden war. Es würde mir die Gewissheit geben, dass Jamie nichts damit zu tun hat.

Es stellt sich heraus, dass der 31. Januar ein Sonntag war. Mein Kalender hat zu diesem Tag nur einen einzigen Eintrag. *Joanna.*

Ich sinke in die Lehne meines Bürostuhls und starre an die weiße Wand. Jamie war nicht verreist, und Joanna war an diesem Wochenende bei uns.

Es bedeutet überhaupt nichts, beruhige ich mich, als ich lange genug mit klopfendem Herzen ins Leere gestarrt habe. Vielleicht ist sie wirklich am Tag danach nach der Arbeit ins Pub gegangen und hat sich in Gegenwart eines Fremden volllaufen lassen. Es würde zu ihr passen, dass sie so etwas tut, wenn an der Arbeit etwas nicht glatt läuft. Mit beruflichen Misserfolgen kann Joanna nicht gut umgehen.

Ich werfe nochmal einen Blick in den Kalendereintrag, weil ich wissen will, wie lange sie an diesem Wochenende bei uns war. Auch am Samstag steht Joannas Name eingetragen. Darunter die Notiz: *Tagestickets für die Therme.* Das heißt, Joanna hat das gesamte Wochenende bei uns verbracht. Ich stehe auf und gehe unruhig in meinem Büro auf und ab.

Ich habe mir doch nicht eingebildet, dass Jamie und ich glücklich waren.

Ich stelle mich ans Fenster, presse meine Stirn gegen die kühle Scheibe und denke daran, wie sehr Jamie und ich diesen Tag in der Therme genossen haben. Als ich meine Augen schließe, habe ich wieder das Bild des weiß gefliesten Thermalbads vor mir. Ich spüre noch Jamies Hand an meiner Hüfte, als er mich im Whirlpool in seinen Schoß zog. Fühle sein stacheliges Kinn in meinem Nacken, während wir uns vom heißen, sprudelnden Wasser tragen ließen. Wir blieben an diesem Tag so lange im Pool, bis das Wasser in die Haut unserer Hände gedrungen war und ich die schrumpelige Oberfläche von Jamies Fingern auf meinem Körper spürte. Später dann lagen wir in einem mit Palmen bepflanzten Bereich auf gepolsterten Liegen. Infrarotlampen wärmten uns. Ich erinnere mich daran, dass Jamie von seiner Liege zu mir herüberblickte. Breit grinsend.

»Also ich finde es super hier. Ich verstehe nicht, warum Joanna nicht mitkommen wollte. Ihrem verspannten Rücken hätte es jedenfalls gut getan.«

Ich erinnere mich noch daran, dass ich ihn anlächelte. Die warmen Strahlen des roten Lichts in meinem Gesicht.

Joanna war nicht mitgekommen. Es waren den ganzen Tag über nur wir beide. Jamie und ich.

Ich öffne die Augen wieder und denke darüber nach, dass Joanna zwar offenbar das Wochenende bei uns verbracht hat, aber nicht mit uns ins Schwimmbad gekommen ist. Sie wollte mitkommen. Ich erinnere mich daran, dass sie extra ihren Bikini mitgebracht hatte. Weshalb hat sie sich umentschieden? War es monatliches Unwohlsein? Ich bin fast sicher, dass diese Worte aus ihrem Mund gekommen sind. Es würde bedeuten, dass sie uns angelogen hat, als sie über den Entbindungstermin gesprochen hat.

Ich gehe davon aus, dass die Ärztin den Termin noch korrigieren wird.

Ihr Kommentar auf Jamies Beerdigung. Ich hielt ihn für eine der üblichen Bemerkungen einer Schwangeren. Wenn Frauen in anderen Umständen sind, scheinen sie oft ein so großartiges Körpergefühl zu entwickeln, dass sie ihre Umwelt an sämtlichen Gedanken über den Verlauf ihrer Schwangerschaft teilhaben lassen. Aber vielleicht war dieser Gedanke falsch und Joanna hatte in Wahrheit einen anderen Grund, über den Geburtstermin zu spekulieren. Weil sie genau weiß, dass das Baby später zur Welt kommen wird.

Mit dem unangenehmen Gefühl, tief in die Privatsphäre einer anderen Person einzudringen, blättere ich in meinem Kalender zwei Wochen nach vorn. Zu einem Wochenende im Februar, an dem es von Donnerstag bis Sonntag nur einen Eintrag gibt.

Glenshee

Verblüfft schlage ich die Hand vor den Mund.

»Nein ...«

Es war das Wochenende, das wir zusammen in den Highlands verbracht haben. Kein Wunder, dass sie nicht will, dass wir das wissen.

13

Glenshee im Februar, erster Abend

Als Jamie und ich in Glenshee ankommen, fällt weicher, neuer Schnee vom Himmel.

»Die perfekte Kulisse für einen perfekten Urlaub.«

Jamie grinst triumphierend und biegt auf einen Weg ab, der zu zwei Häusern führt. Unter den Rädern des Wagens knirscht der Schnee, während wir langsam über den unasphaltierten Untergrund rollen.

»Da ist es«, sagt Jamie und deutet auf ein hölzernes Schild, auf dem mit großen, schwarzen Buchstaben *River House* geschrieben steht.

Neugierig sehe ich aus dem Fenster und lasse die weite, unberührte Natur auf mich wirken. Jamie parkt den Wagen und läuft in großen Schritten zum Haus. Ich sehe zu, wie er seine Nase an die Fensterscheibe presst und hineinspäht.

Er dreht sich zu mir um und winkt.

»Wir sind die Ersten.«

Ich schlüpfe in meine dicke Winterjacke und steige aus dem Auto.

Das *River House* ist ein aus braunen Steinen gemauertes altes Gebäude, das in neuerer Zeit renoviert und modernisiert wurde. Als ich es näher betrachte, entdecke ich am seitlichen Eck des Hauses ein großes, bodentiefes Fenster, hinter dem ich den Umriss eines Esstischs zu erkennen glaube. Drei weiße Sprossenfenster fügen sich im oberen Stockwerk harmonisch in die Linie zwischen Dach und Mauerwerk. Und seitlich läuft eine hüfthohe Mauer ums Haus herum, die das Anwesen von der umgebenden Landschaft trennt.

Ich bin fasziniert von der überwältigenden Weite der Landschaft. Den schneebedeckten Wiesen, Steinen, Hängen, hinter denen sich die Berge auftürmen. Von Jamie weiß ich, dass wir uns am südlichsten Rand des Cairngorms Nationalparks befinden.

»Ich geh den Schlüssel holen«, ruft Jamie und stampft zum Haus auf der anderen Seite des Weges.

Während ich darauf warte, dass er zurückkommt, atme ich die frische, klare Luft ein und spüre die Aufregung in meinen Gliedern. Obwohl mich die abgeschiedene Lage des Hauses im ersten Moment überrascht hat, finde ich den Ort perfekt. Die großartige Aussicht und die Stille der Natur sind einfach überwältigend. Ich stelle mir vor, drei Tage mit diesem phantastischen Ausblick zu wohnen. Gemeinsam mit unseren Freunden. Jamie hatte recht. Wir werden den perfekten Urlaub hier verbringen.

»Habe ich dir erzählt, dass ich schon einmal hier war?«

Jamie steht wieder neben mir und wedelt mit dem Schlüssel.

»Hier? In diesem Haus?«, frage ich überrascht.

Er lacht.

»Nicht in diesem Haus. Ein paar Orte weiter. In Braemar.«

Er steckt den Schlüssel ins Schloss und lässt uns ins Haus. Ich folge ihm.

»Wann war das?«, frage ich und streife meine Winterstiefel ab.

»Kurz, bevor ich auf die High School kam. In den Sommerferien bekamen wir Besuch von Verwandten aus Amerika und Mum war bemüht, ihnen die Schönheit unseres Landes zu zeigen. Deshalb mietete sie ein kleines Cottage und wir fuhren mit ihnen hier herauf. Ich erinnere mich daran, dass wir in einer mehrstündigen Wanderung auf den Lochnagar hinaufgestiegen sind.«

Er hängt seine Jacke an die Garderobe.

»Was meinst du, wie lange wir das Haus für uns haben

werden?«, fragt er.

Ich ziehe mein Smartphone aus der Jackentasche und werfe einen schnellen Blick darauf.

»Fünf Minuten«, antworte ich. »Höchstens. Dana schreibt, dass sie gerade von der A93 abgefahren sind.«

*

Wie wir gleich feststellen sollen, gibt es jedoch eine Sache, die nicht perfekt ist. Die Aufteilung der Schlafplätze. Die Schlafräume befinden sich im Obergeschoss des hellen, großzügig geschnittenen Hauses. Und es gibt nur drei davon. Zwei von ihnen sind mit Kingsize-Betten ausgestattet. Der Dritte, eine schmale Kammer unter dem Giebel des Daches, enthält zwei Einzelbetten und ein Kinderbettchen. Ohne Jamie danach gefragt zu haben, ging ich davon aus, dass Jamie ein Haus mit vier Schlafzimmern ausgewählt hatte. Eines für uns, eines für Max und Dana, eines für Leon und eines für Joanna. Ich schiele in seine Richtung, während wir gemeinsam durch die Räume gehen, und frage mich, ob er bei der Buchung übersehen hat, dass es einen Schlafraum zu wenig gibt. Oder ob er schlicht davon ausgegangen ist, dass es unsere nicht gebundenen Freunde nicht stören wird, sich ein Zimmer zu teilen.

Das Thema kommt zur Sprache, als alle eingetroffen

sind und wir zu sechst um den großen Esstisch herum sitzen und Sandwichs essen, die Dana in einer Kühltasche mitgebracht hat.

»Und? Habt ihr euch schon umgesehen?«, fragt Joanna und sieht uns neugierig an. »Wie sind die Zimmer?«

Sie ist als Letzte zu uns gestoßen und als Einzige noch nicht durchs Haus gegangen.

»Du wirst im größten Zimmer schlafen«, antwortet Jamie ihr mit vollem Mund. »Mit Leon zusammen.«

Joanna hört auf zu kauen und ihre dunkelblauen Augen verengen sich.

»Soll das heißen, dass es nur drei Schlafzimmer gibt?«, fragt sie.

»Ihr bekommt quasi das Kinderzimmer«, wirft Max ihr mit einem schelmischen Augenzwinkern über den Tisch zu.

Joanna ignoriert seinen Kommentar und sieht zu Leon hinüber, der schweigend auf seinem Stuhl sitzt und so tut, als beträfe ihn die Sache nicht. Ich bemerke, wie sie eine Braue hebt. Dann wendet sie sich wieder an Jamie.

»Du hast mir nicht gesagt, dass ich mir ein Zimmer teilen muss.«

Ihr Ton ist vorwurfsvoll. Aber ich kann es ihr nicht verübeln. Die Vorstellung, drei Nächte mit Leon in einem Zimmer zu schlafen, ist lausig.

Ich sehe zu Leon hinüber, der stumm zwischen uns

sitzt. Warum verhält er sich immer so merkwürdig? Ich frage mich das manchmal. Wenn wir anderen über alberne Dinge lachen, sitzt er schweigsam daneben. Die Augen auf einen Punkt außerhalb unserer Unterhaltung gerichtet. Als würde er versuchen, seine Gedanken vor uns zu verbergen.

»In der Anzeige stand, dass das Haus für sieben Personen geeignet ist«, verteidigt sich Jamie und steckt sich den letzten Bissen seines Brots in den Mund. »Ich bin davon ausgegangen, dass das ausreichend ist.«

Mir gegenüber lässt Max seine Finger knacken.

»Ich frage mich«, feixt er mit funkelnden Augen, »was für die siebte Person vorgesehen ist. Das Kinderbettchen?«

Dana ist die Erste, die hell zu lachen beginnt. Aber wir fallen alle ein.

Jamie dreht sich im Stuhl um und deutet auf den offenen Durchgang zum Wohnzimmer.

»Es gibt ein ausziehbares Schlafsofa«, sagt er.

»Großartig«, sagt Joanna mit gespreizten Lippen. »Das nehme ich.«

Ich sehe von Joanna zu Leon, der erleichtert wirkt.

Max beugt sich über den Tisch zu Leon und klopft ihm auf die Schulter.

»Glück gehabt, Kumpel. Sieht so aus, als hättest du das größte Zimmer für dich allein.«

Leon sieht ihn an und grinst. Aber es ist kein echtes Grinsen.

*

Wir vergessen das Dilemma mit den Schlafplätzen, als wir nach dem Dinner einen Whirlpool entdecken. Er steht auf der Veranda des Hauses und ist durch zwei große Nadelbäume vom Haus des Vermieters abgeschirmt.

»Ich hoffe, ihr habt eure Badesachen eingepackt«, sagt Joanna.

Wir stehen strumpfsockig auf den Holzlatten der Veranda und beugen uns über den Rand des runden Pools, in dem im Licht der Verandaleuchte verführerisch das blaue Wasser schimmert.

Jamie und ich nicken.

»Klar«, antwortet mein Mann und taucht neben mir einen Arm ins Wasser.

»Hast du meine Badehose eingepackt?«, höre ich Max Dana fragen.

Joanna sieht mich an und rollt mit den Augen. Ich grinse stumm zurück.

»Deine Badehose ist im Koffer«, antwortet Dana. »Genauso wie mein Bikini.«

Vor unseren Augen beugt sie sich zu Max und küsst ihn auf die Lippen.

Ich fange Jamies dankbaren Blick auf. Max ist nicht der Einzige, der seinen Koffer nicht selbst gepackt hat. Ich finde es nicht schlimm, dass er es mir überlassen hat. Aber es ist auch nichts, das ich alle wissen lassen würde. Jamie und ich waren uns immer einig darin, dass es ein paar Dinge gibt, die wir nicht nach außen tragen.

Joanna richtet sich auf und geht übers Holz zur Verandatür.

»In dreißig Minuten im Pool?«, ruft sie uns zu, bevor sie hinter der Glastür verschwindet.

Als wir eine halbe Stunde später wieder auf der Veranda zusammenkommen - wir haben in der Zwischenzeit unsere Koffer in den Einbauschränken verstaut -, trage ich einen neu gekauften, neonfarbigen Badeanzug. Eisige Kälte legt sich wie ein frostiger Mantel über die nackte Haut meiner Arme, während ich mein Handtuch neben dem Pool ablege. Dann tauche ins warme Wasser ein.

»Auf uns«, ruft Max, der schon im Pool sitzt und eine Bierdose hochhält. »Mögen wir drei Tage lang unseren Verstand ausschalten und Spaß haben.«

Jamie klettert über den Poolrand und verteilt weitere Bierdosen. Beinahe gleichzeitig lassen wir die Verschlüsse schnalzen.

Jamie steht noch im hüfthohen Wasser.

»Auf uns«, wiederholt er grinsend. »Einen Haufen Verrückter.«

Wir grölen und Max trinkt den ersten Schluck aus seiner Dose.

»Also gut«, sagt er, als sein Kopf wieder dahinter auftaucht. »Wie wäre es mit ein paar Runden *Never ever have I?*«

Joanna und ich wechseln einen Blick und ich weiß, dass wir das Gleiche denken. Wir haben das Spiel vor Jahren auf der Geburtstagsparty einer Studienkollegin gespielt und waren danach beide so betrunken, dass Jamie uns mit dem Auto abholen musste, weil wir uns auf dem Weg zur Bushaltestelle verlaufen haben.

»Ich habe nicht vor, an unserem ersten Abend mehr als diese Dose Bier zu trinken«, sagt Leon und sieht Max sachlich an.

Max verdreht die Augen, tut dann aber so, als würde er darüber nachdenken.

»O.k., Leon. Was hältst du davon? Wir spielen, bis die erste Bierdose leer ist.«

Er schüttelt seine Dose und hält albern das Ohr daran.

»Oh. Ich glaube, meine Dose ist schon halb leer. Es wird ein kurzes Spiel werden ...«,

»Leon hat recht«, mischt sich Jamie ein. »Ich habe auch keine Lust, morgen verkatert auf Skiern zu stehen.«

Max hebt abwehrend seine freie Hand hoch.

»Verstanden. Dann machen wir es so. Das Spiel ist zu

Ende, wenn der Erste nicht mehr mittrinken kann.«

Während ich Max zuhöre, betrachte ich unsere halbnackten Körper. Wir sind jung. Fit. Und haben Spaß. Irgendwann werden wir alle sehnsüchtig an diesen Abend zurückdenken. Irgendwann, wenn die Zeit die Sorglosigkeit unserer Jugend mit sich genommen hat.

»Kennt jeder die Spielregeln?«

Max sieht uns alle der Reihe nach an.

Dana schüttelt den Kopf.

»Ich nicht.«

»O.k. Sweetie, hör zu. Der, der dran ist, formuliert einen Satz. Wenn du diesen Satz für dich mit Ja beantworten kannst, hebst du die Hand. Wenn nicht, bleibt deine Hand unten.«

Max taucht mit dem Kopf unter Wasser und blubbert. Als er wieder auftaucht, fährt er sich mit der freien Hand durchs nasse Haar.

»Jamie fängt an«, sagt er bestimmt.

Ich höre, wie mein Mann grinst.

Alle Köpfe wenden sich in seine Richtung.

»Ich habe noch nie ...«, beginnt Jamie mit ernstem Gesicht, »... geschummelt, um bessere Noten zu bekommen.«

Danas und meine Hände sind zuerst in der Luft. Wir sehen uns an und lächeln.

Max folgt uns langsam. Zuletzt taucht Jamies Hand

aus dem Wasser auf.

Wir schauen gespannt zu Joanna und Leon, die nebeneinandersitzen.

Joanna zuckt mit den Schultern und führt grinsend die Bierdose an die Lippen.

Wir grölen laut.

»Und ich dachte immer, ehrgeizige Menschen schummeln nicht«, sagt Dana.

Joanna hebt selbstbewusst das Kinn.

»Man könnte sagen, dass es für einen guten Zweck war. Ich wusste, dass ich einen guten Abschluss brauche, wenn ich erfolgreich werden will.«

»Du hattest schon immer eine opportunistische Einstellung zur Wahrheit«, sagt Max.

Ich sehe von Joanna zu Leon. Es wundert mich nicht, dass Joannas Hand im Wasser geblieben ist. Joanna ist taff. Aber Leon. Von ihm hätte ich es nicht erwartet.

»Was ist mit dir, Leon?«, frage ich. »Ging es auch um die Abschlussnote?«

Leon sieht mich an und schüttelt den Kopf.

»Nein. Es ging nicht um eine Note. Ich hätte im zweiten Jahr vor dem gesamten Jahrgang einen Vortrag halten müssen. Weil ich in solchen Situationen aber vor Aufregung keinen klaren Satz rausbekomme, wusste ich, dass es eine Katastrophe werden würde. Ich habe eine chronische Kehlkopfentzündung vorgeschoben und der

Professor hat mir schließlich erlaubt, den Inhalt des Vortrags aufzuschreiben und als Handout an alle auszuhändigen.«

»O.k., das ist armselig«, antwortet Jamie. »Du hättest den Vortrag mit uns üben können. Warum hast du es nicht getan?«

Bevor Leon etwas darauf sagen kann, stößt Joanna ihm sanft den Ellenbogen in die Seite.

»Vergiss nicht, zu trinken«, raunt sie und deutet auf seine Bierdose am Rand des Pools.

Jamie beugt sich an mir vorbei in unsere Mitte.

»Lasst uns festhalten, Leute: Wir haben Joanna und Leon unterschätzt.«

Er sieht Max an.

»Wir spielen reihum. Du bist dran, Kumpel.«

Max grinst schon, bevor er den Mund öffnet.

»Also gut«, sagt er und reibt sich die Hände.

»Ich habe noch nie ... Sex mit einer Frau gehabt.«

Joannas, Danas und meine Hand schießen in die Luft. Dann, langsam, hebt sich eine Vierte. Leons Hand.

Irgendwie überrascht mich das nicht. Leon hatte nie ein Date, seit ich ihn kenne. Er geht nicht ins Pub, um sich zu betrinken. Er ist der schüchterne Typ Mann, der seine Zeit lieber allein zu Hause verbringt.

Wir starren ihn an und sekundenlang hört man nur das leise Rascheln des Windes in den Baumwipfeln. Im

Schein der Verandaleuchte bemerke ich die leichte Röte auf Leons Wangen. Als ich zu Max hinübersehe, liegt ein verdächtiges Blitzen in seinen Augen.

Er hat damit gerechnet, dass Leon die Hand hebt. Seinetwegen hat er die Frage gestellt.

Weil ich es gemein finde, dass Max Leon so bloßgestellt hat, öffne ich den Mund, um ihm beizuspringen. Aber Leon kommt mir zuvor.

»Nicht jeder von uns ist so wie Max«, sagt er.

Sein Ton ist sachlich, wie meistens.

»Ich bin sechsundzwanzig und habe die Richtige noch nicht gefunden. Da ich ein geduldiger Mensch bin, ziehe ich es vor, zu warten.«

Meine Lippen verziehen sich zu einem breiten Lächeln.

Gute Antwort.

»Was meinst du damit, dass nicht jeder so ist wie Max?«, fragt Dana mit glockenheller Stimme.

Für den Bruchteil einer Sekunde bilde ich mir ein, einen Anflug von Unbehagen in Max' Gesicht zu erkennen. Dann verdreht er die Augen und lehnt sich im Wasser zurück.

Leon sieht Dana freundlich an.

»Ich wollte damit nur sagen, dass ich nicht die Eigenschaft besitze, wie Max in Bars zu gehen und fremde Menschen anzusprechen.«

Dana kichert.

»Stimmt. So habe ich Max kennengelernt«, sagt sie und schmiegt sich an Max' Oberkörper.

»Weißt du noch?«, fragt sie ihn. »Es war im Jolly Doctors.«

Max kratzt sich am Kinn und nickt.

»Ich war an diesem Abend mit dem Nähclub im Pub«, erklärt Dana uns. »Und Jamie saß mit ein paar Jungs am anderen Ende der Bar. Irgendwann ist er einfach aufgestanden und hat sich mit einem Bier neben mich gesetzt.«

Unter der hellen Haut ihres Gesichts zeichnen sich ihre Wangenknochen ab, während gleichzeitig ihr Mund und ihre Augen zu strahlen beginnen.

Als niemand von uns etwas darauf sagt, dreht sie sich wieder zu Leon.

»Ich bin sicher, du wirst die Richtige noch finden«, sagt sie und prostet ihm etwas unsicher zu.

»Auf jeden Fall«, pflichtet Joanna ihr bei und trinkt, obwohl sie nicht muss.

Jamie deutet mit seiner Dose auf Dana.

»Dana, du bist dran.«

»Oh. O.k.«

»Überleg dir was Gutes, Liebling«, sagt Max leise.

Dana wirft ihr langes Haar über die Schultern.

»Ja. Natürlich.«

Dann starrt sie einige Sekunden lang in die weite Dunkelheit der Berge.

»Ich war noch nie ...«, beginnt sie, als ihr Kopf zu uns zurückkehrt, »... in Glenshee.«

Vier Hände tauchen gleichzeitig aus dem Wasser auf. Jamies und Joannas Hände bleiben unter der warmen Wasseroberfläche. Während ich überrascht zu Joanna sehe, wechseln die beiden einen Blick miteinander. Ich bemerke ihn, werde aber im gleichen Moment von Max abgelenkt, der mit gerunzelter Stirn den Kopf schüttelt.

Mein Blick kehrt zu Joanna zurück. Auf meinen Lippen brennt die Frage *»Du warst auch schon mal hier?«,* als Joanna doch noch ihre Hand hebt.

Von der anderen Seite des Pools ruft Max laut:

»Jawohl. Jamie trinkt.«

Breit grinsend legt mein Mann den Kopf in den Nacken und lässt das Bier seinen Rachen hinunterlaufen.

Ich bin noch verwirrt, als ich Max sagen höre:

»Ich erinnere mich noch dran, dass ihr hier rauf gefahren seid. Ihr hattet doch damals dieses amerikanische Ehepaar zu Besuch. Wer war das nochmal? Dein Großonkel? Deine Mum hatte keine bessere Idee, als mit ihnen im Sommer nach Glenshee zu fahren.«

Er redet mit Jamie und Jamie lacht.

»Das Ganze ist so lange her. Ich kann beim besten Willen nicht mehr sagen, wie die beiden mit uns verwandt waren.«

Mein Blick wandert wieder zu Joanna.

Sie liegt im Wasser, den Kopf entspannt zurückgelegt. Ihre Augen geschlossen.

14

Fünfzehn Tage nach dem Unfall

Seit Jamies Beerdigung sind zwei Tage vergangen. Joanna hat versucht, mich anzurufen. Zweimal. Beide Male stand ich mit dem Telefon in der Hand im Raum, starrte auf ihren Namen auf dem Display und wartete, bis der klingelnde Laut verstummte. Ihrem zweiten Anruf folgt schließlich eine Nachricht.

Hi Kat, es tut mir so leid. Ich wollte dich nicht verletzen. Ich kann verstehen, dass du im Moment nicht mit mir sprechen willst. Glaub mir bitte, dass ich nicht geplant habe, es euch auf Jamies Beerdigung zu erzählen. Ich habe völlig neben mir gestanden. Die Worte kamen aus meinem Mund, ohne dass ich daran dachte, was ich dir damit antun würde. Wenn ich könnte, würde ich sie zurücknehmen und auf einen besseren Moment warten.

Ich kaue auf der Unterlippe, während ich die Zeilen überfliege. Es hätte keinen Unterschied gemacht, wenn sie damit gewartet hätte. Joannas Schwangerschaft fühlt sich einfach nur falsch an.

Joanna hat nie davon gesprochen, Mutter zu werden. Oder zu heiraten. Sie ließ mich glauben, dass sie an ihrer Unabhängigkeit hängt. An ihrer Freiheit. Wenn wir gemeinsam an einem Spielplatz vorbeigingen, wendete sie nie den Kopf, um den spielenden Kindern zuzusehen.

Ich frage mich, wie es passiert ist, dass sie dermaßen die Kontrolle über ihr Leben verloren hat. Sie war in diesem Punkt nie unvorsichtig. Ich weiß, dass sie die Pille genommen hat, als wir noch zusammenwohnten. Hat sie ihre Arbeit so sehr vereinnahmt, dass sie eine Einnahme vergessen hat? Oder hat sie ein antibiotisches Medikament eingenommen? Ein Apotheker wies mich einmal darauf hin, dass die Einnahme von Antibiotika die Zuverlässigkeit hormoneller Kontrazeptiva beeinträchtigt. Ich war damals gerade 20 und froh, dieses Risiko zu kennen.

Aber wer weiß, ob Joanna die Pille überhaupt noch eingenommen hat. Sie könnte sie aus irgendeinem Grund längst abgesetzt haben. Trotzdem bleibt die Frage: War sie an diesem Abend so betrunken, dass das Wort Verhütung in ihrem Kopf keinen Wert hatte?

Ich formuliere eine knappe Antwort an sie.

Hi Joanna, du hast recht. Das Timing war schlecht. Du hättest es mir einfach vorher sagen sollen.

Als ich die Zeilen abgeschickt habe, lege ich mich aufs Sofa und starre an die Decke.

Warum hast du es mir nicht erzählt?

Die Frage geistert in meinem Kopf, seit ich weiß, dass Joanna wirklich schwanger ist. Immerhin hat sie sich Jamie anvertraut. Ihm hat sie es sofort erzählt.

Bis jetzt dachte ich, dass Joanna und ich alle wichtigen Momente unseres Lebens gemeinsam erleben. Als Jamie mich vor zwei Jahren fragte, ob ich ihn heiraten will, saß ich zehn Minuten später auf der Wäschetruhe im Bad. Meine Finger flogen über das schimmernde Display, während ich die Neuigkeit in unseren Chat tippte.

Du wirst es nicht glauben, ich werde heiraten.

Keine zehn Sekunden später schrieb Joanna zurück.

Oh, ich wusste, dass er dich fragen würde! Herzlichen Glückwunsch, meine Liebe. Ich freue mich darauf, mit dir das Kleid auszusuchen.

Und als Joanna das Jobangebot vom Sender bekam, rief

sie als Erstes mich an. Sie saß in einem Bus und ich hörte das röhrende Geräusch des Motors im Hintergrund.

»Du errätst nicht, wer mich gerade angerufen hat«, rief sie ins Telefon.

Ihre Stimme überschlug sich vor Aufregung. Bevor ich eine Vermutung abgeben konnte - ich hatte bereits eine -, platzte die Neuigkeit aus ihr heraus.

»Die BBC. Sie wollen mich haben. Kannst du das glauben? Mich? Eine vierundzwanzigjährige Journalistin?«

Ich war nicht so überrascht, wie sie es war. Schließlich kannte ich ihren bemerkenswerten Ehrgeiz.

Das Telefon liegt noch in meiner Hand, als jetzt Joannas Antwort aufleuchtet.

Du wirst es mir wahrscheinlich nicht glauben, aber ich habe es erst nach Jamies Unfall herausgefunden. Zu diesem Zeitpunkt konnte ich unmöglich mit dir darüber reden.

Ich lese ihre Worte und presse wütend meine Lippen aufeinander. Sie lügt mich an. Schon wieder. Sie hat es nicht nach Jamies Unfall herausgefunden, sondern davor.

Während ich noch wütend an die Decke starre, kommt mir ein anderer Gedanke.

Vielleicht hat es etwas Gutes, dass sie nicht ahnt, dass ich es weiß. Sie wird mich weiterhin anlügen. Und ich werde es genau wissen.

15

Glenshee im Februar, zweiter Abend

Im Wasser schimmert die blaue Farbe des Untergrunds, als wir auch am zweiten Abend unseres gemeinsamen Urlaubs im geheizten Pool beieinandersitzen. Unsere Muskeln sind nach einem Tag auf Skiern müde und erschöpft, finden aber jetzt im warmen Wasser Entspannung. Ich sitze zwischen Jamie und Dana. Wenn ich meine Beine gerade ausstrecke, berühren sie Joannas zierliche Füße. An diesem Abend sitzt sie mir genau gegenüber. Ihre Schultern hängen lässig über dem Rand des Beckens. In der Hand hält sie einen Becher Cider.

Neben ihr sitzen Max und Leon, die beide Bier trinken. Jamie, Dana und ich haben es vorgezogen, ohne Getränk im Wasser zu sitzen.

»Ihr wart also wirklich den ganzen Tag Schneewandern?«, fragt Joanna und sieht Dana an.

»Ich stelle es mir ziemlich anstrengend vor, so lange im Schnee herumzulaufen. So ganz ohne Skier unter den Füßen ...«

»Nicht den ganzen Tag«, antwortet Dana freundlich.

Joanna hebt eine Braue.

»Soll das heißen, ihr habt die meiste Zeit hier im Haus verbracht? Hoffentlich habt ihr euch nicht gelangweilt. So ganz allein ... Ohne uns.«

»Oh nein, keine Sorge. Wir haben uns nicht gelangweilt.«

Dana bleibt freundlich, aber ich höre ihr an, dass Joannas Fragen sie zu nerven beginnen.

»Wir hatten einen entspannten Tag«, springt Leon ihr bei. »Nachdem ihr weg wart, haben wir erstmal in Ruhe eine Tasse Tee getrunken. Später dann sind wir ...«

»Entspannt klingt gut«, unterbricht ihn Max, dessen Kopf halb im Wasser ist. »Hatten wir auch, oder? Einen entspannten Tag auf Skiern ...«

Er blubbert und grinst in unsere Richtung.

Ich nicke und stoße einen wohligen Seufzer aus.

Es war großartig, den Tag auf Skiern zu verbringen. Den Wind in den Haaren zu spüren, während die schneebedeckten Hänge an unseren Augen vorbeiflogen. Ich glaube, kaum eine andere Sportart verbindet Geschwindigkeit, Leichtigkeit und Koordination in einer derart harmonischen Weise miteinander.

»Klar hatten wir den«, sagt Jamie neben mir.

Es sind nur wir sechs, das Wasser des Pools und der Himmel über uns. Ich schaue in die vertrauten Gesichter meiner Freunde und empfinde Glück, zu ihnen zu gehören.

Ich weiß, dass keiner von ihnen perfekt ist. Leon hat eine schrullige, verschwiegene Art, die es schwierig macht, ihn näher kennen zu lernen. An Max stört mich oft, dass er Dinge zu locker nimmt. Seit ich ihn kenne, scheint alles für ihn ein großer Spaß zu sein. Die Mädchen, mit denen er sich vor Dana traf. Die Art, wie er sein Studium mit einem Minimum an Einsatz absolvierte. Die vielen durchzechten Nächte, die er mit Freunden in Bars verbrachte, die keiner von uns je kennen lernte. Und dann Joanna. Weil sie meine beste Freundin ist, gestehe ich mir ungern ein, dass sie in Wahrheit die Komplizierteste von uns allen ist. Ihr ständiges Streben nach Erfolg hat einen derart unnachgiebigen Charakter, dass mir durchaus schon der Gedanke gekommen ist, dass sie in gewissen Situationen berechnend sein kann. Durch ihre coole, taffe Art verbirgt sie es recht gut vor uns, aber sie ist regelrecht verbissen, was ihre äußere Wahrnehmung als Journalistin angeht. Anders als Jamie, dessen sportlicher Ehrgeiz seiner Liebe zum Sport entstammt, und der auch noch begeistert dem Ball hinterherjagen würde, wenn er nicht mehr im Nationalteam wäre, braucht Joanna den Erfolg. Und abgesehen davon, dass sie schwierig wird, wenn sie berufliche Probleme wälzt, hat Joanna eine eigenwillige Einstellung zu Menschen. Inzwischen weiß ich, dass sie innerhalb weniger Sekunden entscheidet, ob sie jemanden mag - oder nicht. Es war wohl Glück, dass sie entschieden hat, mich zu mögen. Denn Dana mag sie nicht.

Wir bleiben im Pool, bis sich Dana aus dem Wasser erhebt und erklärt, dass sie müde ist.

»Ich gehe auch schlafen«, erkläre ich und stemme mich vom Boden des Pools hoch.

Als ich hinter Dana über den Rand des Beckens steige, höre ich leises Geflüster in meinem Rücken.

»Findest du es nicht verrückt, dass du noch immer die gleiche Badehose trägst wie vor sieben Jahren?«

Es ist Joannas Stimme. Leise. Vertraut.

Ich wirble herum, weil ich wissen will, mit wem sie gesprochen hat, aber sie ist untergetaucht. Ihre kurzen, blonden Haare schweben wie ein Fächer unter der Wasseroberfläche, während ihre offenen Hände harmonisch durchs Wasser gleiten. Ich blicke in die Gesichter der Jungs, die sich inzwischen auch aus dem Wasser erhoben haben und mit nackten Oberkörpern in der kalten Nachtluft stehen, und darauf warten, hinter mir über den Ausstieg zu klettern. Jamie fängt meinen Blick auf. Als er mich warm anlächelt, fühle ich mich ertappt. Verlegen drehe ich mich um und wickle mich in mein Handtuch. Dann überquere ich die den eisigen Verandaboden und schlüpfe ins geheizte Haus. Hinter der Scheibe bleibe ich einen Moment lang stehen und sehe zu, wie Jamie, Max, Leon und Joanna nacheinander den Pool verlassen. Ich beobachte, wie Joanna ihr nasses Haar mit den Händen ausdrückt. Als ich spüre, dass Jamie mich durch die Scheibe beobachtet, drehe ich mich um und gehe in unseren Schlafraum.

*

In dieser Nacht wache ich einmal auf. Durch die schlecht schließenden Vorhänge fällt das Mondlicht auf die fremden Möbel. Ich fühle mich durstig und setze mich im Bett auf.

»Einer von den anderen ist wach«, ertönt gedämpft Jamies Stimme.

Ich wende den Kopf und sehe ihn im fahlen Lichtschein neben mir auf dem Rücken liegen, die Arme unter den Kopf geschoben. Er ist wach.

Ich sehe zur Tür und bilde mir ein, einen Lichtschein dahinter zu erkennen. Statt nachzufragen, ob er weiß, wer wach ist, flüstere ich zurück:

»Bist du schon lange wach?«

Ich höre seine Bewegung auf dem Kopfkissen, als er den Kopf schüttelt.

»Es ist mein typisches Problem mit fremden Betten. Als würde mein Körper spüren, dass er auf einer fremden Matratze liegt, habe ich auf Reisen einen unruhigen Schlaf. Ich wache immer wieder kurz auf, schlafe dann aber wieder ein.«

»Wirklich?«, frage ich erstaunt. »Das wusste ich nicht.«

Während ich mir vorstelle, wie Jamie in den Nächten vor seinen Auswärtsspielen wach in Hotels liegt, beuge ich mich aus einem plötzlichen Impuls heraus über ihn und küsse ihn auf den Mund. Seine Hand streicht zärtlich über meinen Rücken, als ich mich wieder von ihm löse.

»Mein Hals ist trocken«, sage ich und rutsche über die Bettkante. »Ich hole mir in der Küche ein Glas Wasser.«

»Denk dran, Schuhe anzuziehen. Der Boden ist kalt.«

Jamie gähnt laut und dreht sich auf die andere Seite. In Pantoffeln durchquere ich den Raum und schlüpfe durch die Tür.

Im Flur ist es hell, weil das Licht im Badezimmer an ist. Ein über der Badezimmertür eingebautes Glaselement lässt das Licht durch die Wand hindurchtreten. Ich gehe an den anderen beiden Schlafräumen vorbei in Richtung Treppe. Max und Danas Tür ist geschlossen. Aber die Tür zu Leons Schlafraum steht einen Spalt offen. Er ist also derjenige, der wach ist. Ich nehme eine Stufe nach der anderen und gehe leise in den unteren Stock hinunter. Als ich vor der Wohnzimmertür stehe, spähe ich durch den offenen Türrahmen. Ein Schiebetürelement trennt den Raum vom Flur, doch niemand von uns hat es je zugezogen. Zu meiner Überraschung ist das Sofa leer.

Dann ist es doch nicht Leon, denke ich, der sich um diese Zeit noch im Bad aufhält. Sondern Joanna.

Ich betrachte die Silhouette der bodentiefen Vorhänge am gegenüberliegenden Ende des Raums. Dahinter liegt die Veranda, auf der wir am Abend gemeinsam im Pool gesessen haben. Meine Hand liegt auf dem Holz des Türrahmens und ich stelle mir vor, wie sich jetzt die einsame Nacht im Wasser spiegelt. Mit nichts, außer den Geräuschen der Natur um sich herum. Ich werfe noch einmal einen Blick zum verlassenen Sofa. Dann schleiche ich leise weiter.

In der Küche lasse ich Wasser aus dem Hahn in ein Glas laufen und kippe es in einem Zug hinunter. Weil ich danach immer noch Durst habe, fülle ich es ein zweites Mal und mache mich mit dem vollen Glas auf den Weg zurück in mein Schlafzimmer. Diesmal klammere ich mich mit der freien Hand ans Geländer. Mit dem vollen Glas in der Hand nehme ich im Dunkeln eine Stufe nach der anderen. Auf der obersten angekommen taste ich nach dem Lichtschalter und schalte das Licht an. Ich habe die Tür zu unserem Schlafraum bereits halb geöffnet, als ich innehalte und mich noch einmal umwende.

Tatsächlich. Das Licht im Bad brennt nicht mehr.

Einen Moment lang wundere ich mich darüber. Ich war in der Küche. Wäre Joanna auf ihr Sofa zurückgekehrt, hätte ich sie durch die offenstehende Küchentür herunterkommen sehen müssen. Bin ich so müde, dass ich es nicht bemerkt habe?

Mein Blick streift die Tür zu Leons Raum. Sie steht noch immer einen kleinen Spalt offen. Gerade weit genug, dass die Dunkelheit dahinter zu erkennen ist.

Ich stehe wie angewurzelt in der Tür und lausche, ob irgendwo im Haus ein Geräusch zu hören ist.

Aber ich höre nichts. Nur mein eigener Atem dringt an mein Ohr.

»Verrückt«, murmle ich und schüttle über mich selbst den Kopf.

Mit der Hand schalte ich das Licht im Flur aus und verschwinde in unserem Schlafraum. Zwei Sekunden später liege ich wieder neben Jamie unter der warmen Decke. Sein Atem geht langsam und gleichmäßig. Er schläft wieder.

16

Fünfzehn Tage nach dem Unfall

Wenn ich jetzt an diesen Abend zurückdenke, bin ich beinahe sicher, dass es in dieser Nacht passiert ist. Zu viele von uns waren wach.

Immer wieder gehe ich zurück zu meinen Erinnerungen. Ich überlege, mit wem Joanna sich getroffen haben könnte, stolpere dabei aber über die vielen Ungewissheiten.

Wo war Joanna, während ich mir in der Küche ein Glas Wasser holte? Ich ging davon aus, dass sie ins Badezimmer gegangen war, um die Toilette zu benutzen. Aber als ich aus der Küche zurückkam und das Licht im Bad nicht mehr brannte, stieg ich nicht noch einmal hinab, um nachzusehen, ob sie wieder auf dem Sofa lag. Ich hatte mich nur eine oder zwei Minuten in der Küche aufgehalten, doch weder habe ich in dieser Zeit Schritte auf der Treppe gehört, noch habe ich Joanna gesehen. Sie könnte tatsächlich im Bad gewesen sein. Genauso gut könnte sie sich in jedem anderen Raum des Hauses aufgehalten haben. Sie könnte mit jemandem zusammen gewesen sein.

Mit Max. Leon. Oder Jamie.

War es Zufall, dass Leons Tür in dieser Nacht nur angelehnt war? Oder gab es einen Grund, weshalb sie einen Spalt offen stand?

Weshalb war Jamie wach, als ich aufwachte? Wirklich wegen des fremden Bettes, wie er behauptete? Als ich aus der Küche zurückkehrte, ging sein Atem gleichmäßig. Ich lag noch eine Weile wach, meinen Rücken an seinem, und spürte die rhythmische Bewegung seines Brustkorbs.

Und warum bin ich aufgewacht? Hatte ich tagsüber wirklich zu wenig getrunken? Oder hat mich ein Geräusch aus dem Schlaf gerissen?

Ich weiß zu wenig, um daraus Schlüsse zu ziehen. Tatsächlich könnte ich noch nicht einmal sicher sagen, ob Joanna in dieser Nacht überhaupt im Haus war. Sie könnte das Haus verlassen haben, ohne dass irgendjemand etwas davon bemerkt hätte. Als ich am Wohnzimmer vorbei gegangen bin und bemerkt habe, dass sie nicht auf dem Sofa lag, bin ich davon ausgegangen, dass sie wie ich aus dem Schlaf gerissen wurde. Aber genauso gut könnte sie bereits am Abend, nachdem der Rest von uns zu Bett gegangen ist, ihren Mantel übergezogen haben, ins Auto gestiegen sein und jemanden getroffen haben. Ich würde Joanna zutrauen, dass sie - alleine auf ihrem Sofa - Ablenkung auf ihrem Handy gesucht hat. Eine Dating App, die sie mit Männern aus der Umgebung in Kontakt gebracht hat. Vielleicht hat sie so jemanden kennengelernt, ein paar Mal mit ihm hin und her geschrieben und ist dann zu ihm gefahren. Es wäre wirklich völlig verrückt. Aber nichts, was ich ihr nicht zutrauen würde. Oder vielleicht ist sie einfach nur in ihr Auto gestiegen und zum nächsten Pub gefahren. Pubs gibt es überall im Land. Genauso wie Männer.

17

Glenshee im Februar, dritter Abend

Am dritten Abend unseres Urlaubs sind wir alle müde und erschöpft. Wir haben den ganzen Tag in der Kälte verbracht und die ungewohnte Bewegung im Schnee sitzt uns in den Gliedern. Wahrscheinlich hätten wir Skigymnastik machen sollen, bevor wir hierher kamen. Aber niemand von uns hat sich im Vorfeld darüber Gedanken gemacht. Wir kamen, um Spaß zu haben.

Nachdem wir wie jeden Abend gemeinsam gegessen haben, sitzen wir auf dem feinen, dunkelgrauen Teppichboden des Wohnzimmers zusammen. Die Beine weit von uns gestreckt, unsere müden Oberkörper ans weiche Polster des Sofas gelehnt.

»Es ist schade, dass wir morgen schon wieder abreisen«, sagt Dana, die als Einzige von uns steht.

In ihrem Arm liegt ein Staubsauger, den sie irgendwo im Haus aufgetrieben hat.

»Jetzt, wo wir uns an das Haus gewöhnt haben ...«

»Wir kommen auf jeden Fall wieder«, sagt Jamie, der neben mir sitzt.

Er richtet sich etwas auf und dreht den Kopf in unsere Richtung.

»Was sagt ihr? Nächsten Winter? Gleicher Ort, gleiche Zeit? Nur wir sechs. So wie früher.«

»Auf jeden Fall«, antwortet Max und grinst breit.

Jamie nickt, grinst zurück und sieht dann Leon an.

Auch er nickt.

»Klingt gut«, sagt Joanna.

Jamie strahlt. Meine Antwort braucht er nicht. Er weiß, wie sehr ich die Zeit mit unseren Freunden genossen habe. Aber mir fällt auf, dass auch Dana nichts gesagt hat. Als ich zu ihr sehe, steht sie an der großen Glasscheibe und starrt hinaus auf die dunkle Veranda.

»Es war wirklich wie früher«, sagt Max. »Manchmal vermisse ich die Zeit, in der wir ständig zusammen waren.«

In meinem Augenwinkel nickt Jamie.

»Ich auch. Wir hatten wirklich eine gute Zeit zusammen.«

»Wisst ihr, was ich am meisten vermisse?«, fragt Joanna.

Ihr Oberkörper kommt weit nach vorn. Sie sitzt mir schräg gegenüber, hat aber den Kopf gewendet und sieht zu Jamie und mir.

Ich schüttle den Kopf und sehe sie fragend an.

»Morgens gemeinsam aufzustehen«, erklärt sie. »Seit ich alleine wohne, verschlafe ich ständig. Wahrscheinlich, weil ich im tiefsten Inneren keine Lust habe, aufzustehen und mich alleine in meiner Wohnung für die Arbeit fertigzumachen. Das Alleinwohnen hat Vorteile. Zum Beispiel, dass ich mich besser auf meinen Job konzentrieren kann. Aber es ist auch sehr eintönig.«

Als sie verstummt, ist es einige Sekunden lang still im Raum. Schweigend sehen wir sie an, und ich bin wahrscheinlich nicht die Einzige, die nicht weiß, was ich darauf erwidern soll.

»Ach, komm schon«, sagt Jamie schließlich. »Du willst dich jetzt nicht über das Leben in deiner schicken, kleinen Stadtwohnung beschweren, oder?«

Joanna schüttelt den Kopf.

»Nein. Ich beschwere mich nicht. Diese schicke Stadtwohnung ermöglicht es mir, bei der BBC zu arbeiten. Dafür liebe ich sie.«

Der ernste Ausdruck verschwindet aus ihrem Gesicht. Sie zwinkert uns zu und wir lachen.

»Ich vermisse es, die Spiele gemeinsam anzusehen«,

wirft Max ein.

Ich denke an die gemeinsamen Abende in unserem Haus zurück und nicke zustimmend. Es war gemütlich, um den Fernseher herum zu sitzen. Eine Tasse warmen Tee im Schoß zu halten, während die Jungs ein Rugbyspiel analysierten.

Leon hebt den Kopf.

»Es klingt vielleicht lächerlich. Aber ich vermisse diesen weihnachtlichen Duft der Kekse, die ihr immer gebacken habt. Immer, wenn ich in der Weihnachtszeit zu euch rüberkam, hing er in der Luft.«

Joanna und ich wechseln einen schnellen Blick. Dann brechen wir in Lachen aus.

»Wann hast du aufgehört, Weihnachtskekse zu backen?«, fragt sie mich, als sie sich beruhigt hat.

»Als du ausgezogen bist«, gebe ich zurück. »Ich habe herausgefunden, dass es zwei Dörfer weiter einen ökologisch bewirtschafteten Hof gibt, wo man vor Weihnachten hausgemachtes Gebäck kaufen kann.«

»Ah.«

Sie nickt und schiebt ihre Unterlippe vor. Ihre Augen leuchten amüsiert.

»Ich gebe zu, dass ich auch lange nicht mehr selbst gebacken habe«, sagt sie dann. »Ich kaufe sie auch. Im Supermarkt.«

Ich nicke verständnisvoll. Klar, wir haben beide nicht

mehr die Zeit, uns in die Küche zu stellen.

Im nächsten Moment erfüllt Danas helle Stimme den Raum.

»Ich muss zugeben, dass ich immer etwas neidisch war.«

Beinahe gleichzeitig wenden sich unsere Köpfe in die Richtung, in der sie noch immer mit dem Staubsauger in der Hand steht.

»Ihr hattet eine so enge Freundschaft. Und ich hatte nie das Gefühl, dazuzugehören.«

Sie sieht uns mit gerecktem Kinn an, und ihr Blick hat etwas Trotziges, das ich nicht von ihr kenne.

Wir sind alle zu überrascht, um etwas zu sagen. Stattdessen sehen wir sie erstaunt an.

Ich habe immer geahnt, dass Dana so empfunden hat. Joanna und ich waren zu eng. Und Joanna war nicht bereit, Dana in unseren Bund aufzunehmen. Dazu schien Max Danas Gegenwart oft zu vergessen, sobald er mit uns zusammen war.

Weil keiner von uns reagiert, öffne ich schließlich den Mund.

»Du musstest dich erst an uns gewöhnen«, sage ich. »Und wir uns an dich.«

Es ist die nette Version der Wahrheit. An dem Tag, an dem Max Dana mit in unser Haus brachte, waren wir nicht bereit, eine Fremde in unsere Runde aufzunehmen.

Ich bin mir sicher, dass wir sie alle irgendwie als Eindringling empfunden haben.

Hätte Max uns darauf vorbereitet, dass er sie mitbringen würde ... Aber das hat er nicht. Wie ein Menü im Krankenhaus wurde sie uns einfach vorgesetzt.

Dana sieht mich an. Ihre Arme hängen kühl herunter.

»So war es wohl«, antwortet sie.

Danach ist die ausgelassene Stimmung weg. Dana verlässt mit dem Staubsauger den Raum und fährt wenig später damit im oberen Stockwerk über den Teppichboden. Wir bemühen uns, zu einem lockeren Ton zurückzufinden, aber ich spüre, dass Danas Worte an unserer Freundschaft gekratzt haben.

Jamie stemmt sich schließlich vom Boden hoch.

»Ich hole meine Badehose. Kommt jemand mit in den Pool?«

»Ich komme mit«, sage ich und stehe auch auf.

Ich freue mich darauf, ein letztes Mal mit meinen Freunden im warmen Wasser zu sitzen und die besondere Atmosphäre dieser kalten, kargen Gegend zu genießen.

Aber Joanna steht vom Boden auf und lässt sich aufs Sofa fallen.

»Ich bin heute nicht dabei«, erklärt sie. »Die Arbeit hat sich gemeldet. Ich muss dringend telefonieren.«

Zum Beweis zieht sie ihr Telefon aus der Hosentasche.

»Ich auch nicht.«

Leon wirft uns einen entschuldigenden Blick zu. »Ich möchte in Ruhe meine Sachen packen und dann früh ins Bett gehen.«

»O.k.«, sagt Jamie.

Wir sehen beide zu Max. Und mir fällt auf, dass auch er müde aussieht.

Seine Hände verschwinden in den Taschen seiner Jeans, während er sich langsam vom Boden erhebt. Ich bin nicht überrascht, als er antwortet:

»Ich bin auch raus.«

*

Während Max und Dana sich in ihr Zimmer zurückgezogen haben, Leon seinen Koffer packt und Joanna telefoniert, verbringen Jamie und ich den letzten Abend unseres Urlaubs im Pool. Mein Kopf liegt in seinem Arm, während wir uns leise unterhalten.

»Glaubst du wirklich, dass wir nächstes Jahr wieder hier sein werden?«, flüstere ich.

»Klar.«

Jamies Bart berührt kratzig meinen Rücken.

»Vielleicht nicht in diesem Haus«, fügt er hinzu.

»Ich mag den Pool«, gebe ich zurück.

Ich spüre sein breites, verführerisches Lächeln auf meiner Haut.

»Ich auch.«

Seine Lippen graben sich tief in meine Schultern.

»Leider war Joanna nicht begeistert«, murmelt er, »dass das Haus keinen vierten Schlafraum hat. Ich fürchte, wir werden uns nächstes Jahr nach etwas Größerem umsehen müssen.«

Ich lehne mich an ihn und schließe die Augen. Bis zum nächsten Winter kann so viel passieren. Ich will daran glauben, dass wir wiederkommen werden. Noch lieber aber würde ich die Zeit anhalten, solange wir noch alle hier zusammen sind.

»Es wäre schön, wenn es klappt«, murmele ich.

Als ich die Augen wieder öffne und mein Blick zufällig zum Obergeschoss des Hauses wandert, sehe ich Max am Fenster stehen. Als er bemerkt, dass ich zu ihm hinaufsehe, verwischt sein Umriss in den Schatten des Raums. Sekunden später werden die Vorhänge zugezogen.

18

Sechzehn Tage nach dem Unfall

Die Zeitungen schreiben über mich. Ich bemerke es durch Zufall, als ich im Supermarkt an einem Zeitungsständer vorbeigehe und mir die Titelseite einer Zeitschrift ins Auge springt, auf der Jamie und ich abgebildet sind. Ich bin es gewöhnt, in der Öffentlichkeit Fotos von Jamie zu begegnen. Aber es ist das erste Mal, dass sich die Presse auch für mich interessiert. Ich bleibe überrascht stehen, greife nach der Zeitschrift und schlage sie auf.

Tragisches Ende einer Ehe - so trauert Jamie Raes Ehefrau um ihre große Liebe lautet die Überschrift des Artikels. So unsensibel wie plump.

Verärgert starre ich auf ein darunter abgebildetes Foto, auf dem ich mit hängenden Schultern und gesenktem

Kopf einen Bürgersteig entlanggehe. Ich erkenne die Straße. Ein Fotograf muss mir vor der St Margaret's School aufgelauert haben und mich fotografiert haben, als ich den kurzen Weg vom Parkplatz zum Schulgebäude zurückgelegt habe. Mit zusammengekniffenen Augen überfliege ich den ersten Absatz des Artikels.

Der mysteriöse Tod des beliebten Rugbyspielers Jamie Rae hat das ganze Land erschüttert. Es war ein tragischer Unfall, der nicht nur viel zu früh das Leben des herausragenden Sportlers beendete, sondern auch eine junge Frau zur Witwe machte. Weniger als zwei Jahre sind seit dem Tag vergangen, an dem Jamie Rae und die schüchterne Lehrerin Katherine Thomas in einem Standclub ihre Hochzeit feierten. Nach dem frühen Tod seiner Mutter war sie die Frau an seiner Seite, die ihm Halt gab. Sie wollten eine Familie gründen. Einem Journalisten antwortete er noch kürzlich: »Natürlich wollen wir Kinder. Zwei vielleicht. Oder drei. Wir warten auf den richtigen Zeitpunkt. Im Moment wird unser Leben noch sehr durch den Sport bestimmt. Aber irgendwann wird der richtige Zeitpunkt kommen. Und dann sehen wir weiter.«

Ich erspare es mir, den gesamten Artikel zu lesen, sondern stecke die Zeitschrift zurück. Die nächste Zeitung, die ich aus dem Verkaufsständer ziehe, bezeichnet mich als *tapfere Witwe, die wenige Tage nach dem Tod ihres Mannes ins Klassenzimmer zurückkehrte.* Als ich weiterlese, merke ich, dass mir der Autor des Artikels zwischen den Zeilen vorwirft, emotional kalt zu sein.

Während sich diejenigen von uns, die Jamie Rae für seine großartigen sportlichen Leistungen bewundert haben, noch im Schock befinden, fährt seine Frau Katherine Rae inzwischen wieder jeden Morgen zur St Margaret's School, wo sie als Lehrerin arbeitet. Ein Pflichtgefühl, das wohl nur die wenigsten Menschen in dieser Situation aufbringen würden.

Schockiert stecke ich die Zeitung zurück in den Ständer und betrachte die Menschen, die wenige Meter entfernt an der Supermarktkasse anstehen. Innerlich erwarte ich, dass sie mich erkennen und anstarren. Aber sie beachten mich nicht. Ich beruhige mich damit, dass niemand den Schund liest, den diese Zeitschriften drucken, und reihe mich unauffällig in die Schlange der Kunden ein.

*

Ich habe gerade den Einkauf im Kofferraum verstaut, als mein Mobiltelefon klingelt. Als ich es aus der Tasche ziehe, erkenne ich eine lokale Vorwahl. Ein Anruf aus dem Festnetz.

»Hallo Mrs Rae.«

Sergeant Walkers kräftige Stimme dröhnt aus dem Lautsprecher.

»Hier ist Sergeant Walker vom Scotland Police Department. Haben Sie einen Moment Zeit?«

»Hallo Sergeant Walker«, sage ich schwach und drücke den Kofferraum zu.

»Ja, ich habe Zeit.«

Ich spüre einen kurzen Anflug von Hoffnung, als ich um den Wagen herumgehe, die Wagentür öffne und mich auf das Sitzpolster fallen lasse.

Vielleicht haben sie etwas herausgefunden, denke ich, und klammere mich an die Möglichkeit, dass er inzwischen mehr weiß.

Es dauert ganze zwei Sekunden, bis Sergeant Walker meine Hoffnung zerstört hat.

Zwei Sekunden, in denen er mich in sachlichem Ton darüber informiert, dass die Untersuchungseinheit zu dem Schluss gekommen ist, dass es sich bei dem Absturz von Jamies Wagen um einen Unfall gehandelt hat.

»Es konnte kein Hinweis auf Fremdeinwirken gefunden werden«, fährt er fort. »Deshalb werden wir die Ermittlungen an dieser Stelle nicht weiter vorantreiben.«

Ich sitze wie erstarrt auf meinem Sitz. Auf der anderen Seite der Fensterscheibe schiebt eine Mutter ein schreiendes Kleinkind im Einkaufswagen an mir vorbei, aber ich beachte sie nicht.

In meinem Kopf gibt es nur einen Gedanken.

Nun werde ich nie erfahren, warum Jamie nicht auf dem Weg zum Möbelhaus war.

»Das bedeutet, dass ich nie erfahren werde, was passiert ist«, höre ich mich ins Telefon sagen.

»Es tut mir leid, dass wir keine Antworten auf Ihre Fragen haben«, antwortet Sergeant Walker. »Wir haben gehofft, dass wir mit Hilfe der Bevölkerung herausfinden, wie genau sich der Unfall ereignet hat. Aber es hat sich niemand bei uns gemeldet. Zumindest niemand, der den Unfall beobachtet hat. Wir haben leider nur einen einzigen Hinweis erhalten. Von einem Mann, der glaubt, den Wagen Ihres Mannes am Samstagvormittag im Brocks Way stehen gesehen zu haben. Leider konnten wir mit dieser Information nicht viel anfangen.«

Ich sitze kerzengerade und presse die Kieferknochen aufeinander.

Max.

»Brocks Way?«, wiederhole ich. »Jamies bester Freund wohnt im Brocks Way.«

»Nun. Das würde dann passen.«

»Sein Name ist Max Todd. Er wohnt in 54 Brocks Way.«

Sergeant Walker räuspert sich.

»Mrs Rae. Wir haben entschieden, dass wir diesem Hinweis nicht weiter nachgehen werden, da er nicht direkt mit dem Unfall in Verbindung steht. Uns ist bewusst, dass Sie wissen möchten, was an diesem Vormittag geschehen ist, und ich wünschte, wir könnten Ihnen diese Frage beantworten. Aber es ist nicht die Aufgabe der Polizei, die Fragen der Hinterbliebenen zu klären ...«

Ich will dazwischenreden und ihn bitten, zu Max' Haus zu fahren und ihn zu fragen, ob Jamie vor seinem Unfall bei ihm war. Aber ich beiße mir auf die Lippen. Ich spüre, dass es nichts bringen würde.

*

Als ich wieder alleine mit mir selbst bin, schalte ich den Motor an und steure den Mini über die Felder zurück zu meinem Haus. Es sind zwei Lachssteaks in meinem Kofferraum, die mich davon abhalten, den direkten Weg zu Max' und Danas Haus einzuschlagen. Zuhause trage ich den Einkaufskorb in die Küche, lege den Fisch in den Kühlschrank und werfe einen Blick auf die Uhr neben der Verandatür.

Es ist halb sechs. Ich habe keine Ahnung, wann Max von seiner Arbeit im Institut nach Hause kommt, aber ich halte es für wahrscheinlich, dass ich ihn zur Abendessenszeit zu Hause antreffen werde. Ich ziehe meinen Cardigan über, weil die Luft langsam frisch wird, und setze mich wieder ins Auto. Dreißig Minuten später halte ich vor dem Haus, in dem Max und Dana wohnen.

Dana öffnet mir die Tür. Mit einem Kochlöffel in der Hand und einer Schürze um die Hüfte.

»Kat.«

Ich sehe ihr an, dass sie überrascht ist, mich zu sehen.

»Darf ich reinkommen?«, frage ich, weil ich vermeiden möchte, dass Max dazukommt und mich an der Tür abwimmelt.

»Natürlich. Komm rein.«

Dana macht mir Platz und ich trete an ihr vorbei in den kleinen Flur, in dem wie immer alles perfekt organisiert wirkt. Die Schuhe stehen in einem einfachen, aber gut sortierten Schuhregal. Die Jacken hängen an hölzernen Haken, und auf dem Boden liegt ein hochwertig anmutender, dunkelgrauer Tiefflorteppich, der nur dazu da ist, den Schmutz der Straße aufzufangen. Das Haus trägt eindeutig Danas Handschrift.

Hinter mir schließt Dana die Haustür.

»Möchtest du mit uns essen?«, fragt sie freundlich, als sie an mir vorbei zur Küche geht. »Ich habe gerade ein paar Nuggets in den Ofen geschoben.«

Während sie kurz neben mir stehen bleibt, fällt mir auf, dass der Verlobungsring von ihrem Finger verschwunden ist. Aber ich habe keine Zeit, darüber nachzudenken.

»Nein danke«, antworte ich. »Ich will euch nicht lange stören. Eigentlich bin ich nur gekommen, um kurz mit

Max zu sprechen. Ist er zu Hause?«

Dana nickt.

»Im Wohnzimmer.«

Damit verschwindet sie in der Küche und ich stehe allein im Flur ihres Hauses.

Nervosität steigt in mir auf und ich spüre, wie die Innenflächen meiner Hände klamm werden. Ich hole tief Luft. Dann trete ich auf die Wohnzimmertür zu, die zum ersten Mal, seit ich in Max' und Danas Haus bin, nicht weit offen steht.

Ich spüre, dass Dana mich von der Küche aus beobachtet, während ich mit der Faust auf das Holz der Tür klopfe. Mein Herz pocht in meiner Brust, während ich vor der geschlossenen Tür warte.

»Geh einfach rein«, ruft Dana mir zu.

lch drehe meinen Kopf und lächle ihr zu. Dabei stelle ich mir die Frage, ob es klug war, hierher zu kommen, während Dana zu Hause ist. In meiner Erregung habe ich nicht daran gedacht, dass es möglicherweise klüger wäre, alleine mit Max zu sprechen. Max gibt in Danas Gegenwart immer den unbeschwerten, anständigen Typ. Wie wahrscheinlich ist es wohl, dass er in ihrem Beisein zugeben wird, dass er mich angelogen hat?

Dana bemerkt mein Zögern. Sie kommt aus der Küche herüber, schiebt mich leicht zur Seite und drückt auf die Klinke.

Sie steckt den Kopf in den Raum.

»Kat ist hier.«

Dann öffnet sie die Tür und tritt zur Seite. Ich stehe im Türrahmen und sehe Max, der mit ausgestreckten Beinen auf dem Sofa liegt und fern sieht. Sein Blick ist stumpf, als er den Kopf vom Bildschirm abwendet und mich ansieht. Ganz eindeutig hat sich schon jetzt unser Verhältnis durch Jamies Tod geändert. Früher hat die Leichtigkeit, die Jamies und Max' Freundschaft ausgemacht hat, mich immer mit eingeschlossen. In gewisser Hinsicht waren wir mehr eine Familie als Freunde, und mit derselben vertrauten Selbstverständlichkeit hielten wir uns im Haus des Anderen auf.

Aber jetzt ist Max' Gesicht kühl und ich fühle mich wie ein unerwünschter Eindringling.

»Hi Kat.«

»Hi.«

»Ich wusste nicht, dass du kommen wolltest ...«

Sein Blick gleitet zu Dana.

»Kat ist spontan vorbei gekommen«, sagt Dana schnell.

Nicht schwer zu erkennen, dass sie sichergehen will, dass Max nicht denkt, sie hätte mich an diesem Abend eingeladen. Ich empfinde Mitleid mir ihr, weil offensichtlich ist, dass Max' Stimmungen ihr zu schaffen zu machen.

»Es geht um den Tag, an dem Jamie verunglückt ist«,

spricht Dana weiter.

Einen kurzen Moment flackert Max' Blick. Dann hat er sich wieder unter Kontrolle. Er bewegt seine Hand zur Fernbedienung und schaltet den Fernseher aus.

Ich schlucke und öffne die Lippen.

»Es ist so. Jamie war auf dem Weg nach Edinburgh. Er wollte ein bestelltes Möbelstück abholen. Ich wusste nicht, dass er in die entgegengesetzte Richtung gefahren ist, bis die Polizei vor meiner Haustür gestanden hat. Ich habe lange darüber nachgedacht, aber mir ist kein einziger überzeugender Grund eingefallen, der erklären würde, warum Jamie in dieser Gegend war.«

Die Worte kommen schnell aus meinem Mund. Es ist mir jetzt egal, dass Dana neben uns steht.

»Die Stelle, an der er verunglückt ist, liegt nur einen Kilometer von eurem Haus entfernt.«

Ich schaue Max direkt in die Augen und fahre freundlich fort:

»Ich könnte verstehen, wenn du mich angelogen hast. Es war so kurz nach dem Unfall. Wir haben alle unter Schock gestanden ...«

Weil Max keine Regung zeigt, frage ich:

»War Jamie vor dem Unfall hier bei dir?«

Max sieht durch mich hindurch und schweigt.

Eine Sekunde. Zwei. Drei.

»Nein.«

Er schüttelt den Kopf.

»Wir waren beide nicht zu Hause. Ich bin morgens ins Fitnessstudio gefahren. Und Dana war bei ihren Eltern in Edinburgh. Wir waren nicht einmal in der Stadt, als der Unfall passiert ist.«

Ich lasse seine Antwort für einen Moment unangetastet im Raum stehen. Dann sage ich:

»Jemand hat gesehen, dass Jamies Auto vor eurem Haus geparkt hat.«

Damit hat er nicht gerechnet. Max stützt sich auf die Ellenbogen, sieht mich seltsam an und tut dann so, als hätte er meine Worte nicht gehört. Während sein muskulöser Oberkörper zurück ins Sofakissen sinkt, setzt sich Dana neben ihn auf die Lehne.

»Du kannst Max glauben, wenn er dir sagt, dass er nicht zu Hause war«, sagt sie.

Sanft, aber entschieden.

Ich lasse die Arme hängen und spüre, dass ich hier nichts erreichen werde.

Dass Dana sich hinter Max stellt, macht es schwer. Sie verwehrt sich gegen die Möglichkeit, dass er etwas vor mir verbirgt. Aber nichts anderes habe ich von ihr erwartet. Sie liebt Max und hat keinen objektiven Standpunkt.

Ich ignoriere Dana und halte meinen Blick auf Max gerichtet, der sich mit einer Hand langsam über das unrasierte Kinn streicht und in Gedanken versunken zu sein scheint.

»Vielleicht wollte er ja zu mir«, sagt er schließlich. »Aber weil wir nicht zu Hause waren, ist er wieder gefahren.«

Meine Hände ballen sich zu Fäusten und ich muss mich zügeln, um meine Gereiztheit zu verbergen. Insgeheim habe ich damit gerechnet, dass Max so etwas sagen würde. Aber mein Gefühl sagt mir, dass ich ihm nicht glauben kann.

Meine Verärgerung lähmt mich. Sie schnürt mir die Kehle zu und macht es mir unmöglich, etwas Vernünftiges darauf zu erwidern. Also stehe ich mit aufeinandergepressten Lippen vor Max und Dana und sage nichts. Und dann tut Max etwas, womit ich nicht gerechnet habe. Er setzt sich auf und rückt ein Stück von Dana ab.

»Was ist mit dir?«

Er wirft Dana einen fragenden Blick zu.

»Warst du noch zu Hause und hast Jamie gesehen?«

Dana kneift die Augen zusammen.

»Was soll die Frage?«, gibt sie gereizt zurück. »Du weißt genau, dass ich bei meinen Eltern war. Außerdem hätte ich Kat nie angelogen.«

Ein unschuldiger Blick in meine Richtung.

Max zuckt mit den Schultern.

»Es war nur eine Frage, Dana. Du warst noch zu Hause, als ich losgefahren bin. Hätte ja sein können, dass du noch hier warst, als Jamie hier gehalten hat.«

»War ich aber nicht«, entgegnet Dana scharf. »Ich habe das Haus um halb zehn verlassen. Wenn du mir nicht glaubst, kannst du gerne meine Eltern fragen. Um zehn Uhr saß ich in ihrer Küche und habe mit ihnen Tee getrunken.«

Sie blinzelt nervös und sieht zu mir.

»Wann ist Jamie in Crail losgefahren, Kat?«

»Um halb elf.«

»Wenn er um halb elf losgefahren ist«, antwortet Dana, »kann er frühestens um elf hier gewesen sein. Um diese Uhrzeit hat er hier niemanden mehr angetroffen.«

Mir fällt auf, dass sie sich nicht mehr dagegen wehren, dass Jamies Auto vor ihrem Haus gesichtet wurde. Trotzdem habe ich nicht das Gefühl, dass ich hier weiterkommen werde.

Ich seufze.

»Ich wünschte, ich wüsste, weshalb er hier war.«

»Es muss schlimm für dich sein, nicht zu wissen, was genau geschehen ist«, sagt Dana.

Sie steht auf und nimmt mich mit in den Flur. Über meine Schulter werfe ich einen Blick zurück zu Max und winke. Max nickt und beugt sich dann zur Fernbedienung, um den Fernseher wieder einzuschalten.

»Tut mir leid, dass wir dir nicht helfen konnten«, sagt

Dana leise, als sie mir die Haustür öffnet. Sie hat die Hände in den Taschen ihres Strickcardigans verborgen und wirkt bedrückt.

Ich mache ein versöhnliches Gesicht.

»Es war eine blöde Hoffnung von mir«, sage ich. »Ihr hättet mir natürlich längst gesagt, wenn er bei euch gewesen wäre.«

Ich trete ins Freie, bleibe aber auf den Steinplatten vor dem Eingang stehen und wende mich noch einmal zu ihr um. Mir ist noch etwas eingefallen.

»Ist zwischen euch alles in Ordnung?«, frage ich.

Danas Miene gefriert, und an ihrer Reaktion erkenne ich, dass sie die Frage kalt erwischt hat.

»Was meinst du?«, gibt sie scheinbar ruhig zurück, aber ich merke, dass es in ihr arbeitet.

Mich beschleicht eine leise Ahnung, wie schwierig es für sie gerade ist, mit Max auszukommen.

Ich deute auf ihre nackte Hand.

»Mir ist nur aufgefallen, dass du deinen Ring nicht mehr trägst.«

»Ah.«

Ein erleichtertes Lächeln huscht über ihr Gesicht.

»Nein, alles in Ordnung. Ich habe ihn vorhin beim Spülen abgelegt und vergessen, ihn wieder an den Finger zu stecken.«

»O.k. Gut«, sage ich. »Ich war kurz besorgt.

Dana schüttelt den Kopf.

»Nein. Es ist alles gut.«

19

Siebzehn Tage nach dem Unfall

Der nächste Tag beginnt ohne warmes Wasser. Ich stehe in der Dusche und habe gerade den Hahn aufgedreht, als ich mit Entsetzen feststelle, dass sich der Wasserstrahl nicht erwärmt. Sekundenlang lasse ich das eiskalte Wasser auf meine Füße prasseln. Dann gebe ich auf.

Es ist nicht das erste Mal, dass mich der Boiler im Stich lässt. In der Vergangenheit musste Jamie das Gerät bereits zweimal auseinanderbauen und defekte Ersatzteile bestellen. Obwohl Jamie ohne Vater aufgewachsen ist, war er handwerklich sehr geschickt. Ich bin es nicht. Ein Klempner wird sich um die Sache kümmern müssen.

Während unter dem hastig übergeschlungenen Handtuch die kühle Luft meinen nackten Körper mit Gänsehaut überzieht, stehe ich unschlüssig auf dem Badezimmerteppich und überlege, was ich tun soll. Ich habe seit zwei Tagen nicht geduscht. Als ich mein Pyjamaoberteil über den Kopf gestreift habe, habe ich den alten, muffigen Geruch von Achselschweiß an mir wahrgenommen. Vielleicht kann ich mich so zurechtmachen, dass es niemandem in der Schule auffällt. Einen Waschlappen benutzen und die Haare vorteilhaft zurückbinden.

Ein schneller Blick in den Spiegel sagt mir, dass dieser Plan nicht aufgehen wird. Der fettige Glanz auf meinen Haaren ist zu auffällig. Er wird sich nicht durch Spangen oder Haarbänder kaschieren lassen. An der St Margaret's School wird makelloses Aussehen ebenso von uns erwartet wie tadelloses Verhalten. Immerhin repräsentieren wir auf dem Internatsgelände die Schule.

Ich betrachte die Dusche, in deren Becken sich die letzten Tropfen Wasser in Richtung Abfluss bewegen. Ich könnte die Zähne zusammenbeißen und meinen Kopf unter das kalte Wasser halten. Ganz kurz. Bis das Shampoo herausgewaschen ist.

Oder ...

Mir kommt ein anderer Gedanke und ich tapse auf nackten Füßen zurück ins Schlafzimmer und schnappe mir mein Telefon. Während ich tippe, werfe ich einen Blick aus dem Fenster. Vielleicht habe ich Glück und Leon ist bereits wach.

Hi Leon, schreibe ich. *Sorry, dass ich dich so früh störe. Mein Boiler ist ausgefallen. Wäre es möglich, dass ich vor der Arbeit bei dir dusche?*

Vor ein paar Wochen noch wäre ich zu gehemmt gewesen, um Leon um so etwas zu bitten. Aber damals war Jamie noch an meiner Seite. Es kam so selten vor, dass ich ein Problem alleine lösen musste. Außerdem hat Leon mir seit Jamies Tod mehrmals seine Hilfe angeboten, und mein Gefühl sagt mir, dass er es ernst gemeint hat.

Leon antwortet, als ich gerade im Morgenmantel in der Küche sitze und eilig ein Marmeladentoast hinunterschlinge.

Klar. Komm einfach rüber.

Ich stopfe mir einen letzten Bissen in den Mund, springe auf und suche hastig meine Sachen zusammen. Nur mit meinem Morgenmantel und einem Paar Badeschlappen bekleidet gehe ich die Einfahrt hinauf und das kleine Stück bis zu dem Haus, in dem Leon wohnt.

Leon öffnet mir die Haustür im Jogginganzug.

»Hi. Witzig. Ich wollte heute sowieso rüberkommen.«

Ich finde es eigentlich überhaupt nicht witzig, mich morgens vor der Arbeit in einer fremden Wohnung fertigmachen zu müssen, lächle aber.

»Es ist sehr nett, dass ich hier duschen darf«, sage ich, und warte darauf, dass wir die Treppe hinauf zu seiner Wohnung gehen.

Leon deutet auf die Tasche, in die ich eilig ein Handtuch, ein Shampoo und einen dunkelblauen Hosenanzug gepackt habe.

»Kann ich dir etwas abnehmen?«

Ich schüttle den Kopf.

»Nein, danke.«

»O.k. Dann lass uns hochgehen.«

Er dreht sich um und steigt vor mir die Treppe hinauf. Auf halber Höhe bleibt er stehen und wendet den Kopf zurück.

»Ich muss dich warnen. In meiner Wohnung ist es nicht besonders aufgeräumt. Ich war nicht darauf vorbereitet, dass jemand kommt.«

»Kein Problem«, sage ich schnell und füge hinzu:

»Ich bin nur hier, um mich zu waschen. Es reicht, wenn du mir zeigst, wo das Badezimmer ist.«

Leon murmelt etwas, das ich nicht verstehe, und steigt die letzten Treppenstufen hinauf.

Ich folge ihm. Als ich Sekunden später im Eingangsbereich stehe, fällt mir als Erstes auf, wie klein Leons Wohnung im Vergleich zu meinem Haus ist. Die abgeschrägte Decke lässt den schmalen Flur zudem kleiner wirken, als er in Wahrheit ist. Während ich mich flüchtig umsehe, wird mir bewusst, dass ich bisher nur ein einziges Mal hier war. Es war in der Vergangenheit nie nötig, Leon zu besuchen, da er so oft bei uns war. Als Joanna, Jamie und ich noch zusammen im Haus wohnten, hatte Leon sogar seinen eigenen Platz am Küchentisch. Joanna hatte den Stuhl, der direkt neben der Durchgangstür zum Wohnzimmer stand. Ich saß links neben ihr. Jamie mir gegenüber, mit dem Rücken zum Fenster. Und auf dem freien Stuhl neben Jamies Platz saß Leon, wenn er mit uns aß.

»Das Bad ist hier«, sagt Leon und weist auf eine geschlossene Tür am Ende des Flurs.

Es ist die einzige geschlossene Tür in der Wohnung. Die Türen zu den beiden anderen Räumen stehen weit offen und ich zucke kurz zusammen, als ich die Unordnung dahinter bemerke. Er hat mich vorgewarnt, trotzdem habe ich nicht mit einer derartigen Schlamperei gerechnet. Im Schlafzimmer sehe ich eine nackte Matratze auf dem Boden liegen. Ich erkenne von Weitem, dass Kissen und Decke schlecht bezogen sind und die Bezüge leere Ecken aufweisen. Neben der Matratze stapeln sich auf dem Boden ein Dutzend Bücher, die Leon entweder gerade alle noch liest oder die er aus Faulheit nicht in ein Regal eingeräumt hat. Ich kann mir gut vorstellen, wie er nachts auf der Matratze liegt und sich in seine Bücher vergräbt, während im Hintergrund leise Musik läuft. Leon mag Musik. Vor allem Soundtracks. Das ist eines der wenigen Dinge, die ich über ihn weiß. Ich werfe einen letzten Blick zu Leons Matratze und stelle mir vor, wie er abends darauf liest, bis ihm die Augen zufallen, das Buch aus seiner Hand rutscht und irgendwo neben dem Bett auf dem Boden landet. Er lebt das Leben eines Single-Manns, der zu selten Besuch empfängt, um sich irgendeiner äußeren Ordnung zu unterwerfen. Mein Blick wandert zum nächsten Raum, der Küche. Auch sie sieht nicht besser aus. Anstatt Geschirr und Lebensmittel in den Wandschränken aufzubewahren, hat Leon alles auf den Arbeitsplatten abgestellt. Müslipackungen. Töpfe. Konservendosen. Weil ich den Anblick abstoßend finde, wende ich mich schnell ab. Im selben Augenblick wird in meinem Rücken die Wohnungstür ins Schloss gedrückt. Und zum ersten Mal in meinem Leben bin ich mit Leon allein.

»Dann gehe ich jetzt duschen«, sage ich und gehe auf die verschlossene Tür zu.

Leon räuspert sich.

»Kat?«

»Ja?«

Mein Kopf schnellt in seine Richtung.

Leon steht noch immer an der Eingangstür. Ich spüre, wie mich eine leise Nervosität befällt, während ich ihm auf dem engen Raum seines Flurs gegenüberstehe. Leon und ich kennen uns schon so lange. Und doch hatte ich nie das Gefühl, dass wir uns nahestehen.

Leon lächelt und öffnet den Mund.

»Ich freue mich, dass du hier bist.«

Meine Kiefermuskeln verkrampfen, während ich mich zwinge, seinen Worten ein Lächeln zu schenken. In Wahrheit hat er es gerade geschafft, dass ich mich unbehaglich fühle.

Ich freue mich, dass du hier bist. Die Worte implizieren, dass ich gekommen bin, weil ich es wollte. Dass meine Anwesenheit in seiner Wohnung etwas bedeutet. Das tut sie aber nicht. Ich bin hier, weil ich nicht mit fettigen Haaren an die Arbeit gehen kann. Ist ihm das nicht klar? Bildet er sich ein, dass ich hier bin, weil er seit Jamies Unfall so oft nach mir gesehen hat?

Im Grunde genommen hätte er damit natürlich nicht ganz unrecht. Ich hätte Leon heute Morgen nicht geschrieben, wenn er mir nicht so nachdrücklich das Gefühl vermittelt hätte, dass ich zu ihm kommen kann, wenn ich Hilfe benötige. Trotzdem. Ich bin nur hier, um zu duschen. Jede Interpretation, die darüber hinausgeht, beschreibt die Situation falsch.

»Ich bin spät dran«, sage ich steif. »Ich werde jetzt ...«

Als hätte ich etwas gesagt, das ihn verletzt, nimmt Leon die Arme vor die Brust. Für einen Moment verschwindet das Lächeln aus seinem Gesicht.

»Ja, natürlich. Lass dich nicht von mir aufhalten.«

Ich lächle entschuldigend. Dann endlich verschwinde

ich im Bad.

Ich dusche heiß. Während ich das Shampoo in meinen Haaren verteile, denke ich darüber nach, wann ich den Klempner anrufen werde. Auf dem Weg zur Schule vielleicht. Über die Lautsprecherfunktion meines Telefons. Ich werde sagen, dass es dringend ist. Wenn ich Glück habe, gelingt es mir womöglich, einen Termin für den Nachmittag zu ergattern.

Durch die dünnen Wände höre ich, wie Leon in der Küche mit Geschirr klappert. Er hat noch nicht gefrühstückt. Da bin ich mir beinahe sicher.

Das Shampoo schäumt noch im Ausfluss, als ich schon wieder auf dem Badezimmerboden stehe. Aus dem Flur dringt der Geruch von schwarzem Tee durch die Tür in den Raum und vermischt sich mit dem seifigen Aroma des Shampoos. Leon hat Tee aufgebrüht, während ich unter der Dusche stand. Ich reibe mich mit dem mitgebrachten Handtuch trocken und steige in den Hosenanzug. Während ich mich über das Waschbecken beuge und meine Haare ausdrücke, wird mir bewusst, dass ich nicht an alles gedacht habe. Ich habe vergessen, einen Föhn mitzubringen. Gerade will ich meine langen Haare in das Handtuch wickeln, um nicht mit nassem Kopf durch die Kälte zurück zu meinem Haus laufen zu müssen, als ich es mir anders überlege. Wir wohnen in Schottland. Jedes Badezimmer in diesem Teil des Landes verfügt über mindestens einen Haarföhn. Selbst Leute wie Leon, die keinen wert auf Komfort legen, müssen einen besitzen, wenn sie nicht krank werden wollen. Ich sehe mich in dem weiß gefliesten Raum um, entdecke aber keinen Föhn. Dann fällt mein Blick auf den Wandschrank. Einen Moment lang zögere ich. Wäre es respektlos, mir ungefragt etwas von Leon auszuleihen? Immerhin wird er hören, dass ich mir die Haare föhne. Andererseits wird er vermutlich davon ausgehen, dass ich meinen eigenen Föhn mitgebracht habe. Denn das hätte ich, wenn ich daran gedacht hätte.

Ich gehe kurzerhand zum Schrank und öffne ihn. Im ersten Moment bin ich von dem Chaos, das sich hinter seinen Türen verbirgt, schockiert. Ich hätte wahrscheinlich darauf gefasst sein müssen, dass in Leons Schrank alles durcheinander liegt. Rasierer, Zahnpastatuben, mehrere benutzte Zahnbürsten. Und im obersten Fach liegt ein kleiner Reiseföhn. Halb verdeckt von einem Stapel Waschlappen.

Ich greife hinein. Dann stockt mein Atem, als ich in einem der Fächer etwas aufblitzen sehe. Ich sehe genauer hin, weil ich im ersten Moment glaube, dass ich nicht richtig gesehen habe. *Was zum Teufel ...* Statt den Föhn herauszunehmen, ziehe ich ein Foto aus dem Schrank. Und dann presse ich meine Hand auf den Mund, um den überraschten Laut zu unterdrücken, den der Schreck aus meiner Kehle entschlüpfen ließ.

Ich sehe in mein eigenes Gesicht. Das Foto, das ich in den Händen halte, zeigt mich. Vor Jahren aufgenommen auf einer Party im Garten unseres Hauses. Meine Haare sind über der Schulter zurückgeworfen und ich lache unbeschwert in die Kamera.

Instinktiv beuge ich mich nach vorne und inspiziere den restlichen Inhalt des Schranks, weil ich sehen will, ob es weitere Fotos darin gibt. Aber ich finde kein weiteres. Das Foto von mir scheint das einzige zu sein. Ich lege das Bild zurück, drücke die Schranktür zu und wickle das Handtuch um meine Haare. Ich werde meine Haare doch zu Hause trocknen.

Als ich auf den Flur hinaustrete, eilig und mit leisen Schritten, steht Leon in der Küchentür.

»Das ging schnell«, sagt er.

Ich sehe an ihm vorbei.

»Mein Unterricht beginnt in dreißig Minuten«, antworte ich. »Vielen Dank, dass ich hier duschen durfte.«

Ich weiß, dass ich nicht normal wirke. Aber vielleicht fällt es Leon nicht auf.

Als ich mich umdrehe und aus der Wohnung flüchte, ruft er mir hinterher.

»Brauchst du Hilfe mit dem Boiler?«

Ich drehe mich nicht mehr zu ihm um.

»Nicht nötig. Ich werde jemanden anrufen.«

Dann fliege ich die Stufen hinunter, lasse den Teegeruch hinter mir und presche durch die Haustür ins Freie.

*

Ich verbringe den Vormittag im Klassenraum und erzähle meinen Schülern etwas über die Fortpflanzung und Entwicklung von Fischen. Ich rede über Fischlaich und äußere Befruchtung, kann dabei aber die ganze Zeit nur an das Foto in Leons Wohnung denken. Ich weiß nicht, was ich darüber denken soll. Eine Stimme in meinem Inneren sagt mir, dass nichts dabei ist, wenn in der Wohnung einer meiner Freunde ein Foto von mir existiert. In einer chaotischen, unaufgeräumten Wohnung, in der seit Monaten, oder gar Jahren, nicht aufgeräumt wurde. Es ist möglich, dass es eine einfache Erklärung dafür gibt. Damals, als die Bilder der Gartenparty entstanden sind, hat jeder unserer Freunde von Joanna und mir Abzüge bekommen. Wir hatten so viele Aufnahmen von diesem Abend. Joanna und ich hatten damals noch viel Zeit. Einige Tage nach der Party setzten wir uns zusammen und wählten die schönsten Schnappschüsse aus. Wir brachten sie in den Supermarkt und ließen billige Drucke davon machen. Das Foto, das ich bei Leon gefunden habe, war eines der Bilder. Jeder von uns hatte einen Abzug davon. Mich eingeschlossen. Ich vermute, dass sich die Bilder von diesem Abend auch noch irgendwo in meinem Haus befinden. Müsste ich raten, würde ich sagen, dass sie in einem der Kartons liegen, in denen Jamie Dinge aufbewahrt hat, für die er keinen Platz fand. Wiederholt sage ich mir, dass es keine große Sache ist, dass ich dieses Bild bei Leon gefunden habe. Doch gleichzeitig pocht eine andere Stimme in meinem Kopf, dass es seltsam ist, dass Leon nur dieses eine Bild aufbewahrt hat. Das von mir.

»Ich würde Sie gerne etwas fragen, Mrs Rae.«

Charlotte steht nach dem Unterricht neben meinem Lehrerpult.

»Frag ruhig, Charlotte«, sage ich freundlich, obwohl ich mit den Gedanken noch bei dem Foto bin.

»Ich habe gehört, wie meine Eltern gestern über Sie geredet haben.«

»Oh. Wirklich?«

Jetzt hat sie meine Aufmerksamkeit.

»Sie haben wieder über den Unfall gesprochen. Und dann meinte meine Mum, dass Sie früher in England gewohnt haben. Mein Dad hat darauf gesagt, dass sie bestimmt wieder dorthin zurückgehen. Weil sie jetzt ganz alleine hier sind und in England bestimmt Familie auf Sie wartet.«

Charlotte sieht mich besorgt an.

Es ist nicht das erste Mal, dass ich erfahre, was andere über mich oder mein Leben sagen. Die Leute haben sich für mich interessiert, als Jamie noch gelebt hat. Und jetzt tun sie es noch mehr.

»Es stimmt«, antworte ich dem Mädchen. »Ich bin aus Südengland hierher gekommen. Aber du kannst deinem Dad ausrichten, dass ich mich in Schottland sehr wohlfühle. Ich schätze die Freundlichkeit der Menschen und ich mag die raue Küste. Hier ist mein Zuhause und ich habe nicht geplant, von hier wegzugehen.«

Meine Worte zaubern ein erleichtertes Lächeln auf Charlottes Gesicht.

»Da bin ich wirklich froh. Ich finde, Sie sind eine tolle Lehrerin, Mrs Rae.«

Ich lächle. Ihre Worte tun meiner Seele gut.

»Danke, Charlotte«, sage ich und schicke sie in die Pause.

*

Nach dem Unterricht kehre ich nach Hause zurück. Ich empfange den Klempner, der sich tatsächlich bereit erklärt hat, noch an diesem Abend einen Blick auf den Boiler zu werfen. Als er gegangen ist - ein Ersatzteil muss bestellt werden, bevor das Gerät repariert werden kann -, überwinde ich mich und beginne, Jamies Sachen aus dem Badezimmer zu entfernen.

Es war ein Kommentar des Klempners, der mich dazu

gebracht hat, einen Müllsack zu nehmen und damit ins Badezimmer zu gehen.

»Sie können Ihrem Mann ausrichten, dass es Sinn machen würde, den Boiler bei Gelegenheit gegen ein neueres Gerät auszutauschen«, sagte er. »Wir können uns darüber unterhalten, wenn ich nächste Woche wiederkomme, um das Ersatzteil einzubauen. Dieses Mal können wir ihn ruhig nochmal reparieren. Aber auf Dauer wird Ihnen das Gerät keine Freude mehr bereiten.«

Es passiert selten, dass ich in diesem Ort jemandem begegne, der nicht weiß, dass ich Jamies Ehefrau war. Ergo nicht weiß, dass ich verwitwet bin. Aber ich vermute, dass der Handwerker von außerhalb kam und deshalb ahnungslos war. Ihm muss Jamies Rasierer auf dem Rand des Waschbeckens aufgefallen sein und er folgerte daraus, dass ich mit meinem Mann in dem Haus lebe. Ich schaffte es nicht, ihm die Wahrheit zu sagen, sondern fragte nur:

»Wie teuer wäre es, einen neuen Boiler einzubauen?«

Nachdem mir der Mann eine Summe genannt hatte, nickte ich und antwortete:

»Wir werden darüber nachdenken.«

Wir.

Das Wort kam mir so leicht über die Lippen, dass ich nicht sagen könnte, weshalb ich es getan habe. Aber in den Minuten, in denen ich mit dem Handwerker in unserem Badezimmer stand, umgeben von Jamies Zahnbürste, Rasierer und Haargel, fühlte es sich so an, als wäre Jamie noch am Leben.

Der Klempner ließ mich mit kaltem Wasser und der Zusage für einen neuen Termin in der kommenden Woche zurück.

»Ich rufe an, wenn das Ersatzteil eingetroffen ist. Dann können wir kurzfristig einen Termin machen, bei dem ich das Teil einsetze. Aber denken Sie darüber nach, was ich Ihnen gesagt habe. Es gibt umweltfreundlichere und modernere Geräte. Ein Austausch würde sich auf lange Sicht lohnen.«

Ich dankte ihm für seine Mühe. Und dann war ich allein und spürte die Leere, die die kurze Illusion von Jamies Präsenz im Haus in mir hinterließ.

Ich muss kein Psychologe sein, um zu wissen, dass es falsch ist, dass Jamies Zahnbürste noch immer neben meiner im Zahnputzbecher steckt. Dass Räume, die noch genauso aussehen wie vor drei Wochen, als Jamie noch hier war, nicht gut für mich sind. Ich will etwas tun, damit es mir besser geht.

Es ist nicht nur mein Schmerz, der mir das Gefühl gibt, auseinanderzufallen. Ich habe das Gefühl, dass Dinge geschehen, die mich in meinen Gedanken ständig verfolgen. Die Tatsache, dass ich nicht weiß, was am Tag des Unfalls wirklich geschehen ist. Die Sichtung von Jamies Wagen vor Max' und Danas Haus. Der Schatten vor meinem Wohnzimmerfenster und das Gefühl, dass jemand im Dunklen gestanden und mich beobachtet hat. Leon, der ein Foto von mir in seinem Badschrank aufbewahrt.

Irgendetwas muss ich tun, damit meine Gedanken endlich zur Ruhe kommen können. Und Jamies Sachen wegzuräumen gehört dazu. Ich nehme mir Zeit dafür. Während es draußen langsam dämmert, nehme ich Stück für Stück die Dinge, die Jamie täglich benutzt hat, aus dem Hängeschrank über dem Waschbecken und halte sie für einen Moment in meinen Händen. Jedes Mal, wenn ein Gegenstand von meiner Hand in den Müllsack wechselt, raschelt das dünne Plastik und versetzt mir einen schmerzhaften Stich. In Gedanken sehe ich Jamie, wie er auf dem Toilettendeckel sitzt und mir dabei zusieht, wie ich mich von unserer Vergangenheit trenne. Er hat das manchmal getan. Sich auf den Toilettendeckel gesetzt und sich mit mir unterhalten, während ich noch vor dem Spiegel damit beschäftigt war, Make-up aufzutragen. Was er wohl zu mir sagen würde, wenn er mich jetzt sehen könnte?

Ich werde immer hier sein, Kat. Hier. Bei dir. In diesem Haus.

So etwas in der Art wahrscheinlich. Um mich zu trösten. Jamie hat es nie gut ertragen, mich traurig zu sehen. Er hat immer nach einem Weg gesucht, mich aufzuheitern.

Als ich nichts mehr finde, das Jamie gehört hat, und das Badezimmer kahl und einsam wirkt, schnüre ich den Müllsack zu und stelle ihn vor die Tür. In meinen Augen brennen Tränen, als ich mit einem Tuch die Fächer des Hängeschranks auswische und meine eigenen Dinge auf beide Seiten des Schranks verteile. Ich bin gerade damit fertig, als von außen Licht in den Raum fällt. Angespannt lege ich das Tuch weg und wende den Kopf zum Fenster. An der hell erleuchteten Umgebung erkenne ich, dass der Bewegungsmelder angesprungen ist. Es ist nicht das erste Mal, dass er das tut. Seit Dad das Gerät installiert hat, habe ich herausgefunden, dass ein paar Häuser weiter ein Kater wohnt. Offenbar streift er durch meinen Vorgarten, wenn er abends um die Häuser zieht. Dabei hat er schon ein paarmal die Beleuchtung an meinem Haus ausgelöst.

Im Schein des hellen Lichts trete ich ans Fenster und sehe hinaus. Und dann stockt mir der Atem.

Ich habe erwartet, nichts als die hell erleuchteten Büsche und Steine zu sehen. Stattdessen blicke ich direkt auf den schwarzen Umriss einer Gestalt hinunter. Sie steht unbewegt auf dem Pflaster der Einfahrt und hält die Hand schützend gegen den Lichtstrahl.

Mein Herz beginnt zu rasen, während ich zusehe, wie die Person langsam aus der Erstarrung erwacht, in die sie das plötzliche Licht versetzt haben muss. Sie macht ein paar Schritte rückwärts, ohne dabei mein Haus aus dem Blick zu lassen. Dann erreicht sie den Rand des hellen Lichtkegels und bleibt im Halbdunkel stehen. Ich strenge meine Augen an und bemerke, dass sie den Kopf in meine Richtung wendet. Zu spät denke ich daran, dass hinter mir die Unterbauleuchte des Hängeschranks an ist und sie mich im erleuchteten Raum am Fenster sehen kann. Als es mir bewusst wird und ich eilig das Licht ausschalten will, hat mich die Gestalt bereits am Fenster entdeckt. Mit angehaltenem Atem umklammern meine Finger den Fensterrahmen. Und dann ist ihr Blick genau auf mich gerichtet. Ich erkenne es an der Art, wie sie ihren Kopf hält. Sekunden vergehen, in denen wir beide reglos verharren. Dann kehrt mir sie mir ihren Rücken zu und geht mit schnellen Schritten die Einfahrt hinauf zur Straße. Während ich mit zittrigen Händen zusehe, wie sie sich von meinem Grundstück entfernt, registriere ich ihre breite Gestalt und den kräftigen Gang. Ein Mann.

Er erreicht die Straße und gleich darauf verschwindet er vor meinen Augen in der Dunkelheit. Wenige Augenblicke später schaltet sich der Bewegungsmelder ab. Nichts als Dunkelheit umgibt jetzt mein Haus, und ich spüre, wie mich die Panik überfällt. Zum zweiten Mal an diesem Tag.

Hastig verlasse ich das Badezimmer und trete in den Flur. Am oberen Treppenabsatz bleibe ich stehen und starre die Treppe hinunter, an deren anderen Ende sich die Tür zum Windfang befindet. Sie steht einen Spalt offen. Ich denke an den Klempner, den ich erst am Abend in meinem Windfang verabschiedet habe, und gehe mit wackeligen Knien die Stufen hinab. Unterbewusst nehme ich die Ausdünstungen des Handwerkers wahr, die noch immer in der Luft hängen. Meine Füße erreichen die unterste Stufe und ich gehe geradewegs auf den Windfang zu. Ich muss unbedingt überprüfen, ob ich nach dem Termin mit dem Klempner daran gedacht habe, die Haustür abzuschließen.

*

Unter meinen Achseln klebt nasser Schweiß, als ich nach meinem Telefon greife und Joannas Nummer wähle. Die Angst sitzt mir noch in den Knochen und mein ganzer Körper ist angespannt. Ich warte. Dann endlich erklingt Joannas Stimme an meinem Ohr.

»Kat ...«

Ich höre an ihrem Tonfall, dass sie überrascht ist, von mir zu hören. Wir haben seit unserem knappen Austausch von Nachrichten nicht mehr miteinander gesprochen.

Meine Hand umklammert das glatte Metall des Telefons, während ich am Fenster stehe und die Einfahrt nicht aus den Augen lasse.

»Jemand war vor meinem Haus«, platze ich heraus.

Die Worte klingen kratzig und unwirklich.

»Kat? Bist du da? Ich kann dich nicht richtig hören.«

Ich führe das Mikrofon meines Telefons näher an meinen Mund. Ich will nicht laut reden, weil ich nicht sicher sagen kann, dass nicht eines der Fenster im Haus gekippt steht.

»Kannst du mich jetzt hören?«, frage ich.

»Ja. Ist alles in Ordnung? Du klingst so gedämpft.«

»Heute ist zum zweiten Mal jemand in der Dunkelheit um mein Haus geschlichen«, sage ich, und höre selbst, dass meine Stimme zittert.

»Was meinst du damit? War jemand in deinem Garten? Hast du die Person gesehen?«

»Nein. Er stand vorne in der Einfahrt. Beim ersten Mal ist mir nur sein Schatten aufgefallen. Aber heute habe ich zugesehen, wie er mein Grundstück verlassen hat. Mein Dad hat Bewegungsmelder am Haus angebracht. Einer von ihnen ist angesprungen und hat ihn überrascht.«

»Konntest du erkennen, wer es war?«, fragt Joanna.

In der Dunkelheit suchen meine Augen den Punkt, an dem ich Leons Haus vermute.

»Nein«, sage ich langsam. »Aber heute Morgen ist etwas Seltsames passiert.«

»Erzähl.«

»Wie gut kennst du Leon?«, frage ich sie.

»Leon? Ich weiß nicht. Er wurde unser Nachbar, als ich gerade neu ins Haus eingezogen bin. Ich fand ihn immer etwas wortkarg, wenn ich ihm auf der Straße begegnet bin, aber Jamie hat sich mit ihm angefreundet. Du weißt ja, wie er war. Offen, aufgeschlossen, immer freundlich. Also Jamie. Nicht Leon. Warum? Denkst du, Leon war es? Warum sollte er sowas tun?«

»Ich war heute Morgen drüben, weil mein Boiler ausgefallen ist. Ich hatte kein warmes Wasser und Leon hat mich bei sich duschen lassen. Als ich aus der Dusche kam, fiel mir auf, dass ich vergessen habe, einen Föhn mitzubringen. Also wollte ich mir einen von Leon borgen. Dabei habe ich seinen Badezimmerschrank geöffnet.«

Vor meinen Augen taucht die Erinnerung an den weißen, großen Holzschrank auf.

»Leon bewahrt ein Foto von mir in seinem Badezimmer auf«, flüstere ich. »Ich habe es in einem der Fächer entdeckt.«

»Leon hat ein Bild von dir in seinem Badezimmerschrank?«

»Genau«, sage ich. »Ist das nicht seltsam?«

»Ich fand Leon schon immer seltsam«, kommt prompt Joannas Antwort.

»Ich frage mich, warum er das Bild aufbewahrt hat«, spreche ich weiter.

Seit ich das Foto von mir in den Händen gehalten habe, stelle ich mir diese Frage.

Ich höre erst nur einen spöttischen Laut. Dann Joannas Antwort.

»Ich frage mich vielmehr, weshalb er ein Bild von dir hat. Hat er unbemerkt Fotos von dir gemacht?«

Sie scheint sich nicht daran zu erinnern, dass wir ihm einmal Fotos gebracht haben. Ich erkläre es ihr.

»Nein. Das hat er nicht. Es war eines der Bilder, die wir nach der Gartenparty in unserem zweiten Jahr ausgedruckt haben. Du hast damals für jeden von uns Abzüge machen lassen. Erinnerst du dich?«

»Ach, diese Bilder meinst du. Das ist Jahre her. Vielleicht lag es herum und er hat es beim Aufräumen in die Schublade gelegt.«

Mein Gefühl sagt mir, dass Leon das nicht getan hat. Aber bevor ich darauf antworten kann, spricht Joanna weiter.

»Leon hat sich dir gegenüber nie falsch verhalten, oder? Er ist dir nie zu nahegekommen oder hat sich unpassend geäußert.«

»Nein«, gebe ich zu.

Ich stehe noch immer am Fenster und sehe aufmerksam hinaus.

»Er war distanziert und hat sich meistens mit Jamie unterhalten. Aber seit dem Unfall war er ein paarmal hier.

Um nach mir zu sehen, behauptet er.«

»Und du denkst jetzt, dass er auf dich steht. Weil er ein altes Foto von dir in seinem Badezimmerschrank aufbewahrt.«

»Ich weiß nicht, was ich denken soll«, gebe ich zurück.

Vor mir liegt die dunkle Einfahrt. Nichts bewegt sich. Nicht einmal die Büsche, die sich für gewöhnlich leicht im Wind biegen.

»Würde es dir etwas ausmachen, wenn ich für ein paar Tage zu dir komme?«, frage ich.

Ich kann nicht noch eine Nacht alleine in diesem Haus bleiben. Nicht, nachdem gerade wieder jemand im Dunklen mein Grundstück betreten hat. Ich habe nach dem Dinner zwei Tassen Schlaftee getrunken und weiß, dass die Bewegungsmelder funktionieren, aber dennoch würde ich die ganze Nacht am Fenster stehen und hinausstarren, wenn ich heute hier bliebe. Das Wissen, dass die Person zurückkommen könnte, während ich schlafe, würde es mir unmöglich machen, die Augen zu schließen.

»Du weißt, dass du immer zu mir kommen kannst«, antwortet Joanna.

Ich atme erleichtert auf.

»Wäre es o.k., wenn ich mich heute Abend noch ins Auto setze?«

»Pack deine Tasche und komm her. Ich bereite dir das Sofa vor.«

»Danke«, sage ich.

Einen Moment halte ich inne. Dann frage ich in die Stille hinein:

»Es ist nicht Jamies Baby, mit dem du schwanger bist, oder?«

Am anderen Ende schnappt Joanna hörbar nach Luft.

»Bist du wahnsinnig geworden? Natürlich nicht.«

Im Hintergrund fängt sie an, geräuschvoll Teller zu stapeln. Ihre Küche ist vermutlich wie immer nicht aufgeräumt.

»Ich kann nicht glauben, dass du mir diese Frage wirklich stellst. Du bist meine beste Freundin. Wie kommst du auf die Idee, dass ich dir so etwas Abscheuliches antun würde?«

Zum ersten Mal an diesem Tag entspanne ich mich etwas.

»Ich wollte nur sichergehen«, sage ich schwach.

Dann beende ich unser Gespräch.

Ich fühle mich ruhiger, als ich kurz darauf T-Shirts, Blusen und Röcke in einen Koffer lege. Heute Nacht werde ich nicht hier schlafen. Nicht schweißgebadet aufwachen, weil ich mir einbilde, von einem Geräusch im Haus aufgeweckt worden zu sein. Nicht im Halbschlaf meine Hand unter der Daunendecke ausstrecken, auf der Suche nach Jamies warmem, vertrautem Körper, um dann aufzuschrecken, weil ich realisiere, dass ich alleine bin.

Bevor ich mein Schlafzimmer verlasse, nehme ich mir eine Minute Zeit und setze mich auf den Rand des großen Betts. Mit den Fingern berühre ich die Stelle, an der früher Jamies Kopfkissen gelegen hat. Ich habe das Laken seit Wochen nicht gewaschen und im weichen Leinen hängt noch sein Geruch.

»Ich glaube, es ist Max' Baby«, flüstere ich und stelle mir vor, wie Jamie am Bettende sitzt und mich ansieht.

»Leon hat ein Foto von mir in seinem Schrank. Ich weiß nicht, ob es was zu bedeuten hat, aber ich bin mir nun ziemlich sicher, dass Joanna nicht sein Typ ist.«

Unter meinen Fingern wellt sich der Stoff.

»Vielleicht sollte es mich nicht wundern. Max ist genau der Typ, dem ich zutrauen würde, dass er seine Freundin betrügt.«

Ich zupfe am Baumwollstoff und straffe den Stoff.

»Es ergibt trotzdem keinen Sinn«, füge ich dann noch für Jamie hinzu, bevor ich aufstehe. »Max hat Dana gefragt, ob sie ihn heiraten will. Ich glaube nicht, dass er das getan hätte, wenn er sich in Joanna verliebt hätte.«

Die Worte sind kaum ausgesprochen, als mir ein Gedanke kommt.

Jamie war Max' bester Freund. Ich weiß, dass die beiden über vieles miteinander geredet haben. Sie haben sich oft unterhalten, während sie sich gemeinsam ein Spiel angesehen haben.

Jamie muss gewusst haben, dass Max sich verlobt hat. Wahrscheinlich lange, bevor Dana es mir erzählt hat.

20

Achtzehn Tage nach dem Unfall

Zwanzig Stunden später sitzen Joanna und ich in ihrer kleinen Küche und essen die Reste eines Bohneneintopfs, den sie vor einer Weile gekocht und im Gefrierfach eingefroren hat. Die letzten Sonnenstrahlen des Tages fallen durch das große, moderne Fenster und tauchen den kleinen Raum in ein warmes Licht.

»Fühlst du dich etwas besser?«, fragt Joanna.

Seit meiner Ankunft hatten wir noch keine Zeit, miteinander zu sprechen. Es war schon nach Mitternacht, als ich mit meinem hastig gepackten Koffer im Treppenhaus von Joannas Wohnblock gestanden habe. Sie hat mir im Nachthemd geöffnet, mich kurz an sich gedrückt und mir den Koffer aus der Hand genommen.

»Ich hab dir das Sofa bezogen«, hat sie mich gähnend

informiert und ist mit meinem Koffer vorausgegangen.

»Unterrichtest du morgen?«, wollte sie dann noch wissen.

»Ja«, habe ich geantwortet, mich aber gleichzeitig gefragt, ob ich genug Schlaf bekommen werde, um am nächsten Morgen mit klarem Kopf meine Klasse unterrichten zu können.

»Ich muss auch früh los«, hat Joanna zurückgegeben, nach einer Fernbedienung gegriffen und das Deckenlicht gedimmt. »Es ist hoffentlich o.k., wenn ich jetzt ins Bett gehe? Falls du etwas brauchst, weck mich auf.«

Auf der Türschwelle zum Flur ist sie noch einmal stehen geblieben und hat sich zu mir umgedreht.

»Du musst mich rütteln. Ich schlafe neuerdings sehr tief.«

Damit ist sie in Richtung Schlafzimmer verschwunden und ich bin alleine in ihrem Wohnzimmer zurückgeblieben. Einem Raum, der nur mit dem Nötigsten bestückt ist. Mit einem Bücherregal, einer Stehlampe und dem Sofa. Kein Teppich. Keine Bilder an den Wänden. So wenig, wie es Joanna gekümmert hat, dass der Schrank in ihrem alten Zimmer kaputt gegangen war, so wenig hat sie sich darum bemüht, ihr neues Zuhause gemütlich zu machen.

»Ich hoffe, das Sofa war nicht zu weich.«

Joanna sieht mich jetzt an.

Ich schüttle den Kopf.

»Ich habe gut geschlafen.«

Meine Lippen lächeln. Ihr zuliebe.

Ich bin tatsächlich direkt nach meiner Ankunft eingeschlafen. Ich kann mich noch daran erinnern, dass ich mich in die beiden Wolldecken gewickelt habe, die Joanna für mich bereitgelegt hat. Danach hat mich die Erschöpfung übermannt.

»Ich war so müde«, erkläre ich. »Seit Jamies Unfall liege ich immer noch oft wach. Ich bin es nicht gewöhnt, nachts alleine im Haus zu sein. Und dann zu wissen, dass jemand auf dem Grundstück gestanden hat ...«

Ich bekomme Gänsehaut, während meine Gedanken zu den letzten Stunden in meinem Haus zurückkehren.

»Ja ... Das ist beunruhigend.«

Joanna nickt.

»Was wirst du jetzt machen? Gehst du zur Polizei?«

Ich starre sie an. Dann kommt ein unbeherrschtes Lachen aus meiner Kehle.

»Wegen eines Schattens vor meinem Haus?«, gebe ich bitter zurück. »Sicher nicht.«

Weil ich merke, dass Joanna über meine Reaktion überrascht ist, füge ich in sachlicherem Ton hinzu:

»Im Ernst, ich wüsste nicht, was ich der Polizei sagen soll. Wer auch immer vor meinem Fenster gestanden hat ... Die Person hat ja nicht einmal versucht, mein Haus zu betreten.«

Joanna mustert mich einen Moment lang schweigend.

»Ich finde, du solltest es trotzdem tun«, sagt sie dann mit zusammengekniffenen Augen. »Wenn du das Gefühl hast, dass sich wiederholt jemand auf deinem Grundstück aufhält, sollte die Polizei der Sache nachgehen. Du wirst sonst nicht wieder ruhig im Haus schlafen können.«

Es ist der Gedanke, in ein paar Tagen wieder in mein Haus zurückzukehren, der mich erschaudern lässt. Noch immer sehe ich den Schatten vor mir, den die fremde Person auf die Wände meines Wohnzimmers geworfen hat. Irgendwo dort draußen gibt es jemanden, der einen Grund hat, im Dunklen zu mir zu kommen. Und dazu wohnt Leon in der Nachbarschaft. Der stille, schweigsame Leon, der in seiner Wohnung ein Bild von mir aufbewahrt. Eines, auf dem ich mich selbst kaum wieder erkannt habe, weil es mich zu einer Zeit zeigt, in der ich jung und frisch verliebt war. Verliebt, in Jamie.

Vielleicht sollte ich doch ausziehen.

Der Gedanke hat sich in den vergangenen vierundzwanzig Stunden immer weiter in mein Bewusstsein gedrängt. Es liegt mir auf den Lippen, Joanna davon zu erzählen. Aber meine innere Zerrissenheit hält mich davon ab. Es war Jamies Haus. Und dazu der Ort, an dem wir uns kennengelernt haben. Ich weiß, dass ich mich abscheulich fühlen würde, wenn ich es jetzt, so kurz nach seinem Tod, verließe.

Ich beuge mich zu Joanna und sage stattdessen:

»Ich habe das Gefühl, die Polizisten nehmen mich nicht für voll. Sie sehen in mir die trauernde Witwe, die sich Dinge einbildet.«

Joanna sieht verwirrt aus.

»Haben Sie das so gesagt?«, fragt sie und verschränkt die Arme vor ihrem Körper.

Müde seufze ich.

»Nein. Natürlich nicht.«

»Wie kommst du dann darauf?«

Joannas Blick durchbohrt mich.

Ich blinzle gegen die tief stehende Sonne.

»Es muss so sein. Ich habe sie immer wieder darauf hingewiesen, dass Jamie auf dem Weg nach Edinburgh war und dass es nicht passt, dass er in einer ganz anderen Gegend verunglückt ist. Ich habe erwartet, dass sie dem nachgehen. Aber das sind sie nicht. Ihn ihren Augen bin ich wahrscheinlich einfach nur eine weitere Frau, deren Ehemann nicht ehrlich war. Jamie war für sie ein Rugbystar, der von tausenden von Frauen bewundert wurde. Wer sollte ihm da schon einen Vorwurf machen, wenn er bei einer von ihnen schwach wurde?«

Joannas Augen funkeln.

»Kat, ich bin sicher, keiner der Beamten hat irgendetwas in diese Richtung gesagt. Ich kenne mich ein bisschen aus, und so eine Aussage wäre absolut unprofessionell.«

»Natürlich haben sie es mir nicht direkt gesagt«, gebe ich zu. »Trotzdem bin ich sicher, dass es ihnen in erster Linie darum ging, den genauen Unfallhergang aufzuschlüsseln. Ich hatte nie das Gefühl, dass sie sich für die Unstimmigkeiten interessieren.«

Joanna schüttelt tadelnd den Kopf.

»Ich finde es nicht gut, dass du kein Vertrauen in die Polizei hast. Soweit ich es beurteilen kann, ist sie professionell vorgegangen.«

Sie steht auf und ich beobachte, wie sich ihre Hand ganz natürlich auf ihren Bauch legt.

Es ist das erste Mal, dass ich sie das tun sehe. Die typische Bewegung einer schwangeren Frau, die mit den Gedanken immer schon halb bei dem Wesen in ihrem Bauch ist.

Enttäuscht, weil sie meine Meinung nicht teilt, beiße ich mir auf die Lippen. Mein Blick richtet sich auf zwei Spatzen, die sich vor dem Fenster niedergelassen haben. Im Augenwinkel nehme ich wahr, wie Joanna beginnt, das Geschirr aus der Spülmaschine in die Schränke zu räumen.

Joanna redet weiter, während in ihren Händen das Porzellan klappert.

»Sie haben die Bevölkerung um Mithilfe bei der Aufklärung gebeten. Du kannst den Beamten keinen Vorwurf machen, wenn keine Hinweise kommen.«

»Das stimmt nicht ganz«, widerspreche ich. »Es gab einen Hinweis. Jemand hat Jamies Auto gesehen.«

Joanna fährt herum. In ihren Händen liegt ein übergroßer Suppenteller.

»Das wusste ich nicht ...«

Ich hole tief Luft und erkläre:

»Jemand hat Jamies Auto am Straßenrand stehen sehen. Im Brocks Way.«

Joannas Augen weiten sich und der Teller wandert aus ihren Händen auf die Arbeitsplatte.

»Das bedeutet, dass er bei Max war«, füge ich hinzu.

Es ist eine unnötige Bemerkung. Aber es tut gut, die Worte jemandem gegenüber laut auszusprechen. Es macht sie realer.

Ich beobachte Joanna, während sie langsam zum Tisch zurückkommt und sich auf den Stuhl sinken lässt. Es könnte am Licht liegen, aber ich bilde mir ein, dass die Haut ihres hellen Gesichts heute noch blasser ist als sonst.

Ich strecke die Hand nach ihr aus.

»Alles in Ordnung?«, frage ich.

Sie zuckt zusammen, als hätte ich sie erschreckt.

»Oh ja. Ich merke nur, dass mich die Schwangerschaft sensibel gemacht hat.«

Ein entschuldigendes Lächeln.

»Hast du mit Max darüber gesprochen?«, fragt sie

dann.

»Ich habe es versucht«, antworte ich mit geschürzten Lippen. »Zweimal sogar. Nach dem Unfall habe ich ihn angerufen und wollte wissen, ob Jamie bei ihm war. Er hat behauptet, dass er an diesem Vormittag nicht zu Hause war. Damals habe ich ihm geglaubt. Aber seit ich weiß, dass Jamies Auto vor Max' Haus gestanden hat, bin ich beinahe sicher, dass er mich angelogen hat. Diese Woche bin ich zu ihm gefahren und habe ihn direkt darauf angesprochen. Die gleiche Antwort. Er beharrt darauf, an diesem Vormittag nicht zu Hause gewesen zu sein.«

Joanna nimmt nachdenklich den Kopf zurück.

»Es wäre aber auch möglich, dass Jamie zu Max wollte, Max aber nicht zu Hause war ...«

Ich runzle die Stirn.

»Natürlich wäre es möglich«, gebe ich zurück und bemühe mich, nicht gereizt zu klingen. »Aber ich glaube nicht, dass es so war. Ich glaube, Max war der Letzte von uns, der Jamie vor seinem Unfall gesehen hat.«

Joanna rauft sich die Haare.

»Nimm es mir nicht übel«, sagt sie, »aber die Sache überfordert mich gerade etwas. Mein Tag war dermaßen anstrengend. Ich muss mich hinlegen und die Beine hochlegen.«

Sie wirft mir einen entschuldigenden Blick zu und steht auf.

Ich sehe ihr nach, während sie durch die Tür in Richtung Schlafzimmer verschwindet. Nicht mit raschen Schritten, wie ich es von ihr gewöhnt bin, sondern langsam und behutsam. Es ist nicht zu übersehen, dass die Schwangerschaft sie bereits verändert hat. Und wenn man sie genau beobachtet, bemerkt man die Momente, in denen ihr selbstbewusstes, entschlossenes Auftreten bricht und ein sanfteres Gemüt hervortritt.

Ich bin Joanna dankbar, dass sie mir ihr Sofa angeboten hat. Aber während ich ihr nachsehe, wie sie die Tür ihres Zimmers hinter sich schließt, spüre ich deutlich, dass sich zwischen uns nicht die gleiche Vertrautheit einstellt, die wir vor Jamies Unfall miteinander geteilt haben.

Ich will nicht alleine in Joannas Küche sitzen. Also verlasse ich meinen Platz am Tisch, mache mich im Bad fertig und lege mich mit den Wolldecken aufs Sofa. Mit offenen Augen liege ich da, starre die Wand an, auf deren anderer Seite Joanna im Bett liegt, und frage mich, ob sie schon schläft. Oder ob auch sie wach daliegt und nachdenkt.

Wie viele Lügen verträgt eine Freundschaft, bevor sich das Misstrauen fortpflanzt?

Ich hasse es, zu wissen, dass Joanna mir nicht die Wahrheit sagt. Aber irgendwo, tief vergraben in meinen Erinnerungen, hält in mir etwas dagegen, dass auch Joanna nicht alles über mich weiß. Es ist nichts Schlimmes. Nichts, das ich ihr nicht längst hätte erzählen können.

Aber der Punkt ist, dass ich es nicht getan habe.

Es war an dem Tag, an dem ich das Zimmer besichtigte, das Jamie mir später vermietete. Ich war anfangs nicht begeistert davon, mir eine Unterkunft anzusehen, die so weit von den Universitätsgebäuden und den Hörsälen entfernt lag. Aber für alle nähergelegenen Zimmer, für die ich mich beworben hatte, hatte ich Absagen bekommen. Und dann saß ich an diesem Tag mit Jamie und Kat am Küchentisch und trank Tee. Ich fühlte mich sofort wohl mit ihnen, und plötzlich war die Vorstellung, in einem kleinen Fischerdorf zu wohnen, überhaupt nicht mehr düster.

»Wie viele Bewerber gibt es denn für dieses Zimmer?«, fragte ich, als ich mich am Ende von ihnen verabschiedete.

»Mit dir zwei«, antwortete Jamie. »Es kommt jetzt gleich noch ein anderes Mädchen vorbei und schaut sich das Zimmer an. Wir besprechen uns heute Abend und sagen dir Bescheid.«

Wir schüttelten Hände und ich setzte mein sympathischstes Lächeln auf. In der Hoffnung, das Zimmer am Ende zu bekommen.

Als ich vom Haus zur Straße hinaufging, wo meine Mutter im Wagen auf mich wartete, fiel mir ein Mädchen auf, das auf dem Gehweg stand und das Haus betrachtete.

Sie lächelte mir freundlich zu und ich erwiderte ihr Lächeln höflich.

»Hast du dir das Zimmer angesehen?«

Sie deutete auf Jamies Haus.

Ich nickte, und wusste im selben Moment, dass sie die andere Bewerberin war.

»Und? Taugt es etwas?«

Das Mädchen, das ungefähr in meinem Alter war, sah mich neugierig an.

»Ziemlich abgelegen hier ...«, fügte sie hinzu und machte eine ausholende Handbewegung in Richtung der umliegenden Hausdächer.

Ich warf einen schnellen Blick zum Haus zurück. Dann verzog ich das Gesicht und schüttelte den Kopf.

»Ich weiß nicht genau, was du suchst«, antwortete ich. »Aber mir hat es nicht gefallen. Hinter dem Bett gibt es ein schwarzes Eck. Und ich glaube, auch in der Dusche wächst Schimmel.«

Das Mädchen riss entsetzt die Augen auf machte ein angewidertes Gesicht.

»O.k.«, sagte sie langsam.

Dann schüttelte sie entschieden den Kopf.

»Ich glaube, das erspare ich mir dann.«

Sie seufzte.

»Na dann. Noch viel Glück bei der weiteren Suche.«

Ich lächelte.

»Danke. Dir auch.«

Sie machte kehrt und ging auf dem Gehweg die Straße zurück, während ich die Wagentür aufzog und zu meiner Mutter ins Auto kletterte. Keine zwei Stunden später erhielt ich Jamies Anruf. Die zweite Interessentin war nicht aufgetaucht und sie hatten entschieden, mir das Zimmer zu geben.

Es war keine große Sache. Joanna hätte wahrscheinlich herzlich gelacht, wenn ich ihr irgendwann später davon erzählt hätte. Trotzdem habe ich es für mich behalten. Es war mir peinlich. Schließlich bedeutet es, dass sie mich nicht ausgewählt haben, weil sie mich so sympathisch fanden, sondern dass ich am Ende die Einzige war, die in Frage kam.

Ich drehe mich von der Wand weg und schließe die Augen. Es ist altes Zeug. Nichts, was jetzt noch irgendjemanden interessiert.

****

Du versuchst, die Wahrheit herauszufinden. Weil du glaubst, dass es dir besser gehen wird, wenn du eine Erklärung hast.

Ich verstehe dich. An deiner Stelle würde ich dasselbe tun. Ich würde mir die gleichen Fragen stellen, die dich jetzt nicht zur Ruhe kommen lassen. Wahrscheinlich wäre ich besser darin, die Wahrheit herauszufinden. Du bist unaufdringlich und zurückhaltend und scheinst zu erwarten, dass man dir alles erzählt, wenn du nur höflich genug danach fragst. Und wenn ich an den neu installierten Bewegungsmelder deines Hauses denke, bin ich beinahe sicher, dass dich auch die Angst zurückhält.

Aber Kat, die Wahrheit geht so viel weiter zurück, als du denkst. Es war nie geplant, dass du davon erfährst. Und das hat nichts damit zu tun, dass wir dir nicht vertraut hätten. Du kanntest uns damals noch nicht, und als du dazukamst, hielt es keiner von uns für nötig, dich in Dinge einzuweihen, die vor deiner Zeit geschehen sind. Sie waren privat, und du warst nur eine Fremde, die ein Zimmer im Haus bezogen hat.

Ich weiß nicht, wie wir weiter Freunde sein können. Deinen Schmerz mitzuerleben ist das, was mich am meisten quält. Du gibst dir so viel Mühe, dein Leid vor uns zu verbergen. Irgendwie schaffst du es, dich morgens anzuziehen, Make-up aufzutragen und zur Arbeit zu fahren. Aber ich kenne dich so lang. Mir ist aufgefallen, dass sich unter deinem knallroten Lippenstift wundgebissene Lippen verstecken. Dass die Wimperntusche, die du verwendest, klumpig ist. Es ist der zu fest gewordenen Bodensatz einer fast leeren Mascara. Aber dir fehlt die Konzentration, im Supermarkt daran zu denken, eine neue zu kaufen.

Wenn ich mir vorstelle, dass du jetzt allein bist, spüre ich den Wunsch, zu verschwinden. Dich quält das Unwissen. Mich das Wissen.

21

Neunzehn Tage nach dem Unfall, tagsüber

Als ich am nächsten Tag wieder von Joannas Wohnung zur St Margarets School fahre, versuche ich, mich daran zu erinnern, aus welchem Grund ich mich damals an einer Privatschule beworben habe. Ging es mir um die bessere Bezahlung? Um das breitere, individuellere Lehrangebot? Ich weiß es nicht mehr.

Nicht zum ersten Mal seit Jamies Unfall habe ich das Gefühl, dem hohen Anspruch der Schule nicht mehr gerecht werden zu können. Nachdem ich zehn Minuten vor der verschlossenen Badezimmertür darauf gewartet habe, dass Joanna aus dem Bad kommt, hatte ich kaum Zeit, mich ordentlich zu waschen und meine Haare zu frisieren. Das Auftragen eines dezenten Augen-Make-ups fiel ganz aus, und die Farbe meines Lippenstifts passt vielleicht zu meinen braunen Stiefeln, aber nicht zu meiner lachsfarbenen Bluse. Mir ist natürlich klar, dass niemand von mir erwartet, dass ich jeden Tag Make-up trage, und dennoch stört es mich, aus der Menge der Kollegen herauszustechen, weil offensichtlich ist, dass ich mir keine Zeit im Bad genommen habe.

»Oh Kat, hast du etwa die ganze Zeit über hier vor der Tür gewartet?«, fragte Joanna erstaunt, als sie endlich von innen die Badezimmertür öffnete. »Du hättest einfach reinkommen können. Früher haben wir uns immer gemeinsam im Bad fertiggemacht. Ich dachte nicht, dass ich dir das vorher sagen muss.«

Ich lächelte verlegen, sagte ihr aber nicht, dass mir nicht danach war, mich neben ihr in den kleinen Raum zu quetschen.

»Schon gut«, murmelte ich und drückte mich an ihr vorbei ins Badezimmer.

Als die St Margarets School in meinem Sichtfeld auftaucht, sind es nur noch zehn Minuten, bis der Unterricht beginnt. Mein Auto ist das Letzte, das sich hinter denen meiner Kolleginnen und Kollegen an den Straßenrand reiht.

Ich schlage den direkten Weg zu meiner Klasse ein und begegne auf dem Flur Dana.

»Hi Kat«, ruft sie mir winkend zu.

Das Geräusch ihrer Stilettos auf dem harten Steinboden hallt in den hohen Gemäuern und ich spüre, dass sie stehen bleiben und auf mich zu kommen will.

»Hi Dana. Alles klar?«

Aus Höflichkeit verlangsame ich meine Schritte, füge aber hinzu:

»Tut mir leid, ich bin spät dran. Wir sehen uns sicher später im Lehrerzimmer.«

Ich bemerke die Enttäuschung, die über ihr Gesicht huscht, und ahne, dass sie noch immer eine schwierige Zeit mit Max hat. Sie braucht eine Freundin, der sie ihr Herz ausschütten kann.

Im Allgemeinen habe ich auch kein Problem damit, mir ihre Sorgen anzuhören. Auch wenn sie keinen geliebten Menschen verloren hat, gestehe ich ihr zu, dass sie Probleme hat, die sie quälen. Nur heute habe ich dafür keinen Nerv.

»Ich bin auch spät dran«, erwidert sie seufzend.

Ich lächle nochmal und gleite an ihr vorbei. Meine Augen streifen dabei wie automatisch ihre linke Hand.

Kein Ring.

Schnell richte ich meinen Blick wieder geradeaus. Sie soll meine Irritation nicht bemerken.

Mir ist jetzt klar, dass sie mir nicht die Wahrheit gesagt hat, als sie behauptete, dass sie den Ring beim Geschirrspülen abgelegt hat. Sie hat ihn bewusst abgenommen.

Als ich längst an ihr vorbeigegangen bin, wende ich noch einmal den Kopf zurück und sehe ihr hinterher, wie sie mit hängenden Schultern zu ihrer eigenen Klasse geht.

Arme Dana.

Während des Unterrichts bemühe ich mich um Konzentration. Mit mäßigem Erfolg. Ich stehe an der Tafel, frage den Stoff der letzten Stunde ab, skizziere den Ausschnitt eines Stärkepolymers, beantworte Fragen dazu und mahne zu mehr Ruhe, erkläre den Stärkenachweis mit Jod, gebe Hausaufgaben auf. Nach außen hin bin ich die Lehrerin, die ich immer bin. Aber in meinem Inneren bin ich aufgewühlt. Zu viele Fragen. Zu viele Gedanken.

Über mein Foto in Leons Badezimmer.

Ob ich mich in meinem Haus je wieder sicher fühlen werde.

Über Dana, die ihre Probleme mit Max mit mir teilen will.

Und über mein Gespräch mit Joanna vom Vorabend.

Es ist alles zu viel geworden. Die Gedanken kreisen in nicht enden wollenden Schleifen.

In der Mittagspause meide ich das Lehrerzimmer und verlasse stattdessen das Schulgebäude, um mir ein paar Meter weiter im Supermarkt ein Sandwich zu kaufen. Ich sitze auf einer sonnigen Bank im Park, eine mayonnaisegetränkte Tomatenscheibe im Mund, als mich eine Nachricht von Leon erreicht. Seinen Namen auf meinem Display zu lesen macht mich nervös.

Ein Teil von mir will die Nachricht als gelesen markieren, ohne einen Blick darauf zu werfen. Aber ich kann nicht anders. Der physische Teil meines Ichs wischt mit dem Finger über das Display und öffnet den Messengerdienst.

Hi Kat, alles in Ordnung mit dir? Du schläfst im Moment nicht im Hause, oder?

Meine Finger klammern sich um die kalte Metallhülse des Telefons. Leon hat bemerkt, dass mein Auto nachts nicht in der Einfahrt stand. Natürlich hat er das. Er beobachtet mich. Reine Fürsorge? Ich kann noch immer nicht an die Gestalt in meiner dunklen Einfahrt denken, ohne gleichzeitig die Entdeckung von meinem Foto in Leons Badezimmerschrank vor Augen zu haben.

So oder so, ich will auf keinen Fall, dass er auf den Gedanken kommt, dass etwas nicht stimmen könnte. Ich stecke den letzten Bissen meines Sandwiches in den Mund und lehne mich auf der alten Parkbank zurück.

Hi Leon, danke der Nachfrage. Alles in Ordnung. Ich habe mir nur eine andere Bleibe gesucht, solange ich kein warmes Wasser im Haus habe. Nächste Woche kommt der Klempner. Dann bin ich zurück.

Es auf den kaputten Boiler zu schieben halte ich für einen klugen Schachzug. Mit dem Gefühl, gut reagiert zu haben, stehe ich auf und befördere das leere Sandwichpapier in den nächstgelegenen Mülleimer.

Ich bin auf dem Weg zurück zur Schule, als mein Telefon wieder vibriert. Es liegt in meiner Handtasche und ich ziehe es heraus.

Ziemlich drastisch, wegen eines Boilers auszuziehen. Du kannst gerne wieder hier duschen, wenn das dein Problem löst.

Im Gehen tippe ich eine Antwort.

Danke fürs Angebot. Vielleicht komme ich darauf zurück.

Werde ich nicht. Aber es erscheint mir klüger, Leon glauben zu lassen, dass ich diese Option in Erwägung ziehe. Ich frage mich, ob er ahnt, dass ich bei Joanne wohne. Es ist nicht die naheliegendste Lösung. Joannas Wohnung liegt 45 Minuten von der St Margarets School entfernt. Und immerhin muss ich die Strecke jeden Tag zwei Mal zurücklegen. Morgens fahre ich aus Edinburgh raus. Nachmittags quäle ich mich durch Staus zurück in die Stadt.

Ich bringe zwei weitere Unterrichtsstunden hinter mich und mache mich auf den Heimweg. Unterwegs fahre ich auf den Parkplatz eines Supermarkts und steige aus, um ein paar Lebensmittel einzukaufen. Joanna hat am Vorabend so müde und erschöpft gewirkt, dass ich sie darüber informiert habe, dass ich mich heute um das Abendessen kümmern werde.

Mit einer Packung Wraps, Spinat und Hühnchen kehre ich wenig später in Joannas Wohnung zurück. Sie ist noch nicht da, aber das habe ich auch nicht erwartet. Joanna hat schon immer viel Zeit beim Sender verbracht, und die Schwangerschaft scheint daran nichts geändert zu haben. Ich sehe sie vor mir, wie sie mit erschöpfungsschwerem Blick in dem großen, modernen Gebäudeblock der BBC sitzt. Fest entschlossen, die Schwangerschaftsmüdigkeit zu ignorieren. Es gab Zeiten in meinem Leben, als ich Joanna für ihre gnadenlose Entschlossenheit bewundert habe. Gerade aber finde ich es lächerlich, dass sie versucht, so zu tun, als würde sich nichts in ihrem Leben ändern. Der vergangene Abend hat deutlich bewiesen, was ich längst vermutet habe. Joanna nimmt keine Rücksicht auf ihren Zustand und mutet ihrem Körper zu viel zu.

Ich habe gerade das Hühnchen geschnitten, als mich ein Klingeln an der Wohnungstür aufschrecken lässt. Kurz zögere ich und überlege, ob ich es einfach ignorieren soll. Joanna kann es nicht sein. Sie würde den Schlüssel benutzen. Und jeder andere möchte nicht zu mir, sondern zu ihr.

Dann ertönt erneut die Türglocke und ich gehe doch hinaus in den Flur. Die Hand schon auf der Klinke beuge ich meinen Kopf nach vorn und werfe einen Blick durch den Türspäher. Sekunden später blicke ich in das sonnengebräunte Gesicht eines älteren Mannes, der auf den ersten Blick einige Jahrzehnte zu alt wirkt, um einer von Joannas Bekannten zu sein. Weil ich davon ausgehe, dass er sich in der Tür geirrt hat und ihn nicht vor Joannas Tür stehen lassen will, drücke ich die Klinke hinunter.

Als ich dem Mann gleich darauf in der offenen Tür gegenüberstehe, fällt mir als Erstes der übergroße Koffer auf, der neben ihm auf dem Fliesenboden steht. Ein stoffbezogener Reisekoffer mit Rollen und ausziehbarem Handgriff. Groß genug, um weit damit zu reisen.

Für einen Moment bin ich irritiert. Dann hebe ich den Blick und sehe den Mann an, der ganz offensichtlich nervös ist. Gerade in diesem Moment schiebt er eine Hand in die Tasche seiner Jacke und zieht einen gefalteten Notizzettel daraus hervor. Ein schneller entschuldigender Blick in meine Richtung, bei dem ihm sein mittellanges, schwarzgraues Haar in die gebräunte Stirn fällt.

»Es tut mir leid. Ich habe mich offenbar in der Wohnung geirrt.«

Er spricht mit Akzent. Australisch. Womit der Reisekoffer einen Sinn ergibt.

Ich lächle ihn höflich an.

»Kein Problem. Ich bin auch immer wieder verwirrt, weil sich in diesem Gebäude so viele Wohnungen aneinanderreihen. Es ist nicht einfach, sich hier zurechtzufinden. In welchen Stock wollten Sie?«

Der Mann lässt den Notizzettel sinken.

»Das weiß ich leider nicht.«

Er lässt den Blick unsicher über den langen Flur wandern. Dann steckt er den Notizzettel zurück in seine Jackentasche und ergreift den Griff des Trolleys.

»Ich besuche meine Tochter, wissen Sie. Sie wohnt irgendwo in diesem großen Haus.«

Einen Moment lang steht er unschlüssig vor mir und ich überlege, ob ich ihm irgendwie helfen kann. Aber da ich niemanden in diesem Gebäude kenne, weiß ich nicht, wen ich fragen könnte.

»Es ist wahrscheinlich am besten, wenn ich sie anrufe. Ich werde diesen Aufzug nehmen und unten auf sie warten. Gehen Sie ruhig wieder in Ihre Wohnung. Und entschuldigen Sie die Störung.«

Aus der gleichen Jackentasche, aus der er kurz zuvor den Notizzettel gezogen hat, befördert er jetzt ein altes Mobiltelefon. Eines, das sich augenscheinlich nicht ins Internet einwählen kann. Er hebt die Hand und nickt mir zu. Dann geht er mit dem Trolley im Schlepptau zum Aufzug.

Ich bleibe unschlüssig in der offenen Wohnungstür stehen und sehe zu, wie er den Aufzug in unser Stockwerk bestellt. Irgendetwas kommt mir seltsam vor, aber ich kann nicht sagen, was.

Die Türen des Aufzugs gleiten auseinander. Bevor der Mann hindurchgeht, wendet der Mann noch einmal seinen Kopf in meine Richtung.

»Wirklich ein seltsamer Zufall, dass sie denselben Namen tragen wie meine Tochter.«

»Wie bitte?«

Er deutet auf den Klingelknopf, der an der Wand neben Joannas Wohnungstür angebracht ist.

»Hamilton. Das ist auch der Name meiner Tochter. Deshalb habe ich bei Ihnen geklingelt.«

Es dauert nur Sekunden, bis ich reagiere.

»Wie heißt Ihre Tochter?«

Der Mann lächelt freundlich.

»Joanna Hamilton. Sie ist Britin. Wie Sie.«

*

Im Erdgeschoss wird die Eingangstür aufgedrückt und ein Luftzug geht von unten nach oben durch das Gebäude. Während eilige Schritte die Stufen hinauf eilen, begreife ich allmählich.

Der automatische Schließmechanismus des Aufzugs

setzt ein und ich löse mich aus meiner Erstarrung und presche vor.

»Mr Hamilton. Warten Sie.«

Als ich den Aufzug erreiche, strecke ich meine Arme zwischen die aufeinander zu gleitenden Metalltüren.

»Es war ein Missverständnis. Das hier ist Joanna Hamiltons Wohnung. Ich bin nur zu Gast.«

Mr Hamilton sieht mich verdutzt an. Dann lächelt er erfreut.

»Oh, wirklich?«

»Ja. Wirklich. Joanna ist bei der Arbeit, aber sie wird sicher bald kommen.«

Ich helfe ihm, den großen Koffer wieder auf den Steinboden des Treppenhauses zu befördern und gemeinsam gehen wir zurück zur Wohnung.

Ich betrachte es als einen Vorteil, dass ich mich Fremden gegenüber nie genug öffne, um sie spüren zu lassen, dass sich hinter meinem freundlichen Auftreten gelegentlich eine ganz andere Gemütslage verbirgt. Mr Hamilton bemerkt nicht, dass ich völlig durcheinander bin. Davon bin ich überzeugt.

Während ich ihn vor mir in die Wohnung treten lasse, rufe ich mir ins Gedächtnis, was Joanna mir über ihren Vater erzählt hat. Nicht viel. Soviel steht fest.

»Ich hatte einen tollen Vater«, bemerkte sie einmal, als ich sie danach fragte, »bis er uns verlassen hat.«

Es ist mir schwergefallen, mir vorzustellen, wie es für sie gewesen sein muss, ohne ihren Vater aufzuwachsen. Aber ich hatte nie den Eindruck, dass es für Joanna ein Problem war.

»Immerhin bin ich nicht in einem Haus mit streitenden Eltern groß geworden«, erklärte sie, als ich fragte, ob sie ihn als Kind vermisst hatte. »Ich kann mich nicht daran erinnern, dass meine Eltern je miteinander gestritten hätten.«

Die Details hatte sie nie mit mir geteilt.

Wie die Tatsache, dass er in Australien lebte. Oder, dass sie offenbar noch Kontakt zu ihm hatte.

Ich mustere Mr Hamilton von der Seite, während er in seinen braunen Lederschuhen durch Joannas Flur geht. Seine schlanke, sportliche Figur verrät mir, dass er ein aktives Leben führt. Weshalb ist er hier?

Joanna kann nicht gewusst haben, dass er kommt. Sonst hätte sie mich darauf vorbereitet. Eigentlich bezweifle ich sogar, dass sie es überhaupt zu einem Treffen zwischen mir und Mr Hamilton hätte kommen lassen.

Hat er die lange Reise auf sich genommen, weil er sie überraschen wollte? Welchen Grund könnte sein Besuch haben?

Das Baby. Das ist es. Joanna muss ihm erzählt haben, dass sie schwanger ist.

Wir stehen jetzt in Joannas Küche.

Beiläufig frage ich:

»Weiß Joanna, dass sie hier sind?«

Mr Hamilton schüttelt den Kopf.

»Oh nein. Sie hat keine Ahnung.«

Er sieht mich eindringlich an.

»Und Sie sind eine Freundin von Joanna?«

»Ja. Das stimmt.«

Ich sehe, dass ihm meine Antwort gefällt.

»Das ist gut. Es freut mich zu hören, dass sie Freunde hat. Ich habe mir immer Sorgen gemacht, dass sie möglicherweise keine haben könnte. Sie arbeitet so viel und sie hat nie viel über Freunde erzählt.«

Ich nehme ihm den Mantel ab und hänge ihn über eine Stuhllehne.

»Ich bin Kat«, sage ich dann, halb in der Erwartung, dass er meinen Namen doch schon einmal gehört hat.

Scheinbar hat er das nicht.

»Es freut mich, Sie kennenzulernen, Kat«, sagt er mit einem offenen Lächeln und streckt mir seine Hand entgegen.

Während ich sie schüttle, denke ich an Joanna, der dieses Bild überhaupt nicht gefallen würde. Sie war immer speziell, was Familienangelegenheiten anging. Hat jede Frage nach ihrer Familie mit der Antwort abgetan, dass keine Notwendigkeit besteht, über Menschen zu reden, die entweder tot oder nicht anwesend sind. Ich bin mir beinahe sicher, dass sie ein Treffen zwischen mir und ihrem Vater verhindert hätte, wenn sie es gekonnt hätte.

Als Mr Hamilton meine Hand wieder loslässt, bringe ich seinen Koffer ins Wohnzimmer hinüber und biete ihm einen Stuhl an. Es ist nicht meine Wohnung und nicht mein Vater, aber ich bemühe mich trotzdem, eine gute Gastgeberin zu sein.

»Ich könnte Ihnen ein Bier anbieten«, sage ich nach einem schnellen Blick in den Kühlschrank. »Oder vielleicht eine Tasse Kaffee?«

»Ein kaltes Bier wäre gut«, sagt er und ich reiche ihm die Dose über den Tisch.

»Vielen Dank.«

Es schnalzt laut, als der Metallverschluss in den Deckel gedrückt wird. Dann entweicht mit einem zischenden Geräusch die Kohlensäure.

»Wie lange arbeitet Joanna?«, will er wissen.

»Ich weiß es nicht«, antworte ich. »Aber ich werde sie jetzt anrufen und ihr sagen, dass Sie hier sind. Sie wird sich sicher freuen.«

Ich drehe mich von ihm weg, während ich Joannas Nummer in mein Handy eingebe. Tatsächlich habe ich keine Ahnung, ob sie sich wirklich freuen wird, wenn ich ihr sage, dass ihr Vater in ihrer Küche sitzt. Falls nicht, möchte ich vermeiden, dass Mr Hamilton es mitbekommt. Er scheint ein netter Mann zu sein und sollte Joanna ihn mit ihrer direkten Art vor den Kopf stoßen, möchte ich nicht dabei sein.

Mir Mr Hamiltons Gegenwart bewusst, drücke ich das Telefon an mein Ohr. Es klingelt. Einmal. Zweimal. Dann werde ich an die Mailbox weitergeleitet. Ich lasse meinen Arm sinken, schiele zu Mr Hamilton, der mit zurückgelegtem Kopf das Bier aus der Dose trinkt, und tippe schnell eine Nachricht.

Dein Dad ist hier. Kannst du nach Hause kommen?

Als ich mich wieder zu Mr Hamilton umdrehe, hat er die Bierdose abgesetzt und sieht mich erwartungsvoll an.

Ich lächle entschuldigend.

»Sie geht leider nicht an ihr Telefon. Aber ich bin sicher, dass sie bald hier sein wird.«

Ein schneller Blick auf die Uhr bestätigt meine Hoffnung. Es ist halb sieben. Auch ohne meine Nachricht müsste Joanna bald hier sein.

Mit dieser Gewissheit kehre ich an den Herd zurück, wo die nackten, speckig glänzenden Hühnchenstreifen auf mich warten. In einer der Schubladen finde ich eine Teflonpfanne. Ich stelle sie auf die moderne Induktionsplatte, schalte den Herd an und gebe einen Löffel Olivenöl hinein. Dann das Fleisch.

In meinem Rücken sagt Mr Hamilton etwas.

»Ich muss sagen: Irgendwie kommen Sie mir bekannt vor, Kat.«

Ich wirble herum. Mein Rücken ist an den Herd gepresst.

»Wie bitte?«

»Ich weiß«, sagt Mr Hamilton und fährt sich mit der Hand durchs Haar. »Es ist eigentlich nicht möglich. Ich war seit einer Ewigkeit nicht mehr in Schottland. Aber irgendetwas in ihrem Gesicht ... Es kommt mir vor, als wäre ich Ihnen schon einmal begegnet. Sie waren nicht zufällig kürzlich in Australien, oder?«

Ich lache, als hätte er einen Witz gemacht.

»Nein, ganz sicher nicht. Ich bin noch nie länger als zwei Stunden in einem Flugzeug gesessen. Aber es klingt fast so, als hätte ich eine Doppelgängerin.«

Ich zwinkere und mein Blick wandert wieder zur Uhr. Der Zeiger ist inzwischen zehn Minuten weiter gewandert. Als ich auf das Display meines Handys sehe, stelle ich erleichtert fest, dass Joanna geantwortet hat.

Ich lege den Pfannenwender weg und öffne ihre Nachricht.

Holy Shit, was macht er hier? Nein, frag ihn nicht. Biete ihm ein kaltes Bier an und setze ihn ins Wohnzimmer. Und Kat, fühl dich nicht gezwungen, dich mit ihm zu unterhalten. Er kann anstrengend sein. Ich komme und kümmere mich.

Stirnrunzelnd schließe ich die Nachricht und lege das Telefon zurück auf den Küchentresen.

»Alles in Ordnung?«

Als ich den Blick hebe, merke ich, dass Mr Hamilton mich besorgt mustert.

»Oh ja. Alles o.k.«, sage ich. »Joanna wird gleich hier sein.«

Ich betrachte Mr Hamilton, der zurückgelehnt am Tisch sitzt, die Hände locker im Schoß gefaltet. Ich werde mich nicht an Joannas Anweisung, ihn ins Wohnzimmer zu setzen, halten. Mr Hamilton macht überhaupt nicht den Eindruck auf mich, als wäre er anstrengend. Mehr das Gegenteil. Aufgeschlossen und völlig unkompliziert. Am Ende geht es Joanna wahrscheinlich nur darum, mich aus ihren Familienangelegenheiten herauszuhalten.

In meinem Rücken brutzelt das Hühnchen. Ich drehe mich wieder zu ihm um und rolle die fein geschnittenen Streifen im Fett.

»Gibt es einen Grund für Ihren Besuch in der Stadt?«, frage ich laut.

Mich interessiert, ob Mr Hamilton wegen Joannas Schwangerschaft angereist ist. Ich weiß, dass Joanna selbst diesem Thema bisher genauso wenig Raum eingeräumt hat wie ich. Sie ist wie immer auf ihre Arbeit fixiert. Für mich dagegen fühlt es sich nach Jamies Tod irgendwie unwirklich an, dass in wenigen Monaten ein Baby in unser Leben treten wird. Denn genau das wird passieren. Joannas Baby wird alles verändern. Es ist mir bewusst, aber ich verdränge es im Moment noch. Bald wird es Joanna nur noch in Begleitung eines kleinen, neugeborenen Wesens geben, das all ihre Liebe für sich beanspruchen wird. Ich weiß, dass es so sein wird. Aber ein Teil von mir weigert sich, sich damit auseinanderzusetzen. Mr Hamilton ist vielleicht der Einzige, der bereit dafür ist. Zumindest bereit genug, um in ein Flugzeug zu steigen und einmal um die halbe Welt zu fliegen.

Mr Hamilton räuspert sich in meinem Rücken.

»Der Grund ist Jamies Unfall. Ich habe leider erst vor zwei Tagen davon erfahren. Durch Zufall gewissermaßen.«

Ich lasse den Pfannenwender los und drehe mich langsam zu ihm um.

Mr Hamilton sitzt mit hängenden Schultern am Tisch und sieht mich traurig an.

»Es stand in einer Zeitung, die mein Schwager vor Wochen gekauft hat«, erklärt er weiter.

»Sie lag längst im Altpapier. Als ich den Müll wegbringen wollte, ist mir Jamies Foto ins Auge gefallen. Es war ein Schock, aus der Zeitung über den Unfall zu erfahren. Joanna und ich haben seit Wochen nicht miteinander gesprochen. Ich habe ein paarmal versucht, sie anzurufen, aber sie hat nie abgehoben. Ich dachte, sie wäre zu beschäftigt, um mit ihrem alten Dad zu telefonieren.«

Ich starre ihn stumm an, weil seine Worte keinen Sinn für mich ergeben. Was hat Jamies Unfall mit seinem Besuch zu tun? Und woher weiß er, dass Joanna und Jamie befreundet waren? Hat er nicht gerade noch behauptet, dass Joanna nie etwas über ihre Freunde erzählt?

Nur eine Sache habe ich verstanden. Die Schwangerschaft ist nicht der Grund für seinen Besuch. Wenn sie seit Wochen nicht miteinander gesprochen haben, hat sie es ihm noch überhaupt nicht erzählt.

Ein schrilles, piependes Geräusch reißt mich aus meiner Erstarrung. Ich habe das Hühnchen einige Sekunden zu lange unbeaufsichtigt gelassen und der Rauchmelder ist angesprungen.

»Sorry«, rufe ich und drehe schnell den Herd aus. Ich schiebe die rauchende Pfanne von der Platte und gehe zum Fenster, um frische Luft hereinzulassen. Der Alarm verstummt.

Ich sehe zu Mr Hamilton, der so in seine Gedanken versunken scheint, dass es mir vorkommt, als hätte er den Rauchmelder nicht gehört.

»Es ist typisch für Joanna«, sagt er mit gerunzelter Stirn, »dass sie die Dinge mit sich selbst ausmacht. Damals, als ihre Mutter gestorben ist, habe ich es erst nach der Beerdigung erfahren. Ich glaube, Joanna gibt mir mit

Absicht nicht die Chance, für sie da zu sein. Es ist ihre Art, mich dafür zu bestrafen, dass ich nicht da war, als sie ein Kind war.«

Ich nicke, höre aber nur halb zu. Der verbrannte Geruch des Fleischs hängt störend im Raum und meine Gedanken hängen der Frage nach, was Jamies Unfall mit Mr Hamiltons Besuch zu tun hat.

Ich stütze mich auf den Küchentresen.

»Sie sind hierher gekommen, nachdem sie in der Zeitung über Jamie Raes Unfall gelesen haben?«, frage ich.

Ich sehe, dass ihn meine Nachfrage überrascht.

Er beugt sich nach vorn und stützt sein Kinn auf die Hand.

»Es hat mir das Herz gebrochen, als ich gelesen habe, was passiert ist. Er war ihr einziger Bruder. Ich weiß, dass sie sich sehr nahe gestanden haben.«

Ich höre, wie seine Stimme bei den letzten Worten brüchig wird, und habe gleichzeitig das Gefühl, in einer Glocke der Unwirklichkeit gefangen zu sein. Während sich meine Hände an den Rand des Küchentresens klammern, sage ich mir, dass es nicht möglich ist, dass ich richtig gehört habe. Dass die Worte, die ich zu hören geglaubt habe, ein Produkt meiner emotionalen Labilität sind. Ich betrachte den fremden Mann und registriere die sympathischen Lachfältchen, die, wie um der Schwere des Moments zu trotzen, um seine Augenpartien tanzen. Ich nehme die sonnengebräunten, gealterten Wangenpartien wahr. Und die Schuldgefühle, die sich so tief in sein Bewusstsein gegraben haben wie das Wasser in die Steilhänge der Steinklippen.

»Ich habe Jamie gut gekannt, wissen Sie. Früher, als er ein Kind war. Er war ein großartiger Junge. War schon immer verrückt nach Bällen ...«

Er erzählt weiter, aber ich tue mich schwer, seinen Worten zu folgen. In meinem Kopf gibt es nur einen einzigen Gedanken.

Joanna ist Jamies Schwester.

Ein kaltes Gefühl strömt durch meinen Körper und legt sich wie ein eingefrorener Handschuh auf meine Brust. Wie aus weiter Ferne nehme ich wahr, wie im Flur der Schlüssel gedreht wird. Als ich den Kopf zur offenstehenden Tür wende, sehe ich, wie Joanna mit fliegenden Haaren und geröteten Backen vom anderen Ende des Flurs zu uns in die Küche eilt. Mr Hamilton steht vom Stuhl auf und geht ihr entgegen. Dann liegen sie sich in den Armen.

»Dad«, höre ich sie sagen. »Was machst du hier? Wo kommst du her?«

Seine Antwort, in einer Mischung aus Trauer und Vorwurf:

»Warum hast du mich nach Jamies Unfall nicht angerufen? Ich wäre gekommen.«

Ich lasse sie allein, gehe ins Wohnzimmer hinüber und räume meinen Sofaplatz auf.

Später stehen Joanna und Mr Hamilton in der Wohnzimmertür. Die Wohnung riecht immer noch nach angebranntem Hühnchen und es ist kalt, weil das Fenster die ganze Zeit offen stand.

»Ich habe meinem Dad ein Hotelzimmer gebucht und ein Taxi gerufen«, sagt Joanna. »In ein paar Minuten sollte es hier sein.«

Ich wünsche Mr Hamilton eine gute Nacht und er erwidert es mit einem freundlichen Lächeln. Kein Anzeichen, dass Joanna ihn vor den Kopf gestoßen hat.

»Danke. Es war schön, Sie kennen zu lernen, Kat.«

Zögernd bleibt er neben Joanna in der offenen Tür stehen.

»Ich glaube, ich weiß jetzt, woher ich Ihr Gesicht kenne«, sagt er dann.

Ich hebe eine Braue.

»Aus der Zeitung. Sie waren mit auf dem Foto, das ich gesehen habe.«

Ich sehe, wie Joanna ihn am Arm greift.

»Sie war seine Frau, Dad«, höre ich sie flüstern.

Er reagiert betroffen.

»Es tut mir sehr leid«, höre ich ihn sagen.

Ich schlucke.

»Danke, Mr Hamilton.«

22

Neunzehn Tage nach dem Unfall, abends

Ich bekomme mit, wie die Wohnungstür geöffnet und gleich darauf wieder geschlossen wird. In wenigen Augenblicken wird Mr Hamilton in ein Taxi steigen, das ihn zu einem fremden Hotelzimmer bringen wird. Vermutlich eines, das ihn mit einem großen Boxspringbett, einem Smart-TV und einem Whisky in der Minibar erwarten wird.

Zurück bleiben nur Joanna und ich. Ich höre ihre Schritte, die sich langsam über den Flur in meine Richtung bewegen. Dann erscheint sie wieder im Türrahmen. Wir sind allein. Es ist nicht mehr nötig, wegen eines Fremden Höflichkeit vorzutäuschen. Ich starre sie unumwunden an, während sie am Türstock lehnt und ihr Blick über mich hinweg ins Leere schweift. Die Minuten streichen vorbei. Das Unausgesprochene steht wie eine luftraubende, gläserne Glocke über uns.

Als Joanna mich schließlich ansieht, hat ihre Miene etwas Widerwilliges.

»Er war dein Bruder.«

Ich sage es. Endlich.

Einer von Joannas Mundwinkeln bewegt sich leicht nach oben. Sie nickt. Und ich sinke langsam zurück, bis mein Rücken die Lehne des Sofas berührt, lege den Kopf in den Nacken und versinke in der weißen Farbe der Decke.

»Wow.«

Joanna sagt nichts.

»Wow«, sage ich noch einmal.

Meine ganze Fassungslosigkeit liegt in diesem einem Wort. In meinem Inneren herrscht eine seltsame Leere, während ich tiefer ins Sofa sinke und erkenne, dass Dinge, die ich nie verstanden habe, plötzlich einen Sinn ergeben.

Ich habe mich immer darüber gewundert, dass Jamie Joanna nach ihrem Auszug aus dem Haus ihr Zimmer behalten ließ, und es damit begründete, dass sie meine beste Freundin ist. Und ich fand es noch seltsamer, als ich herausfand, dass sie ihm obendrein längst keine Miete mehr für das Zimmer überwies. Ich habe angenommen, dass Joanna vor ihrem Umzug nach Edinburgh wie ich einen monatlichen Betrag für das Zimmer gezahlt hat. Aber wahrscheinlich hat sie das nie getan. Miete gezahlt. Wenn Jamie ihr Bruder war, hat das Haus, in dem jetzt ich wohne, ihrer Mum gehört.

Ihrer Mum. Es ist unglaublich, dass sie die gleiche Mum gehabt haben sollen.

Und dann das Interview, das Jamie nach seinem ersten Einsatz im Nationalteam mit Joanna geführt hat. Ein Exklusivinterview. Ich habe mich damals darüber gewundert, dass er nur mit ihr gesprochen hat. Erst dachte ich, dass die Sender Jamie als neuen Spieler nicht beachteten. Später, als ich erkannte, dass sich die Reporter durchaus für Jamie interessierten, redete ich mir ein, dass er es getan hat, weil er mir eine Freude machen wollte. Weil er dachte, dass es mir gefallen würde, wenn er meiner besten Freundin einen Karrierevorteil verschafft.

Aber jetzt verstehe ich.

Um mich ging es nicht. Er hat es für sie getan.

»Hast du Jamie damals darum gebeten, sich nach dem Spiel gegen England ausschließlich von dir interviewen zu lassen?«, frage ich.

Joanna sieht mich unaufgeregt an.

»Interessant, dass du diese Frage stellst.«

»Wie meinst du das?«

Sie schürzt die Lippen.

»Ich dachte, du würdest zuerst wissen wollen, warum wir

es geheim gehalten haben.«
Die Andeutung eines völlig deplatzierten Lächelns umspielt ihren Mund.
Ich reagiere genervt.
»Das wäre meine nächste Frage gewesen.«
»Ah. O.k.«
Kurz wirkt Joanna so, als wüsste sie nicht weiter. Im nächsten Moment löst sie sich vom Türrahmen.
»Nimm es mir nicht übel, Kat, aber ich habe einen Mordshunger.«
Sie lässt mich stehen und verschwindet in Richtung Küche. Es stört mich, dass ich nun diejenige bin, die ihr nachlaufen muss. Aber ich tue es. Ich stehe auf und folge ihr in die Küche. Als ich durch die Tür trete, steht sie am offenen Kühlschrank. Ich will mich gerade auf einem der Stühle niederlassen, als mich das Schnalzen eines Verschlusses, gefolgt vom zischenden Geräusch eines kohlesäurehaltigen Getränks alarmiert herumfahren lässt. Ich sehe das goldglänzende Metall in ihrer Hand. Als mir dämmert, was sie vorhat, bin ich mit zwei Schritten bei ihr und entreiße ihr die offene Bierdose.
»Was zum Teufel tust du?«, fahre ich sie an. »Du schadest dem Baby.«
»Oh komm. Sei nicht so streng mit mir. Ich denke nicht, dass es dem Baby schadet, wenn ich mir einmal ein Bier genehmige.«

Sie will wieder nach der Dose in meiner Hand greifen, aber ich bin schneller. An ihrem Kopf vorbei leere ich den schäumenden Inhalt ins Waschbecken.
Ich funkele sie wütend an.
»Werde erwachsen, Joanna«, sage ich.
Dann stelle ich die leere Dose neben der Spüle ab und schenke Orangensaft in ein Glas.
»Trink das«, sage ich und drücke ihr das volle Glas in die Hand.
Sie nimmt es widerstandslos und trinkt es in einem Zug leer.
»Ich bin kein schlechter Mensch«, sagt sie, als sie das Glas abstellt.
Ich schüttle nur den Kopf über ihre Unvernunft und lasse die Worte unkommentiert.
Joanna beugt sich über den Herd und deutet auf die Bratpfanne.
»Hat das Hühnchen etwas verbrochen, dass du es so zurichten musstest? Es sieht dermaßen unappetitlich aus.«
Sie hebt die Pfanne an und entleert sie in die Schale mit dem Kompostmüll.
Als ich nicht antworte, beäugt Joanna die Packung mit den Wraps, rümpft die Nase und holt eine Packung Chips aus dem Schrank. Ich habe keinen Appetit mehr, setze mich aber mit einem Glas Wasser zu ihr an den Tisch. Während sich Joanna die Chips in den Mund schiebt,

ziehe ich meine Knie an den Oberkörper und umschlinge sie mit meinen Armen.

»Du musst mir versprechen, dass du mit niemandem darüber sprichst«, sagt Joanna und sieht mich über den Tisch kauend an.

Ihr fordernder Ton stört mich, aber ich nicke.

»Schwöre.«

Ich runzle die Stirn.

»Hast du was Schlimmes getan?«

Joanna legt die Chipspackung aus der Hand und nimmt einen großen Schluck Saft.

»Ich habe niemanden umgebracht«, lautet ihre flapsige Antwort.

Ich sehe sie lange schweigend an.

Dann sage ich:

»Also gut. Ich schwöre, dass ich mit niemandem darüber rede.«

Joanna nickt.

»Die Antwort lautet nein. Ich habe Jamie nicht um das Interview gebeten. Das musste ich nicht tun, denn wir hatten einen Deal.«

Ich öffne den Mund, um etwas zu sagen, aber Joanna kommt mir zuvor, indem sie eindringlich den Zeigefinger an ihre Lippen führt.

»Jamie war mein Halbbruder, Kat. Sein Vater war mit unserer Mum zusammen, bevor er auf die Welt kam. Sie behauptete einmal, dass er weg war, noch bevor Jamie geboren wurde. Er wollte kein Vater sein, sagte sie. Durch einen Zufall hat sie kurz nach Jamies Geburt meinen Vater kennengelernt.«

Sie macht eine Kinnbewegung in Richtung Flur, wo wir kurz zuvor Mr Hamilton verabschiedet haben.

»Mitch Hamilton. Der Mann, der eben hier war. Er ist Australier und kam damals nach Dundee, um dort an einer Internatsschule als Lehrer zu unterrichten. Soweit ich weiß, bewohnte er ein Zimmer im Wohnheim des Internats. Aber als er unsere Mutter kennen lernte und sie mit mir schwanger wurde, zog er zu meiner Mutter und Jamie. Er blieb bei uns, bis ich vier war. Dann starb mein Großvater väterlicherseits und mein Vater flog nach Australien, um sich um das Anwesen seiner Familie zu kümmern.«

Sie stockt und ihr Blick geht ins Leere.

»Er kehrte nie nach Schottland zurück. Zumindest nicht dauerhaft. Und das ist eigentlich die ganze Geschichte.«

Ich spüre, wie sich meine Verletztheit in Mitgefühl wandelt. Unentschieden, ob sie es verdient hat.

»Er kam einfach nicht zurück?«, frage ich.

Joannas Schultern sacken noch ein kleines Stück tiefer.

»Ich vermute, dass er bei seiner Rückkehr nach Australien gemerkt hat, dass er nicht für immer hier leben wollte. Seine Familie besitzt ein großes Anwesen an der australischen Küste. Er war warme Winter und weiße Sandstrände gewöhnt. Ich habe Bilder gesehen. Es ist wunderschön dort. Jedem, der von dort kommt, würde unser unfreundliches, frisches Klima zu schaffen machen.«

Ich höre ihr zu und sehe sie vor mir, wie sie als kleines Mädchen am verregneten Fenster stand und sich vorstellte, wie ihr Vater auf der anderen Seite der Erde an einem glitzernden Sandstrand sitzt.

»Unsere Mum hat sich vor allem darum bemüht, dass wir eine gute Ausbildung erhalten haben.«

Joanna hat jetzt auch die Knie angezogen und legt ihre Arme darum.

»Nachdem mein Vater sie auch noch im Stich gelassen hat, waren wir das Wichtigste in ihrem Leben. Jamie ist auf eine staatliche High School gegangen, wo er Max kennen gelernt hat. Und mich hat sie ins Internat geschickt. Als ehemaliger Lehrer der Schule konnte mein Vater irgendeinen Vorteil aushandeln, so dass meine Eltern nicht die vollen Schulgebühren für mich zahlen mussten. Ich fand es ziemlich cool, unter der Woche mit den anderen Kindern im Internat zu schlafen. Dort habe ich auch angefangen, für die Schülerzeitung zu schreiben.«

Sie lächelt traurig.

»Jamie und ich hatten beide Träume, die wir verwirklichen wollten. Unsere Mum war es, die uns ermutigt hat, daran festzuhalten. Sie war überzeugt davon, dass wir uns unsere Träume erfüllen könnten, wenn wir es nur genug wollten.«

»Sie hatte recht«, werfe ich ein und denke an den Tag, an dem Jamie Nationalspieler wurde.

»Ja, das hatte sie. Jamie und ich haben erreicht, was wir erreichen wollten. Nur dass Jamie es aus eigener Kraft geschafft hat. Ich nicht.«

Sie zögert kurz. Dann spricht sie weiter.

»Jamie ging schon zur Uni, als ich meinen Abschluss machte. Er hatte ein Zimmer im Studentenwohnheim und war im Rugbyprogramm. Ich wollte mir damals eine Auszeit nehmen und meinen Vater besuchen. Er hat mir geholfen, mich bei einer australischen Zeitung für ein Praktikum zu bewerben und ich wollte die Zeit nutzen, endlich die Familie meines Vaters kennenzulernen. Alles war vorbereitet. Mein Vater hatte ein Zimmer auf dem Anwesen für mich vorbereitet, ich hatte mich um einen Praktikumsplatz gekümmert und meine Cousins freuten sich darauf, mich kennenzulernen.«

Sie wirft mir einen düsteren Blick zu.

»Dann ist Mum gestorben.«

Mum.

Es fällt mir noch immer schwer zu begreifen, dass Joannas Mum dieselbe Frau ist, über die Jamie mir so viel erzählt hat.

»Jamie hat erzählt, dass sie eine Gehirnblutung hatte«, sage ich.

Plötzlich habe ich Zweifel, ob es wirklich stimmt. Jamie scheint ein weit besserer Lügner gewesen zu sein, als ich es je für möglich gehalten hätte. Vielleicht gab es einen Grund, warum er mich auch darüber angelogen hatte.

Aber Joanna nickt.

»Wir waren beide niedergeschmettert. Jamie noch mehr als ich. Er war schon immer der Sensiblere von uns beiden.«

Ich nicke und gebe ihr im Stillen recht.

»Jamie wollte, dass ich meinen Flug storniere und bleibe. Er war ziemlich am Ende und hasste den Gedanken, dass wir uns ein Jahr lang nicht sehen würden. Du weißt, wie er war. Im Herzen ein Familienmensch. Und ich war alles, was ihm an Familie geblieben war.«

Ein Familienmensch.

Ich kann nicht anders, als wieder daran zu denken, wie großartig Jamie mit Kindern gewesen wäre. Unseren Kindern.

»Wir hatten einen Notartermin«, fährt Joanna in sachlicherem Ton fort, »bei dem ich schriftlich einwilligte, auf den Anteil des Hauses in Crail zu verzichten.«

»Du hast ihm deine Hälfte des Hauses geschenkt?«, frage ich überrascht. »Das ist ja verrückt …«

Joanna winkt ab.

»Nicht wirklich. Mir wird irgendwann ein Teil des Anwesens in Australien gehören. 5 Hektar Land. Was ist da schon ein halbes, nicht unterkellertes Haus in Crail? Es kam mir immer schon ungerecht vor, dass Jamie keinen Vater hatte und ich schon.«

»Du hast recht«, sage ich. »Was ist dann passiert?«

»Nach dem Termin trafen wir uns in Crail, um zu reden. Über das Haus. Über unsere Zukunft. Du weißt schon. Alles eben. Es war seltsam, dort zu sein. Wir kannten den Ort kaum, weil das Haus immer vermietet gewesen ist. Wir haben unsere Autos am Haus abgestellt, haben eine Weile lang von der Straße aus zugesehen, wie die Frau, die damals im Haus lebte, die Hecke stutze, und sind dann zum Meer hinunter spaziert. Ich wusste, dass Jamie versuchen würde, mich von meinem Plan, nach Australien zu gehen, abzubringen, und habe mir vorher darüber Gedanken gemacht. Jamie war mir wichtig. Aber ich wollte nicht zu kurz kommen. Wir liefen barfuß über die Steine und Jamie redete die ganze Zeit darüber, wie sehr Mum fehlen wird. »Du hast wenigstens noch deinen Dad«, sagte er irgendwann. »Ich habe jetzt niemanden mehr.« Das Totschlagargument vorneweg. »Du hast mich«, habe ich ihm geantwortet, weil ich wusste, dass er das hören wollte. Wir setzten uns ans Wasser und schauten aufs Meer. Und dann kam Jamie mit seiner Idee. Er, ich und Max zusammen im Haus.«

Sie wendet den Kopf ab und fährt mit abwesendem Blick

fort.

»Ich habe ihm erklärt, dass ich zur BBC will und der Aufenthalt in Australien genau das ist, was ich dafür brauche. Und dann habe ich begonnen, eine andere Idee in seinen Kopf zu pflanzen. Wenn ich wirklich Australien abblasen würde, mich für einen Studiengang einschreiben und mein Studium beginnen würde, müsste er mir versprechen, dass er mir später hilft, meine Karriere zu pushen. Dass er seine sportlichen Erfolge nutzen würde, um mir einen Vorteil zu verschaffen. Ich habe ihm auch gesagt, dass wir nicht als Geschwister zusammenleben können. Jamie fand diesen Gedanken absurd, aber ich bin dabei geblieben. Ich wusste, dass er mich viel besser unterstützten könnte, wenn nicht bekannt wäre, dass ich seine Schwester bin. Und ich war überzeugt davon, dass er es weit bringen würde. Jamie hatte so viel positive Energie.«

Genau wie du, denke ich. Aber ich spreche es nicht aus. Stattdessen sage ich:

»Nun ja, Joanna. Du hast erreicht, was du erreichen wolltest. Es ist für mich trotzdem nicht nachvollziehbar, wie du so leben kannst. Die Menschen jeden Tag anzulügen.«

Joanna schüttelt den Kopf.

»Du redest wie Jamie. Aber in Wirklichkeit interessiert es niemanden, ob ich einen Bruder habe und wer er ist. Die Leute, die meine Sportberichte lesen, interessiert überhaupt nicht, wer ich bin.«

»Mich hätte es interessiert«, halte ich dagegen, und frage weiter: »Warum hast du dich mit mir angefreundet?«
Hat auch unsere Freundschaft zu ihrem Plan gehört? Hat sie gehofft, eines Tages einen Vorteil daraus ziehen zu können?
Meine Frage trifft sie. Sie sagt es nicht, aber ihre verengten Augen und der gekränkte Blick verraten es.
Sie steht auf und geht zur Tür. Dort dreht sie sich noch einmal zu mir um und sagt kühl:
»Wenn du es genau wissen willst: Ich mochte deine unverstellte Art.«
Bevor ich etwas erwidern kann, verschwindet sie im Flur.
»Ich muss ins Bett. Bis morgen Früh, Kat.«
Mit einem lauten Geräusch fällt die Badezimmertür zu.
Sie ist verletzt, weil sie spürt, dass ich unsere Freundschaft in Frage stelle.
Ich seufze und vergrabe mein Gesicht in den Händen.
Schlimmer kann es nicht mehr werden.

23

Neunzehn Tage nach dem Unfall, spät abends

Lange, nachdem Joanna in ihrem Schlafzimmer verschwunden ist, liege ich wach auf dem Sofa. Eine Nachricht meiner Eltern offen vor mir auf dem Bildschirm meines Telefons.

Hallo Liebes, wie geht es dir? Wir denken ständig an dich und hoffen, dass du zurechtkommst. Heute habe ich wieder einmal mit Dad darüber gesprochen, dass wir uns einen Hund zulegen könnten. Du weißt, dass das ein alter Traum von mir ist. Ich will mich nicht zu früh freuen, aber ich habe das Gefühl, Dad ist jetzt bereit dafür. Über die Rasse sind wir uns noch nicht einig. Ich bin für einen Border Collie. Erinnerst du dich an den, den deine Tante hatte, als du klein warst? Dad möchte einen Corgi

Pembroke. Na ja. Wir werden sehen, wie wir uns einigen. Vielleicht schaffst du es, hier zu sein, wenn wir zum Züchter gehen.

Hi Mum, antworte ich. Nicht zu überrascht über die Neuigkeit, dass sie sich einen Hund zulegen will. Ich wusste, dass sie seit einer Weile mit dem Gedanken spielt und nur darauf gewartet hat, dass sich mein Vater für die Idee erwärmen lässt.

Mein Boiler funktioniert nicht. Deshalb wohne ich übergangsweise bei Joanna. Die Sache mit dem Hund klingt super. Natürlich möchte ich dabei sein. Ich habe mir noch nicht allzu viele Gedanken gemacht, aber vielleicht verbringe ich dieses Jahr einfach die langen Schulferien im Sommer bei euch.

Der Gedanke, Schottland für eine Weile zu verlassen, hat gerade etwas Befreiendes. Am liebsten würde ich mich auf der Stelle ins Auto setzen und nach Süden fahren. Zu den weiten, feinsandigen Stränden der Badeorte meiner Kindheit, die ich seit Jahren nicht mehr besucht habe, weil sich mein Leben hier oben abgespielt hat. Leider habe ich einen Job, der es mir unmöglich macht, außerhalb der Ferienzeiten fortzugehen. Und so sehr ich mich danach sehne, für eine Weile alles hinter mir zu lassen - ich weiß, dass ich noch hier bleiben muss.

Ich lege das Telefon auf den Teppichboden neben dem Sofa und knipse das Licht aus. Mein Körper ist müde und sehnt sich nach Schlaf, aber ich ahne bereits, dass mein Kopf wieder einmal nicht zur Ruhe kommen wird. Der Schock über das, was ich erfahren habe, ist zu frisch.

Nie im Leben wäre ich darauf gekommen, dass Jamie und Joanna Geschwister waren. Sie waren so unterschiedlich in ihrer Erscheinung und in ihrem Wesen. Jamie hatte einen kräftigen, muskulösen Körperbau, während Joanna klein und zierlich ist. Außerdem begegnete Jamie den Menschen mit einer so offenherzigen und aufgeschlossenen Art. Während ich mich bei Joanna schon oft daran gestört habe, dass sie denjenigen gegenüber, die sie nicht gut kennt, abweisend ist. Man könnte fast behaupten, dass sie ihnen keine Chance gibt. Bei Dana ist es mir besonders aufgefallen.

Je mehr ich darüber nachdenke, umso mehr ist es mir ein Rätsel, wie es Jamie und Joanna gelungen ist, mir all die Jahre lang etwas vorzumachen. Klar, dass sie es sich zunutze gemacht haben, dass sie unterschiedliche Nachnamen trugen. Joanna heißt nicht Rae, wie Jamie und seine Mum, sondern Hamilton. Und trotzdem kommt es mir völlig verrückt vor. Schließlich muss es eine Zeit in ihrer Kindheit gegeben haben, zu der sie gemeinsame Freunde gehabt haben. Kinder, mit denen sie auf der Straße gespielt haben. Jemand von ihnen hätte jederzeit zur Zeitung gehen und sie darüber informieren können, dass die Sportjournalistin Joanna Hamilton Jamie Raes Schwester ist. Aber scheinbar hat das nie jemand getan. Möglich, dass sie nicht so viele gemeinsame Freunde hatten, wie ich denke. Sie waren immerhin auf unterschiedlichen Schulen. Joanna war im Internat. Und der einzige Freund, der Jamie aus seiner Schulzeit geblieben war, war Max.

Ruckartig hebe ich meinen Kopf, weil mir bewusst wird, was das bedeutet.

Ich stützte mich auf die Ellenbogen und starre ins Dunkel.

Max. Er wusste es die ganze Zeit.

Es war alles anders, als ich dachte. Jamie, Joanna und Max. Sie wohnten zusammen im Haus, bevor ich einzog. Aber sie waren keine Mitbewohner. In Wahrheit ist Jamie mit seiner Schwester und seinem besten Freund eingezogen. Nur ich bin als Fremde dazugestoßen. Und ich hatte keine Ahnung, dass sie etwas vor mir geheim halten. Die Vertrautheit, die ich zwischen Jamie und Joanna beobachtet habe, rührte nicht daher, dass sie während des Studiums zusammengewohnt, gefeiert und getrunken hatten. Sie ging viel tiefer.

Ich denke an den Tag, an dem Jamie verunglückt ist, und verstehe jetzt, warum Jamie vor mir von Joannas Schwangerschaft erfahren hat. Vor allen anderen hat sie es ihm erzählt. Er war ihre Familie.

Wie er wohl reagiert hat, nachdem er ihre Nachricht gelesen hat? Er konnte nicht begeistert darüber gewesen sein, dass Joanna einfach so ein Kind bekam. Ohne Mann. Ohne irgendeinen Plan.

»Du hast nicht einmal einen Freund«, wird er wahrscheinlich gesagt haben.

Was hat sie ihm darauf geantwortet? Dasselbe, was sie zu uns gesagt hat, oder war sie ihm gegenüber ehrlich? Wusste er, wer der Vater von ihrem Baby ist?

Während ich daran denke, wie Jamie die Autobahn nach Edinburgh verlassen haben muss, um umzukehren, sehe ich die Dinge plötzlich klarer. Es gibt nur einen einzigen Grund, der erklärt, warum er umgekehrt ist: Er ist zu Max' und Danas Haus gefahren, weil er wusste, dass Joanna Max' Baby bekommt.

»Du wusstest es«, flüstere ich in die Stille.

Mein Kopf ist auf die Seite gesunken. Der feine Stoff des Sofas berührt meine Wange. Ich schiebe meine flache Hand zwischen Sofa und Haut und starre in die Dunkelheit, während ich in Gedanken weiter gehe.

Mir kommt in den Sinn, dass Max bereits mit Dana verlobt war, als Joanna Jamie von der Schwangerschaft erzählt hat. *Zum ersten Mal hat er mich an dem Abend gefragt, an dem wir alle von unserem Wochenende aus den Highlands zurückgekommen sind.* Danas Worte. Ich dachte, unser gemeinsamer Urlaub hätte Max zu diesem Schritt inspiriert. Dass er mich und Jamie beobachtet hatte und zu dem Schluss gekommen war, dass er dasselbe wollte. Jetzt sieht es mehr danach aus, dass er Dana in den Highlands betrogen hat und die Verlobung nur das Ergebnis seiner Schuldgefühle war.

Ich sehe Jamies feinfühlendes Gesicht vor meinen Augen.

»Hat er dir erzählt, dass er Dana heiraten will?«, flüstere ich.

Es ist schwer vorstellbar, dass er es nicht getan hat. Jamie war Max' bester Freund. Die beiden hingen ständig zusammen rum. Und zwischen unserer Rückkehr aus den Highlands und seinem Unfall lagen immerhin zwei Monate.

Ich denke noch etwas darüber nach, und entscheide, dass es ausgeschlossen ist, dass Jamie es nicht wusste. Was bedeutet, dass er wahrscheinlich über alles informiert war. Er muss gewusst haben, dass Joanna Max' Baby bekommt, und dass Max Dana heiraten wird.

Ich liege mit angehaltenem Atem da, während sich unter der Wolldecke meine Hände zu Fäusten zusammenballen und sich mir ein düsterer Verdacht aufdrängt.

Max wäre doch nicht ausgerastet, wenn Jamie von ihm verlangt hätte, dass er die Verlobung auflöst. Oder?

Ich lausche dem Geräusch der Autos, die unter dem Fenster vorbeifahren. Dann richte ich mich auf, knipse das Deckenlicht wieder an und ziehe die Jeans über meine nackten Beine. Ich muss noch einmal mit Max über diesen

Vormittag reden. Beim letzten Mal hatte ich keine Beweise für meine Vermutung, dass Jamie bei ihm war. Aber jetzt weiß ich genug, um ihn in Verlegenheit zu bringen.

*

Die Anzeige des Armaturenbretts zeigt 22 Uhr und 25 Minuten, als ich mich ins Auto setze. Durch die Scheibe auf der Beifahrerseite werfe ich einen Blick zurück zum ersten Stock des Wohnblocks, weil ich sichergehen will, dass Joanna nicht aufgewacht ist, als ich die Wohnung verlassen habe. Als ich sehe, dass hinter den zugezogenen Vorhängen kein Licht brennt, starte ich den Motor und tauche in den nächtlichen Verkehr der Stadt ein. Die Müdigkeit ist gänzlich von mir abgefallen. Ich klammere mich an die Hoffnung, dass Max nun endlich mit mir reden wird.

Ich befinde mich etwa auf halber Strecke, als mein Telefon klingelt. Als ich sehe, wer es ist, entweicht mir ein genervter Seufzer.

Leon.

Was will er noch um diese Uhrzeit?

Mein erster Impuls rät mir, ihn zu ignorieren. Aber dann aktiviere ich doch die Freisprechfunktion meines Autos.

»Hi Leon. Was gibt's?«

»Hi Kat«, kommt es gedehnt aus dem Lautsprecher.

Eine Pause tritt ein.

Dann erklingt wieder seine Stimme.

»Ich wollte fragen, wie es dir geht.«

»Danke der Nachfrage«, antworte ich. »Nicht anders als gestern und vorgestern.«

»Ja. O.k.«

Ich will ihn abwürgen, aber Leon redet schon weiter.

»Sitzt du im Auto?«

»Ja, ich sitze im Auto. Hör mal, Leon. Gerade ist ein schlechter Zeitpunkt ...«

»Ja, verstehe. Ich wollte auch nur hören, ob alles o.k. ist. Es ist irgendwie seltsam, dein Haus so verlassen zu sehen. Ich war plötzlich unsicher, ob es an mir liegt, dass du weg bist. Falls ich etwas gesagt oder getan habe ...«

Ich hole tief Luft.

»Nein. Hast du nicht. Die Sache mit dem Boiler hat mich genervt. Außerdem habe ich entschieden, dass es mir gut tut, ein paar Tage lang in einer anderen Umgebung zu sein.«

»Alles klar. Ich wünsche dir noch einen schönen Abend, Kat.«

Jetzt klingt er wieder so hölzern, wie ich es von ihm gewohnt bin.

»Danke«, sage ich. »Dir auch, Leon.«

Es rauscht im Lautsprecher. Dann ist er weg, und ich schalte das Radio an. Eine Dreiviertelstunde später erreiche ich endlich Saint Andrews. Ich fahre quer durch die Stadt, an den Fassaden der wunderschönen, alten, grauen Häuser vorbei, um die Ruine der berühmten St Andrews Kathedrale herum, und komme schließlich in das Wohngebiet, in dem Dana und Max wohnen. Als ich durch den begrünten Vorgarten von Danas und Max' Haus gehe, schnappe ich überrascht nach Luft. Ich habe mich darauf eingestellt, dass die beiden bereits schlafen gegangen sind, und war wild entschlossen, Max aus dem Bett zu klingeln. Aber zu meiner Überraschung liegt das Haus hell erleuchtet vor mir. In einem ersten Reflex ziehe ich mein Smartphone aus der Tasche und überprüfe die Uhrzeit. Es ist fünf Minuten vor 24 Uhr. Beinahe Mitternacht. Seltsam.

Mein Finger liegt bereits auf dem Klingelknopf, als von innen die Tür aufgerissen wird.

»Kat?«

Dana steht in Jeans und Pullover vor mir und starrt mich entgeistert an. Ihr Blick streift an mir vorbei und kehrt dann zu mir zurück. Bevor ich die Gelegenheit habe, ihr zu erklären, weshalb ich schon wieder unange-kündigt bei ihr aufkreuze, zieht sie mich ins Haus.

»Bist du wegen Max hier?«

Sie wirkt gehetzt.

Ich kneife die Augen zusammen.

»Was genau meinst du?«, frage ich.

Danas Schultern sinken herab. Sie lässt den Kopf hängen.

»Ich dachte, du wärst wegen Max hier. Er hat nach dem Dinner das Haus verlassen und ist nicht zurückgekommen. Er war in keiner guten Verfassung.«

Ich brauche einige Sekunden, um zu begreifen, dass Max nicht zu Hause ist. Ich werde wieder nichts herausfinden. Statt Mitleid mit Dana zu empfinden, ist das alles, was ich denken kann.

»Ist etwas vorgefallen?«, frage ich.

Dana schüttelt den Kopf.

»Nicht, dass ich davon wüsste. Wir haben gemeinsam gegessen. Danach war ich in der Küche und habe mich um den Abwasch gekümmert. Plötzlich stand Max im Flur, nahm seine Jacke vom Haken und rief mir zu, dass er nochmal weggehen würde und ich nicht auf ihn warten soll.«

Danas Augen glänzen.

»O.k.«, sage ich sanft. »Erzähl weiter. Ich will alles wissen.«

Ich lege meinen Arm um ihre Schultern und schiebe sie behutsam durch den Flur, bis wir im Wohnzimmer stehen. Dort ziehe ich ihr einen Stuhl am Tisch zurück und setze mich ihr gegenüber.

Dana sieht mich hilflos an.

»Ich wollte natürlich wissen, wohin er geht. Ich habe

mir Sorgen gemacht. Seit Jamies Unfall geht es ihm nicht gut.«

Unter der Tischplatte schiebe ich meine Finger ineinander.

»Ich weiß.«

»Er hat mich kühl angesehen und mir geantwortet, dass er mir keine Rechenschaft schuldig ist. Dann ist er aus dem Haus gestürmt und hat die Tür hinter sich zugeworfen.«

Dana schlingt die Arme um ihre Brust. Ihr ganzer Körper zittert.

Ich stehe auf.

»Du frierst«, sage ich und gehe zum Sofa, um ihr eine dünne Wolldecke zu bringen.

Dana wirft mir einen dankbaren Blick zu, während sie sich in den Stoff wickelt.

»Und warum bist du hier?«

Mein Blick streift die Wanduhr, während ich noch überlege, welche Antwort ich ihr gebe.

Halb eins.

Ich frage mich, wo Max gerade steckt. Es ist nicht unwahrscheinlich, dass er in eines der Pubs gegangen ist und jetzt dort an der Bar hängt. Oder er hat betrunken ein Mädchen angesprochen. Eine der vielen jungen Studentinnen, die in der Stadt leben. Es wäre geschmacklos. Aber nichts, was ich ihm nicht zutrauen würde.

»Ich möchte nochmal mit Max über den Unfall reden«, antworte ich Dana. »Es gibt da ein paar Dinge, die mir einfach keine Ruhe lassen.«

Danas Augenbrauen wölben sich.

»Es ist mitten in der Nacht, Kat.«

»Ich weiß. Aber es ist wichtig.«

Dana wirkt verunsichert. Aber sie stellt mir keine weiteren Fragen, sondern zieht die Wolldecke enger um sich. Ihr Blick wandert jetzt ebenfalls zur Uhr.

»Denkst du, ihm ist etwas zugestoßen?«, fragt sie und kaut mit ihren vorderen Zähnen nervös auf ihren gepflegten Lippen.

»Vielleicht sollte ich die Polizei anrufen?«

»Ich glaube nicht, dass das nötig ist«, entgegne ich und schlage die Beine übereinander. »Er wird in einem der Pubs sitzen.«

Dana nickt, aber ich sehe, dass sie nicht überzeugt ist.

Ich sehe sie aufmerksam an.

»Du meintest doch, dass nichts vorgefallen ist«, sage ich.

Dana seufzt.

»Zumindest nichts, von dem ich weiß.«

»Hat er telefoniert?«, frage ich, weil mir plötzlich ein Gedanke kommt.

Was, wenn Joanna ihn angerufen hat und ihm gesagt hat, dass ich weiß, dass Jamie ihr Bruder ist? Würde es erklären, warum er nicht hier ist?

Dana schüttelt langsam den Kopf.

»Nein. Ich habe ihn nicht telefonieren hören.«

»O.k. Also wenn nichts vorgefallen ist, wüsste ich nicht, warum du die Polizei anrufen solltest. Sie wird nicht anrücken, um die Pubs nach ihm abzusuchen.«

Dana wirft mir einen langen Blick zu.

»Du hast natürlich recht.«

Ich lächle und schiele wieder zur Wanduhr.

Eins vorbei.

Nur dass Dana nicht mitbekommen hat, dass Max telefoniert hat, bedeutet nicht, dass er nicht am Abend mit Joanna gesprochen hat. Joanna könnte ihm auch eine Nachricht geschrieben haben.

Kat weiß, dass Jamie mein Bruder war. Gib dir keine Mühe, es zu leugnen, falls sie dich darauf anspricht.

Eine derart knappe Nachricht würde zu Joanna passen. Pragmatisch.

Aber die Frage, die mich weitaus mehr beschäftigt, ist: Gibt es einen möglichen Zusammenhang mit Max' plötzlichem Aufbruch? Hatte er eine Ahnung, dass ich mir die Dinge nun zusammenreime? Er kann eigentlich nicht wissen, dass ich herausgefunden habe, dass Jamie von der Schwangerschaft wusste.

Dana erhebt sich von ihrem Stuhl mir gegenüber und geht zum Fenster.

»Um ein Uhr müsste er doch längst zurück sein«, sagt sie, schiebt den Vorhang zur Seite und presst ihre Stirn ans Glas.

Ich trete neben sie und gemeinsam starren wir auf die Straße hinaus, die im Schein der orangefarbenen Laternen schimmert.

»Hat er sein Handy mitgenommen?«, frage ich.

»Ja, hat er. Das nützt mir aber nichts, wenn er nicht dran geht.«

Sie beginnt, nervös ihre Hände zu kneten.

»Er ist so schwierig, seitdem Jamie tot ist«, sagt sie mit einem traurigen Kopfschütteln. »Ich dachte, es ist nur die Trauer um seinen besten Freund. Aber langsam frage ich mich, ob das wirklich stimmt. Er ist völlig verändert. Redet kaum mit mir. Die meiste Zeit habe ich das Gefühl, dass ihn meine bloße Anwesenheit stört.«

Obwohl ich in letzter Zeit nicht besonders aufnahmefähig für die Gefühle anderer Menschen war, geht mir Danas Verzweiflung nahe. Sie spürt, dass ihr Leben in Scherben liegt, klammert sich aber noch an die Hoffnung, dass sich die Dinge wieder einrenken. Arme Dana. Aus einem Impuls heraus schlinge ich meine Arme um sie und presse ihren weichen Oberkörper an meinen.

»Es wird sich alles klären«, sage ich, als ich sie wieder

loslasse.

Als Dana mich ansieht, liegt ein hoffnungsvoller Schimmer in ihren Augen.

»Ich hatte Angst, dass er seine Meinung ändert und die Verlobung wieder auflöst.«

Ich schiele auf ihre nackten, ringlosen Hände hinab.

»Ist das der Grund, warum du den Ring nicht mehr trägst?«

In Danas Augen glitzern Tränen.

»Es hat sich falsch angefühlt, ihn zu tragen.«

Ich nicke, um ihr zu zeigen, dass ich sie verstehe.

»Du solltest Max sagen, wie du dich fühlst«, sage ich sanft und sehe wieder hinaus in die Dunkelheit.

Dana zieht geräuschvoll die Nase hoch.

»Ich verstehe nicht, warum er nicht einfach heimkommt. Es ist Viertel nach eins. In fünf Stunden klingelt unser Wecker.«

»Ich bin sicher, er wird bald kommen. Es macht aber keinen Sinn, dass ich die ganze Nacht hier verbringe. Ist es o.k., wenn ich dich jetzt alleine lasse? Du solltest auch ins Bett gehen. In wenigen Stunden stehen wir wieder im Klassenzimmer.«

Ich würde mit ihr warten, wenn ich die Hoffnung hätte, dass ich in dieser Nacht noch mit Max reden könnte. Aber ich bin realistisch. Max wird betrunken sein, wenn er zurückkommt. Betrunken und angeschlagen. In diesem

Zustand werde ich nichts aus ihm herausbekommen.

Ich werde zurückfahren, versuchen, noch ein paar Stunden Schlaf zu bekommen und morgen Abend direkt nach Unterrichtsschluss wiederkommen. Dann werde ich mich zu Dana in die Küche setzen, während sie Dinner bereitet, eine Tasse Tee mit ihr trinken und darauf warten, dass Max aus dem Institut kommt.

Dana schnieft und fährt sich mit dem Ärmel ihres Sweaters übers Gesicht.

»Du hast recht. Ich sollte zumindest versuchen, zu schlafen.«

Ich lasse mich von ihr zur Tür begleiten, höre, wie sie hinter mir abschließt, und sehe noch, wie sie kurz darauf das Licht in der Küche ausknipst.

Wenige Minuten später sitze ich wieder im Mini und fahre in Richtung Meer. Zu spät fällt mir auf, dass ich aus Gewohnheit den Weg nach Crail eingeschlagen habe. Es ist die Übermüdung, die meine Gedanken langsamer gemacht hat und mich vergessen hat lassen, dass ich bei Joanna schlafe. Sie saß die ganze Zeit in meinen Muskeln, schwer und bleiern. Jetzt, im Auto, hat sie ihren Platz in meinem Unterbewusstsein verlassen, kriecht in meine Nackenmuskulatur und verleiht meinem Kopf eine dumpfe Schwere.

Ich fahre bis zum Ende der Straße und setze den Blinker, um rechts auf die Küstenstraße aufzufahren. Während ich am Wasser entlang fahre, denke ich wieder an Jamie. In den letzten Minuten seines Lebens ist auch er auf dieser Straße gefahren. Es ist der Weg, der aus der Stadt hinaus führt, sich an der Küste entlang durch zwei Dörfer schlängelt und schließlich Crail erreicht.

Vielleicht wollte er zu mir, denke ich, während ich aufs Gas drücke. Es würde bedeuten, dass er auf dem Weg nach Edinburgh umgedreht ist, zu Max gefahren ist, und danach auf dem Weg zu mir war.

Ich denke noch darüber nach, als am Rand meines Sichtfeldes eine Gestalt auf den Klippen auftaucht. Ich beachte sie nicht weiter, weil das Fahren zu so später Stunde meine gesamte Konzentration erfordert, wundere mich aber kurz darüber, dass sich jemand so spät in der Nacht alleine hier draußen aufhält. Ein Betrunkener, der auf dem Nachhauseweg vom Pub hier gelandet ist. Oder jemand, der mitten in der Nacht mit seinem Hund spazieren geht. Falls es Leute gibt, die so etwas tun.

Als ich die Stelle bereits hinter mir gelassen habe, werfe ich doch noch einmal einen Blick in den Rückspiegel. Die Gestalt steht immer noch an derselben Stelle. Ich richte meinen Blick wieder nach vorn. Aber als ich meinen Wagen in die Kurve lenke, reißt mich ein Gedanke fast vom Sitz. Ich bremse ab und drehe das Lenkrad in die entgegengesetzte Richtung. Dann fahre ich langsam zurück.

24

Neunzehn Tage nach dem Unfall, nachts

Ich parke mein Auto auf der dem Meer abgewandten Seite der Straße. Als ich die Wagentür aufstoße und hinausklettere, brauche ich einen Moment, um mich an die Dunkelheit zu gewöhnen. Das fahle Licht der Laternen bildet die Umgebung der Straße nebelhaft ab. Auf der anderen Seite liegt das Ufer in gespenstischer Finsternis.

Mein Herz hämmert in der angespannten Muskulatur meines Brustkorbs, als ich über den Asphalt hinüber auf die andere Straßenseite gehe. Als meine Füße die ersten Schritte auf den grasigen Untergrund setzen, der die Fahrbahn von den steinigen Klippen trennt, verschluckt mich der Mantel der Nacht.

»Lass mich raten, Dana hat dich geschickt.«

Ich zucke zusammen und bleibe wie festgewurzelt stehen. Dann wende ich mich mit angehaltenem Atem in die Richtung, aus der die Worte kamen.

Ich kenne diese Stimme so gut. Über Jahre habe ich sie beinahe täglich gehört. Lachend. Rufend. Erklärend. Sie hat mich in so vielen Momenten meines Lebens begleitet. Von den gemütlichen Abenden in unserem Wohnzimmer bis hin zu meiner eigenen Hochzeit. Hier draußen aber, weit weg von unserem Leben, klingt sie eigenartig fremd.

Mein Instinkt hat mich nicht getäuscht. Es ist Max. Er muss den ganzen Weg hier raus gelaufen sein.

Suchend lasse ich meinen Blick über Rand der Klippen schweifen. Und dann entdecken meine Augen den Umriss des grauen Wollmantels, den Dana ihm zu Weihnachten geschenkt hat.

Eine frische Brise streift über meine Wangen.

»Nein, hat sie nicht«, sage ich laut und mache vorsichtig ein paar Schritte auf ihn zu. »Ich bin zufällig hier vorbei gekommen.«

Jetzt, da meine Augen ihn in der Finsternis ausgemacht haben, sehe ich seinen hellen Haarschopf, der sich von den dunklen Umrissen der Umgebung abhebt. Und ich rieche den Alkohol.

Aber als er wieder den Mund öffnet, klingt er klarer, als ich erwartet habe.

»Zufällig hier vorbeigekommen? Um diese Uhrzeit?

Sei nicht albern, Kat.«

Ich bleibe stehen und schlinge meine Arme um mich.

»Genau genommen war ich auf dem Heimweg«, sage ich, »nachdem ich mit Dana darauf gewartet habe, dass du zurückkommst.«

Ich gebe ihm einen Moment, um diese Information zu verdauen. Dann füge ich hinzu, dass Dana sich Sorgen macht.

Eine überflüssige Information. Er weiß es eh.

Irgendwo knapp hinter Max bricht sich das Meer in einer besonders großen Welle auf den Steinen. Er steht zu nah an den Klippen, denke ich im selben Moment, und spüre, wie Angst meine Kehle emporkriecht.

Er ist nicht hier, um hinunterzuspringen. Das würde er uns nicht antun.

»Hat Dana dich angerufen?«

Er klingt beinahe gelangweilt.

»Nein. Ich bin vorbeigekommen, weil ich mit dir sprechen wollte.«

Außer dem bretternden Geräusch der Wellen unter uns ist kein Laut zu hören. Die Straße ist leer und außer uns beiden hält sich um diese Zeit kein Mensch so weit draußen vor der Stadt auf.

Ich habe so lange darauf gewartet, mit Max reden zu können. Jetzt steht er vor mir, hat das Wasser im Rücken und kann sich mir nicht entziehen. Der perfekte Augenblick, wäre ich nicht hundemüde und Max betrunken.

Am meisten stört mich, dass Max so nahe am Abgrund steht.

»Es ist verrückt, nachts alleine hier raus zu kommen«, sage ich laut. »Niemand würde es bemerken, wenn dir etwas passieren würde.«

Weil Max nicht reagiert, rede ich weiter.

»Und soweit ich das von hier beurteilen kann, stehst du zu nah am Rand.«

»Bist du deswegen hier? Um mich zu retten?«

Sein Ton ist unverhohlen spöttisch.

Bei seinem nächsten Satz geht ein Schauder durch meinen Körper.

»Joanna hat mir übrigens gesagt, dass du Bescheid weißt. Über sie und Jamie und so.«

Ich hatte recht mit meiner Vermutung. Joanna hat ihn vorgewarnt. Und wahrscheinlich hat er deshalb das Haus verlassen.

»Ja. Ich weiß es.«

Während ich spreche, stockt mir der Atem, weil sich Max' Umriss ohne Vorwarnung von der dunklen Umgebung löst und gleich darauf aus meinem Sichtfeld verschwindet. Einen Schreckmoment später begreife ich, dass Max sich auf den Boden gesetzt hat. Ich atme erleichtert auf und sinke ebenfalls auf die Knie.

Motorengeräusch dringt durch die Dunkelheit zu uns

herüber. Es ist das erste Auto, das seit meiner Ankunft an uns vorbeifährt. Für einen Moment erleuchtet der helle Lichtkegel seiner Frontscheinwerfer die Stelle, an der Max sich niedergelassen hat. Ich sehe ihn im Schneidersitz auf dem steinigen Boden sitzen. Das Kinn auf die Hände gestützt. Wie vermutet zu nah am Rand des felsigen Abgrunds. Ich kralle meine Hände ins feuchte Gras und überlege, ob es der Alkohol ist, der ihn so leichtsinnig gemacht hat. Als er sein Gesicht in den grellen Lichtstrahl wendet, registriere ich, wie müde und abgespannt er aussieht. Sekunden später ist der Kegel des Scheinwerfers vorübergeglitten und die Dunkelheit hüllt uns wieder ein.

Mein Blick schweift über das davonfahrende Auto in die Ferne. Zu den Lichtern der kleinen, alten Universitätsstadt, in der Jamie erst vor wenigen Jahren seinen Abschluss gemacht hat.

»Es ist absurd, dass all die Jahre, die ich hier verbracht habe, auf einer Lüge gegründet haben.«

Joanna habe ich geschont, weil sie gerade viel durchmacht. Aber Max gegenüber werde ich mich nicht zurücknehmen.

»Als ich euch kennengelernt habe, hatte ich zum ersten Mal das Gefühl, echte Freunde gefunden zu haben. Ihr wart so anders als die Mädchen, mit denen ich zur Schule gegangen bin. Entspannter. Unkomplizierter. Und irgendwie ausgeglichener. Ich konnte spüren, dass es zwischen

Jamie, Joanna und dir eine besondere Verbindung gab. Ich fand es faszinierend und wollte unbedingt dazugehören.«

Kurz halte ich inne und denke an meine ersten Wochen in Crail zurück. An die ersten Tage, in denen mich noch das schlechte Gewissen geplagt hat, weil ich mir Jamies Zimmer durch eine Lüge ergattert hatte. Aber meine Schuldgefühle verflüchtigten sich. Ich fühlte mich wie in einem Rausch und konnte nicht genug davon bekommen, mit Jamie, Joanna und Max bis spät nachts in unserem Wohnzimmer zu sitzen, Bier zu trinken und herumzualbern.

»Ich dachte immer, Leon wäre außen vor, weil er in Wirklichkeit nur mit Jamie gut auskam. Und über Dana dachte ich, dass sie es wegen Joannas abweisender Art schwer hatte. Aber jetzt verstehe ich, dass auch ich nie wirklich zu euch gehört habe. Das, was euch drei so eng zusammengeschweißt hat, war nicht eure Freundschaft, sondern eure Lügen.«

Ich vergrabe meine Hände in den warmen Taschen meiner Jacke.

»Was es für meine Ehe bedeutet ... Darüber möchte ich nicht einmal nachdenken.«

Aus Max' Richtung kommt das Geräusch sich bewegender Kieselsteine.

»Es hat überhaupt nichts mit dir zu tun, Kat. Jamie hat

Joanna ein Versprechen gegeben. Daran hat er sich gehalten.«

»Lassen wir Jamie außen vor«, gebe ich zurück. »Er ist tot. Was ist mit dir? Hast du Joanna auch ein Versprechen gegeben?«

Ich höre, wie er sich räuspert.

»Sagen wir mal so: Ich war informiert und Jamie war mein bester Freund. Als ihr geheiratet habt, habe ich ihm gesagt, dass es klüger wäre, es dir zu sagen. Aber ich wollte mich nicht einmischen. Jamie und ich hatten andere Themen.«

Es entsteht eine Pause und ich starre in den schwarzen Nachthimmel, in Gedanken bei dem Tag, an dem Jamie mich gefragt hat, ob ich ihn heiraten will. Damals hat sich alles in meinem Leben richtig angefühlt. Wie hätte ich reagiert, wenn Jamie es mir an diesem Tag gesagt hätte?

»Ich weiß, dass Jamie nie vorhatte, dich anzulügen«, sagt Max. »Aber er wollte sich auch nicht mit Joanna verkrachen. Er hat viel dafür getan, sie um sich zu haben.«

Ich muss unwillkürlich an den Schrank denken, den Jamie kurz vor dem Unfall bestellt hat und der wahrscheinlich noch immer in einem Lager liegt und darauf wartet, abgeholt zu werden.

Unter uns preschen die Wellen gegen den Felsen. Wieder fährt ein Wagen vorüber. Diesmal in entgegengesetzter Richtung. Stadtauswärts. Ich sehe zu der Stelle, an der Max sitzt. Zwei oder drei Meter von mir entfernt, nah am Wasser. Ich sage nichts mehr dazu. Es ist seine Entscheidung, sich in der Dunkelheit so nah an den Klippenrand zu setzen. Irgendwo rascheln Steine, als er sich bewegt. Dahinter schäumt geräuschvoll das aufgewühlte Wasser.

»Ich habe Dana betrogen.«

Ich nehme meine Hände aus den Taschen und beuge mich nach vorn. Verwundert über die unerwartete Wendung unserer Unterhaltung, aber nicht überrascht.

»Ich habe so etwas vermutet«, sage ich.

Max schweigt.

Dann macht er ein weiteres Geständnis.

»Es war, bevor ich sie gefragt habe, ob sie mich heiraten will.«

Keine neue Information für mich. Aber das werde ich mir nicht anmerken lassen. Verhalten lasse ich einige Sekunden verstreichen und will gerade etwas darauf erwidern, als Max zu meiner Überraschung die Details preisgibt.

»Ich wusste, dass Dana heiraten will. Seit eurer Hochzeit hat sie ständig davon gesprochen, wie glücklich ihr beide wirkt und dass verheiratete Paare etwas haben, das Unverheirateten fehlt. Ich habe ihr den Antrag gemacht, um mein schlechtes Gewissen zu besänftigen.«

»Max, Dana spürt, dass etwas nicht stimmt.«

»Ich weiß.«

Ich bewege meine Beine, um eine bequemere Position einzunehmen.

»Möchtest du mir erzählen, mit wem du sie betrogen hast?«, frage ich und tue so, als wüsste ich es nicht.

Mir ist bewusst, dass ich ihn nicht zwingen kann, sich mir anzuvertrauen. Ich könnte meinen Verdacht in den Raum stellen, doch ich habe keinen Beweis dafür. Würde er mir dagegen aus freien Stücken erzählen, wäre das die perfekte Vorlage, um den Bogen zu Jamies Unfall zu spannen. Ihn zu fragen, was genau sich zwischen Jamie und ihm abgespielt hat, bevor Jamie mit dem Wagen von der Straße abgekommen ist.

Ich spüre Max' Zögern und rechne fest damit, dass er mich mit einer Lüge über eine flüchtige Bekanntschaft mit einer Studentin abspeisen wird. Aber ich liege falsch.

Stattdessen sagt er:

»Es war Joanna.«

Ich atme die salzige Meeresluft tief in meine Lungenflügel ein.

»Auch das habe ich vermutet«, gestehe ich.

Vom Rand der Klippen dringt ein heiserer Laut zu mir herüber. Ein Lachen?

»Ich habe Joanna heute gefragt, ob du eine Ahnung hast«, höre ich ihn antworten. »Sie war überzeugt, dass du nichts weißt. Aber offenbar hat sie dich unterschätzt.«

Ich verzichte darauf, ihm zu sagen, dass ich tatsächlich nichts mitbekommen habe und ich nur aus anderen Gründen die Ereignisse der vergangenen Monate rekonstruiert habe.

»Seit wann läuft das mit Joanna?«, will ich wissen, weil ich das Gefühl habe, ihn endlich zum Reden gebracht zu haben.

Als er mir nach einigen Sekunden Stille antwortet, überrascht er mich.

»Zwischen Joanna und mir lief nie wirklich was. Da war mal was, als ich noch im Haus gewohnt habe. Jamie hat es bemerkt und wir hatten einen hässlichen Streit deswegen. Jamie hat nie kritisiert, wie ich mit Mädchen umgegangen bin. Aber als er das mit Joanna mitbekommen hat, ist er ausgeflippt. Ich bin dann ins Studentenwohnheim gezogen und irgendwie haben wir uns wieder zusammengerauft. Ich habe Joanna in Ruhe gelassen und er war zufrieden. Aber dann hatte er diese bescheuerte Idee, in die Highlands zu fahren. Ich wollte hier bleiben, aber ich konnte Dana keinen Grund nennen, warum wir nicht mitfahren sollten. Und dann kamen wir an und da stand dieser beschissene, romantische Pool. Was zum Teufel hat er sich dabei gedacht, ein Haus mit Pool zu mieten? Ich glaube, er wollte mich testen.«

»Nein«, sage ich. »Das glaube ich nicht. So war Jamie nicht. Er hat das Haus ausgewählt, weil es perfekt war.«

Max schnaubt wütend.

»Ach ja? Und der fehlende Schlafraum? Nennst du das perfekt?«

Vom Fuß der Klippen dringt ein Geräusch zu uns herauf. Mit angehaltenem Atem lausche ich in die Stille.

»Warst du das?«, frage ich.

»Ja. Ich habe einen Stein geworfen.«

Ich entspanne mich wieder, stütze meine Handflächen ins Gras und lehne mich zurück.

»Ich bin in der zweiten Nacht aufgewacht«, sage ich. »Als ich hinuntergegangen bin, um etwas zu trinken, hat Joanna nicht auf dem Sofa gelegen.«

»Sie war draußen. Mit mir.«

»Im Whirlpool?«, frage ich, und wundere mich darüber, dass ich nicht selbst darauf gekommen bin.

»Ja. Im Whirlpool.«

»Wow.«

Ein weiterer Stein fliegt über den Rand der Klippen und trifft unten auf.

»Dana ist an diesem Abend früh eingeschlafen«, erzählt Max. »Der Vorhang unseres Zimmers stand einen Spalt offen und ich bin noch einmal aufgestanden, um ihn zuzuziehen. Als ich am Fenster stand, habe ich gesehen, dass Joanna wieder im Pool saß. Ich hätte den Vorhang zuziehen und mich neben Dana legen sollen. Stattdessen habe ich meine nasse Badehose genommen und bin zu ihr runter gegangen.«

»Das war ziemlich dumm«, sage ich. »Warum hast du es getan?«

»Ich glaube, ich wollte herausfinden, ob sie noch etwas für mich empfindet.«

Ich seufze. Dann schließe ich die Augen und stelle mir vor, wie Max im dämmrigen Licht auf die Terrasse hinausgetreten ist. Was hat Joanna zu ihm gesagt? Hatte sie ein schlechtes Gewissen, weil sie wusste, dass Dana im oberen Stockwerk liegt und schläft? Wahrscheinlich nicht. Dana war ihr immer egal, und langsam verstehe ich auch, weshalb.

Der Tag, an dem Max Dana in unser Haus gebracht hat, muss sich für sie wie eine Zurückweisung angefühlt haben.

»Habt ihr nicht ...«

Ich suche nach dem richtigen Wort.

»... aufgepasst?«

Max lacht belegt.

»Wir waren beide ziemlich betrunken. Und wir saßen im Pool ...«

Aber ich will die Details nicht hören.

»Es war nur einmal?«, frage ich schnell.

Es wird meine letzte Frage zu diesem Thema sein.

»Einmal zu viel«, antwortet er.

Ich gebe ihm im Stillen recht, kommentiere es aber

nicht mehr. In Gedanken bin ich schon einen Schritt weiter.

Jetzt brauche ich den passenden Übergang.

Um einen unverkrampften Ton bemüht frage ich:

»Habe ich eigentlich erwähnt, dass mir die Polizei Jamies Handy gebracht hat?«

Max geht nicht darauf ein. Aber ich rede weiter.

»Sie haben es mir am Tag des Unfalls vorbeigebracht. Es war aus und das Display beschädigt. Wahrscheinlich sind die Beamten davon ausgegangen, dass es durch den Sturz kaputtgegangen ist. Aber das ist es nicht. Nachdem ich es aufgeladen hatte, konnte ich es mit Jamies PIN und Passwort neu starten.«

Ich mache eine Pause, um Max Zeit zu geben, diese Information zu verarbeiten.

»Du wusstest wahrscheinlich, dass Jamie auf dem Weg nach Edinburgh war, als er eine Nachricht von Joanna bekommen hat«, fahre ich fort. »Die Nachricht lautete: *Ich bin schwanger. Ruf mich an.* Laut seiner Anrufliste hat er Joanna direkt angerufen. Danach ist er umgedreht und nach Saint Andrews gefahren. Und ich weiß auch, dass sein Auto zumindest für eine kurze Zeit vor eurem Haus gestanden hat.«

Ich halte wieder inne, um meine Worte wirken zu lassen.

Dann sage ich:

»Ich habe lange darüber nachgedacht, aber es ergibt keinen Sinn, dass du angeblich nicht zu Hause warst, als Jamie bei dir ankam. Er muss dermaßen wütend gewesen sein, dass ich sicher bin, dass er dich entweder sofort angerufen hätte, oder im Wagen gewartet hätte, bis du zurückkommst.«

Max schweigt und ich warte darauf, dass weitere Steine ins Meer gepfeffert werden. Aber es bleibt ruhig.

»Sag es mir, Max«, bitte ich eindringlich. »Was auch immer passiert ist, ich verspreche dir, dass ich nicht damit zur Polizei gehen werde. Ich muss es nur wissen. Und vielleicht fühlst du dich besser, wenn du es mir erzählt hast.«

»Werde ich nicht.«

Ich schlucke und denke unwillkürlich wieder daran, wie ich ihn gefunden habe. Ganz allein, hier draußen auf den Klippen. Nein. Ich muss meine Angst ausblenden und mich auf das Wesentliche konzentrieren.

»Ich weiß, dass Jamie bei dir war«, sage ich.

»Ja. Stimmt. Er war bei mir. Und? Fühlst du dich jetzt besser? Ändert es irgendwas?«

Mein Herz beginnt, wild zu klopfen.

Ich gehe nicht auf seinen provokativen Ton ein.

»Weshalb war er bei dir?«, frage ich und kralle meine Finger ins Gras.

»Er hat verlangt, dass ich Dana verlasse. Was sonst? Ich habe ihm gesagt, dass Joanna das nicht von mir erwartet und dass ich es nicht tun kann, weil es Danas Leben zerstören würde.«

»Was ist dann passiert?«, dränge ich weiter.

»Er hat versucht, mich zu erpressen«, presst Max düster hervor. »Er hat damit gedroht, es Dana zu sagen, wenn ich es nicht tue.«

Etwas in mir sackt in sich zusammen, während ich mir Jamies Gesicht vorstelle. Zornig. Fassungslos.

Jamie wollte es also Dana sagen. Sie weiß es nur deshalb nicht, weil er tot ist. Nur deshalb ist Max überhaupt noch mit Dana verlobt.

Ich blinzle gegen den hellen Streifen, der sich allmählich über dem Meer abzubilden beginnt. Die Sonne, die zu dieser Jahreszeit in den frühen Morgenstunden über dem Meer aufgeht, wirft ihr erstes Licht voraus und bildet schemenhaft den Umriss von Max' Körper am Rand der Klippen ab.

»Was hast du zu ihm gesagt?«, frage ich kühl.

»Ich habe ihn daran erinnert, dass ich nicht der Einzige bin, der eine Ehe auf einer Lüge aufbaut. Und dann habe ich ihm gesagt, dass ich mit dir reden werde, sollte er es wagen, sich in Danas und meine Angelegenheiten einzumischen.«

»Du hast ihn erpresst«, platzt es aus mir heraus.

»Ja. Und ich war sicher, dass es funktionieren würde. Aber Jamie war richtig, richtig wütend. Er hat sich umgedreht und ist aus dem Haus gestürmt. Ich hatte ehrlich keine Ahnung, was ich tun sollte. In meinem Kopf war nur das Bild von Dana, und wie sehr es sie treffen würde, wenn Jamie es ihr sagen würde. Jamie stand schon auf der Straße. »Ich fahr zu Kat und sag es ihr«, hat er mir zugerufen. Dann befahl er mir noch, mit Dana zu reden, weil er es sonst tun würde. Er meinte, er wäre es leid, die Lügen anderer Leute zu vertuschen. Und dann ist er ins Auto gestiegen.«

Max stockt. Dann fährt er leiser fort:

»Ich bin ins Haus zurückgelaufen, habe den Autoschlüssel geholt und bin ihm hinterhergefahren. Ich wusste nicht, was ich sonst tun sollte, denn ich konnte nicht zulassen, dass er einfach so mein Leben zerstört. Kurz vor der Küste hatte ich ihn eingeholt. Jamie muss mich bemerkt haben, denn als wir die Stadt verlassen hatten, ist er plötzlich aufs Gas getreten. Er muss so wütend gewesen sein. Wahrscheinlich wollte er mich abhängen. Irgendwann ist er hinter einer Kurve verschwunden und ich habe ihn aus den Augen verloren.«

Ich sitze wie versteinert im Gras. Mein ausgelaugter Körper zittert und Max' Worte haben sich wie ein eiskalter Mantel um mein Herz geschlossen. Ich höre seine Verzweiflung, und zusammen mit meinem Schmerz bohrt sie sich tief in mein Innerstes.

»Ich bin den gesamten Weg nach Crail gefahren«,

erzählt Max weiter.

Jetzt, da er zu Reden begonnen hat, will er alles loswerden. Das spüre ich.

»Ich stand vor eurem Haus und habe mich darüber gewundert, dass Jamies Auto nicht in der Einfahrt stand. Dann habe ich dich durchs Fenster gesehen. Du hast mit einer Kaffeetasse auf dem Sofa gesessen. Du hast völlig normal gewirkt und ich war erleichtert, weil ich dachte, Jamie hätte es sich anders überlegt. Ich habe dann versucht, ihn auf seinem Mobiltelefon anzurufen, aber es war aus. Also bin ich zurückgefahren. Kurz vor Saint Andrews dann wurde ich umgeleitet, weil die Straße gesperrt war, aber ich war noch so mit mir beschäftigt, dass ich mich nicht darüber gewundert habe. Ich habe es dann erst im Radio gehört. Er muss die Geschwindigkeit unterschätzt haben, als er so schnell in die Kurve gefahren ist. Ich bin die Straße seitdem tausend Mal auf- und abgefahren und habe überlegt, wie es passiert sein kann. Die Fahrbahn ist eigentlich weit genug vom Rand der Klippe entfernt, so dass er meiner Meinung nach noch hätte reagieren können. Aber er war mit den Gedanken nicht auf der Straße. Und viel zu schnell.«

Max hat den Kopf in meine Richtung gedreht und starrt mich an. Es ist völlig still auf der Klippe. Ich erwidere seinen Blick und weiß, dass er darauf wartet, dass ich etwas sage.

Es ist nicht deine Schuld.

Vielleicht hofft er darauf, das von mir zu hören.

Ich bin aber nicht bereit, diese Worte auszusprechen. In meinem Inneren brodelt es, denn ich verurteile sein Verhalten in so vielerlei Hinsicht. Obwohl mir klar ist, dass er keine Schuld im juristischen Sinn trägt.

»Du hättest es mir sagen müssen«, werfe ich ihm vor. »Gleich nach dem Unfall. Es hat mich gequält, nicht zu wissen, was passiert ist.«

Max lässt den Kopf sinken.

»Ich dachte, dass es für uns alle besser wäre, mit den Lügen zu leben.«

»Für dich und Dana, meinst du wohl.«

»Es ging mir nicht nur um mich und Dana. Ich wollte auch nicht mit deinem Hass leben müssen. Seit dem Unfall denke ich nur daran, wie es dein Leben zerstört hat. Ich konnte dir nicht mehr ins Gesicht sehen. Aber ich war bei dir. Ich habe nach dir gesehen.«

Überrascht hebe ich eine Braue.

»Du warst bei meinem Haus?«

Max nickt.

Ich schnappe nach Luft.

»In der Dunkelheit?«

Wieder nickt er.

Ungläubig schüttle ich den Kopf.

»Und ich dachte, es war Leon«, flüstere ich.

Max’ Augen werden schmal.

»Leon?«

Ich winke ab.

»Nicht wichtig. Aber Mensch, Max, du hast mir einen ziemlichen Schrecken eingejagt. Ich habe dich in der Einfahrt stehen sehen und war echt beunruhigt.«

Max wirkt noch betroffener.

»Ich weiß. Ich hatte keine Ahnung, dass du Bewegungsmelder installiert hast. Ich wollte nur nach dir sehen.«

Ich will ihm weitere Vorwürfe machen, aber eine innere Stimme mahnt mich, nicht zu hart mit ihm zu sein. Vom Horizont über dem Meer leuchtet ein orangefarbener Schimmer zu uns herüber. Ich stemme mich in die Hocke hoch und klopfe das Gras von den Schienbeinen meiner Jeans.

»Es war furchtbar, Jamie zu verlieren«, sage ich, während ich mich langsam erhebe. »Aber dann auch noch zu erfahren, dass er mich angelogen hat, hat mich umgehauen. Ich habe plötzlich alles für möglich gehalten.«

»Jamie hat dich geliebt, Kat. Er hätte nie etwas getan, um dich zu verletzen. Er war ein richtig guter Kerl.«

Ich nicke und schließe für einen Moment die Augen, weil mir die Tränen in die Augen schießen.

Als ich sie wieder öffne, sage ich:

»Du musst es Dana sagen.«

Entweder du. Oder ich sage es ihr.

»Joanna braucht dich an ihrer Seite«, setze ich hinzu.

Max' Blick flackert nervös.

»Aber Joanna erwartet nicht, dass ich Dana verlasse.« Er fährt sich mit der Hand durch die Haare.

»Joanna ist doch nur wichtig, dass du ihr Geheimnis bewahrst«, entgegne ich ungerührt. »Damit hast du sie in der Hand. Das weißt du.«

An der Art, wie er mich anstarrt, spüre ich seinen Widerstand. Als er den Mund wieder öffnet, unternimmt er einen letzten Versuch, mich umzustimmen.

»Ich zerstöre Danas Leben, wenn ich das tue«, sagt er, obwohl er insgeheim wahrscheinlich weiß, dass er mich nicht umstimmen wird.

»Du hast Danas Leben längst zerstört«, gebe ich kühn zurück. »Ich werde jetzt gehen. Möchtest du, dass ich dich nach Hause fahre?«

Max sitzt zusammengesunken am Boden und wendet den Blick aufs offene Meer. Im Dämmerlicht sehe ich, wie seine Hand wieder nach einem Stein greift. Plopp. Ein weiterer Stein. Plopp.

Ich werde ohne ihn gehen, wenn er hier bleiben will. Ich werde zu meinem Haus fahren und versuchen, etwas Schlaf zu bekommen. Morgen werde ich Dana anrufen und fragen, ob er nach Hause gekommen ist.

Wenn nicht ...

Er wird, beruhige ich mich.

Ich weiß, dass ich Max am Ende nicht zwingen kann, nach meinen Spielregeln zu spielen. Aber ich bin nicht bereit, nach seinen zu spielen.

Ich wende mich endgültig zum Gehen. Als ich schon mit dem Rücken zum Meer stehe, höre ich eine Bewegung. Instinktiv werfe ich einen Blick zurück und sehe Max mit gesenktem Kopf auf mich zuschlendern.

Wenige Minuten später steigen wir gemeinsam in mein Auto. Ich fahre zurück in die Stadt und setze Jamie vor dem Haus mit der Nummer 54 ab. Im Eingangsbereich brennt noch Licht, aber ich hoffe, dass Dana in der Zwischenzeit eingeschlafen ist. Ich warte im Auto, während Max langsam auf die Türe zugeht, sich noch einmal zu mir umdreht und die Hand hebt. Jetzt, im nächtlichen Schein der Stadt, offenbaren sich mir die ausgezehrten Züge seines Gesichts. Die Wangenknochen kommen stärker hervor als früher und die Haut wirkt stumpf und matt.

Ich denke daran, dass es ihm besser gehen wird, wenn er das Richtige tut, und winke zurück. Dann fahre ich langsam an.

Mir fehlt die Energie, um zurück nach Edinburgh zu fahren. Deshalb schlage ich wieder den Weg zur Küste ein und folge der Route nach Crail. Jetzt, wo ich weiß, dass es Max war, der vor meinem Haus gestanden hat, bereitet mir der Gedanke an eine Nacht in meinem Bett kein Unbehagen mehr.

Crail schläft, als ich ankomme. Im hellen Schein des Bewegungsmelders schließe ich die Tür zu meinem Haus auf. Ich gehe die Stufen hinauf zu meinem Schlafzimmer, schäle mich aus meinen Klamotten und schlage die ordentlich gefaltete Bettdecke auf. Ein letztes Mal kämpfe ich gegen die bleierne Müdigkeit an und bewege meinen Finger über den Bildschirm meines Telefons.

Ruf mich an, tippe ich an Joanna. *Ich hatte eine verrückte Nacht und bin in Crail.*

Sie soll sich keine Sorgen machen, wenn sie aufwacht und feststellt, dass ich weg bin.

25

Zwanzig Tage nach dem Unfall

Ich werde wach, weil mein Telefon klingelt. Die Anspannung sitzt mir noch in den Gliedern und ich fahre gleich beim ersten Laut hoch. Es dauert einen Moment, bis ich begreife, dass ich in meinem Bett in Crail liege. Dann erinnere ich mich daran, was in der Nacht passiert ist. Und alles kommt zurück.

Ich beuge mich quer übers Bett, um nach dem klingelnden Telefon zu greifen. Noch bevor das blinkende Display mein Blickfeld erreicht hat, weiß ich, dass der frühe Anrufer Joanna ist. Zwei Sekunden später habe ich ihre aufgekratzte Stimme am Ohr.

»Erklär mir mal bitte, wie zum Teufel du auf die Idee gekommen bist, mitten in der Nacht das Bett zu wechseln?«

Keine Begrüßung. Nur unverblümtes Unverständnis.

»Konntest du damit nicht warten, bis du ausgeschlafen hast? Und was ist mit der Gestalt, die nachts um dein Haus schleicht? Ich dachte, du fühlst dich nicht sicher in deinem Haus.«

»Joanna«, unterbreche ich sie. »Es ist alles in Ordnung. Ich wollte, dass du mich anrufst, damit du dir nicht unnötig Sorgen machst. Ich habe gestern Abend die Wohnung verlassen, nachdem du dich hingelegt hast. Und dann sind ein paar Dinge passiert, weshalb ich jetzt hier bin.«

»Oh, ich habe mir Sorgen gemacht. Und wie. Ich wollte dich aufwecken und du warst nicht da. Deine Nachricht habe ich erst danach gelesen.«

»Tut mir leid«, sage ich und spüre einen Anflug von schlechtem Gewissen. »Ich komme heute Abend nach der Arbeit vorbei. Dann erzähle ich dir alles.«

Joanna antwortet nicht gleich.

»Heute Abend geht es nicht«, höre ich sie dann spitz erwidern. »Nach der Arbeit treffe ich mich mit meinem Vater zum Dinner. Er hat mich in ein Restaurant eingeladen.«

Ich höre ihr Zögern, bevor sie in verändertem Tonfall fortfährt.

»Da er nun schon hier ist, habe ich vor, ihn darüber zu informieren, dass er Großvater wird.«

Ich setze mich langsam im Bett auf.

»Ja. Das solltest du.«

»Es wird eine interessante Erfahrung werden. Ehrlich gesagt habe ich keine Ahnung, wie er reagieren wird. Ich habe bisher nie persönliche Dinge aus meinen Leben mit ihm besprochen.«

»Es ist nie zu spät, damit anzufangen«, sage ich und stelle mir vor, wie sich Joanna und Mr Hamilton am Abend in einem Restaurant gegenübersitzen werden. Joanna wird wahrscheinlich ein schickes Arbeitsoutfit tragen und sich schon in ihrer Erscheinung von ihrem unverkrampften, entspannten Vater abheben. Sie wird es kurz machen. Da bin ich sicher. Das tut sie immer, wenn ihr etwas bevorsteht, das sie als unangenehm empfindet. Sie wird darauf drängen, die Bestellung aufzugeben, dann zügig ihre Portion aufessen und mit den Neuigkeiten herausrücken, bevor der Kellner die Gelegenheit hat, die Dessertkarte zu bringen. Danach wird sie es vorziehen, das Restaurant zu verlassen. Und ihr Vater wird mit den Neuigkeiten allein zurückbleiben.

»Ich könnte später vorbeikommen«, schlage ich vor. »Ich muss ja sowieso kommen, weil all meine Sachen noch in deiner Wohnung liegen.«

»Später geht es auch nicht. Max möchte mich treffen. Er hat angerufen, als ich noch im Bett lag. Ich habe ihm gesagt, dass ich mit meinem Vater verabredet bin, aber er hat darauf bestanden, heute Abend in die Stadt zu kommen. Keine Ahnung, was er will.«

Ein unbeabsichtigtes Lächeln huscht über meine Lippen.

Hast du wirklich keine Ahnung, was er will?, würde ich am liebsten laut fragen. Doch ich beschränke mich auf ein knappes »Verstehe.«.

»Du hast ja den Wohnungsschlüssel«, sagt sie, während ich mich aus dem Bett schäle und ans Fenster trete. »Du kannst im Laufe des Tages vorbeikommen und deine Sachen einpacken. Ich nehme an, dass du mein Sofa in den nächsten Tagen nicht mehr benötigst ...«

Ich sehe aus dem Fenster und bis zum Meer, das an diesem Morgen in den Farben des Himmels schimmert.

Intensiv blau.

»Nein. Ich werde ab jetzt wieder in meinem Haus schlafen. Der Klempner wollte in den nächsten Tagen vorbeikommen und das Ersatzteil des Boilers einsetzen. Dann muss ich sowieso hier sein.«

Der wahre Grund, warum ich in mein Haus zurückkehre, ist ein anderer. Nämlich der, dass ich mich hier in Crail nun wieder sicher fühle. Aber das lässt sich nicht zwischen Badroutine und Frühstück erklären.

»Wenn das so ist, werde ich meinem Vater anbieten, auf dem Sofa zu schlafen. Er hat damals extra ein Zimmer für mich tapeziert. Es fühlt sich falsch an, ihn jetzt in ein

Hotelzimmer abzuschieben.«

»Gute Idee«, sage ich. »Ich bin sicher, er wird das Angebot gerne annehmen.«

Ich habe keinen Zweifel, dass er das wird.

Wir beenden das Gespräch wenig später, weil Joanna es eilig hat, das Haus zu verlassen. Es ist wahrscheinlich die Übermüdung, die dafür verantwortlich ist, dass mir erst jetzt bewusst wird, dass auch ich mich eigentlich für den Unterricht fertigmachen müsste. Ich will mein Mobiltelefon auf dem Nachttisch ablegen und zum Kleiderschrank gehen, als ich bemerke, dass eine Nachricht angekommen ist, während ich mit Joanna gesprochen habe. Ich streiche mit dem Finger über das durchsichtige Glas und sehe, dass Dana geschrieben hat.

Werde mich heute krankmelden. Max ist zurück. Er hat angekündigt, dass er sich mit mir unterhalten will. Kein Zweifel, dass er die Verlobung auflösen wird ...

Ich starre auf die Zeilen und spüre Mitleid mit Dana. Der Traum von einem Leben mit Max zerrinnt gerade zwischen ihren Fingern.

Es ist besser so, sage ich mir, als mich für einen kurzen Moment Zweifel überkommen, ob ich das Richtige getan habe. *Max würde sie nie so behandeln, wie sie es verdient hat.*

Ich nehme mir vor, Dana später zu antworten, und

gehe hinüber ins Bad. Da der Boiler noch nicht funktioniert, ist das Wasser eiskalt. Ich spritze es mir ins Gesicht und richte mich dann vor dem Spiegel auf. Einige Sekunden lang betrachte ich mein Profil darin. Ich sehe dermaßen ausgelaugt aus. Müde und übernächtigt von den Ereignissen der Nacht. Nachdem ich die Anzeige auf meinem Telefon gesehen habe, weiß ich, dass ich nur zwei Stunden geschlafen habe. Mein ganzer Kopf fühlt sich matt und schwer an und ich spüre, dass ich sofort wieder einschlafen würde, wenn ich mir jetzt erlauben würde, ins Bett zurückzukriechen.

Ich habe lange durchgehalten. Angesichts der Tatsache, dass eine Zeitung mir zwischen den Zeilen bereits eine gewisse emotionale Kälte unterstellt hat, weil ich nach Jamies Tod einfach weiter gemacht habe, vielleicht zu lange.

Als ich ins Schlafzimmer zurückkehre, ungekämmt und noch im Pyjama, steuere ich direkt auf den Nachttisch zu und benutze noch einmal mein Telefon. Ich wähle die Nummer der Schule und teile der Sekretärin mit, dass ich krank bin.

»Oh nein, meine Liebe. Ich hoffe, es ist nichts Schlimmeres. Aber ich kann dir sagen: Irgendetwas geht um. Du bist nicht die erste Lehrerin, die sich heute entschuldigt.«

»Ein unschöner Magen-Darm-Infekt«, antworte ich, höre zu, wie sie mir gute Besserung wünscht, und lege auf.

Dann ziehe ich die Vorhänge zu, die ich in der Nacht offen gelassen habe, krieche zurück unter die noch warme Bettdecke und ziehe sie mir bis zu den Ohren hoch. Ich höre, wie vor dem Fenster die Vögel zwitschern, schließe die Augen, und spüre, wie sich eine warme Entspannung in meinem Körper ausbreitet.

26

Viereinhalb Monate nach dem Unfall

Ich sitze im Schneidersitz zwischen den Kissen meines Sofas und nippe an einer Apfelsaftschorle, während ich dem Geschehen auf dem Fernsehbildschirm zuschaue. Es ist das erste Mal seit Jamies Unfall, dass ich mir ein Spiel ansehe. Schottland gegen Wales. Zum jetzigen Zeitpunkt mit sieben Punkten Vorsprung. Es ist eines der wichtigsten Spiele des Jahres und wäre Jamie noch am Leben, stünde er jetzt mit den Spielern auf dem Feld und würde mit ihnen dem Ball nachjagen. Ein neuer, junger Spieler, dessen Namen ich nie zuvor gehört habe, hat seine Position eingenommen. Er heißt Mike Scott und ist ein junger, athletischer Mann mit dunkelbraunen, kurz rasierten Haaren. Auf den ersten Blick hat er nichts mit Jamie gemeinsam außer seiner Körpergröße.

Zwei Stürmer des walisischen Teams bedrängen gerade den Ballbesitzer der schottischen Mannschaft. Geschickt passt der Spieler den Ball hinter seinem Rücken an ihnen vorbei zu einem seiner Kollegen und der Ball wird weiter nach hinten getragen.

Ich verfolge das Spiel nur mit halber Konzentration. Immer wieder schweift mein Blick vom Bildschirm zu den noch kahlen Wänden des Raums und ich stelle mir in Gedanken vor, wie ich sie dekorieren werde. Bei meinem Einzug vor drei Wochen habe ich die Wände in einem frischen Weißton gestrichen, aber es noch nicht geschafft, Bilder anzubringen. Die meisten Leute halten das, was Joanna und ich getan haben, für verrückt. Die Wohnung zu tauschen ist etwas, das Menschen in Filmen tun, aber nicht im realen Leben. Wir haben es trotzdem getan. Joanna ist in mein Haus in Crail gezogen, während ich ihre gemietete Wohnung in Edinburgh übernommen habe. Das Ganze war meine Idee. Sie kam mir während meines Sommeraufenthalts in Devon. Joanna hatte mir gerade am Telefon erzählt, dass sie dabei ist, sich nach einer neuen, größeren Wohnung umzusehen.

»Wenn das Baby da ist, werde ich mehr Platz brauchen«, hatte sie erklärt. »Es ist unmöglich, in meiner Wohnung ein Kinderzimmer einzurichten. Im Moment weiß ich nicht einmal, wo ich den Laufstall unterbringen soll. Im Wohnzimmer ist kaum Platz dafür, denn an der einzigen freien Stelle steht bereits mein Schreibtisch.«

Ich lag im Garten meiner Eltern im Liegestuhl, als ich an die vielen Räume meines Hauses dachte, und daran, wie einsam und verloren ich mich darin fühlte, seit ich es alleine bewohnte. Dann stellte ich mir vor, wie es wäre, wenn Kinderlachen das Haus erfüllte und spürte, wie sich ein warmes Gefühl in meiner Brust ausbreitete. Ich wartete ein paar Tage und ließ die Idee in meinem Kopf reifen. Bei unserem nächsten Telefonat erzählte ich Joanna davon.

»Was würdest du davon halten, nach Crail zu ziehen?«, fragte ich. »Du könntest das Haus haben.«

Joanna antwortete nicht sofort.

»Soll das heißen, du denkst darüber nach, aus dem Haus auszuziehen?«, fragte sie, als sie schließlich etwas sagte. »Wo willst du hin? Doch nicht zurück nach England?«

Ein leiser Anflug von Panik lag in ihrer Stimme, der mir verriet, dass sie sich Sorgen um unsere Freundschaft machte.

»Nein, nicht nach England«, gab ich zurück. »Ich dachte eher an deine Wohnung.«

Obwohl ich spürte, dass sie erleichtert war, war sie nicht sofort überzeugt.

»Kat, das Leben in der Stadt ist einsam«, sagte sie und es klang, als fände sie meine Idee naiv. »Die Leute kennen einander nicht, sondern leben wie Fremde nebeneinander. Du bekommst ein knappes *Hallo,* wenn du deinem Nachbarn im Lift begegnest. Und das war's. Das ist nicht das, was du im Moment brauchst.«

Woraufhin ich ihr versicherte, dass Anonymität genau das war, wonach ich mich im Moment sehnte.

»Seit ich weiß, dass Leon auf mich steht, fühle ich mich unwohl, neben ihm zu wohnen. Wir begegnen uns ständig und ich weiß nicht, wie ich mich ihm gegenüber verhalten soll. Der Gedanke, in einer neuen Umgebung nochmal ganz neu anzufangen, hat etwas Befreiendes.«

Es war wahrscheinlich nicht dieses Argument, dass sie schließlich zustimmen ließ. Doch überraschenderweise gab sie mir am Ende recht, dass es gewisse Vorteile hätte, unsere Wohnungen zu tauschen.

Als sie mich ein paar Tage später erneut anrief und wir über Details des Tausches zu sprechen begannen, überraschte sie mich mit einer weiteren Information.

»Ich habe übrigens Max davon erzählt«, sagte sie wie beiläufig. »Er hat prompt gefragt, ob er auch mit einziehen darf.«

Im ersten Moment blieben mir vor Verblüffung die Worte im Hals stecken. Im zweiten Moment schlucke ich meine Überraschung hinunter und fügte meiner Vorstellung von der im Garten spielenden Mutter mit Kind einen Vater hinzu.

»Was hast du geantwortet?«, fragte ich, wobei ich bemüht war, nicht neugierig zu klingen.

»Ich habe ihm versprochen, dass ich darüber nachdenken werde«, antwortete Joanna leichtfüßig.

Das tat sie wohl. Denn als vor drei Wochen der Umzugswagen mit Joannas Sachen vor dem Haus vorfuhr, rollte gleichzeitig Max' Auto in die Einfahrt. Ich war damit beschäftigt, meine eigenen Sachen im Vorgarten zu stapeln - derselbe Umzugswagen, der Joannas Sachen am Morgen in Edinburgh abgeholt und nach Crail gefahren hatte, würde später meine Sachen aufladen und mit ihnen zurück nach Edinburgh fahren. Aber als Max aus dem Auto stieg, richtete ich mich auf und sah zu ihm hinüber. Sein Gesicht wirkte noch immer strapaziert und niedergeschlagen, aber als er mich bemerkte, deutete sich auf seinen Lippen ein verlegenes Lächeln an. Eines, das mir augenblicklich verriet, dass er mit einziehen würde.

Es fühlt sich richtig an, dass Joanna und Max nun in dem Haus wohnen, das früher einmal Joannas Mutter gehört hat. Und auch ich fühle mich wohl in der Stadt. Ich habe Joannas Wohnung möbliert übernommen und mich darauf beschränkt, die hellen Orange- und Gelbtöne der Wände durch strahlendes Weiß übermalen zu lassen. Ich habe Joannas Möbel umgestellt und versuche, mir mein neues Leben so schön wie möglich einzurichten. Dabei sage ich mir immer wieder, dass das genau das ist, was

Jamie sich für mich gewünscht hätte.

Eine Woche vor meinem Auszug aus dem Haus habe ich der St Margarets School meine Kündigung geschickt. Nick rief mich umgehend an und fragte, ob er meine Gründe erfahren dürfte. Insgeheim hoffte er sicher, mich noch umstimmen zu können. Bessere Konditionen. Ein angenehmerer Stundenplan. Wenn Nick Angestellte mochte, war er bereit, ihnen entgegenzukommen. Ich informierte ihn dann über meinen Umzug in die Stadt und erklärte, dass die Schule von meinem neuen Wohnort zu weit entfernt lag. Das stimmte auch. Aber es war nur die halbe Wahrheit. Die andere Hälfte der Realität war, dass es sich in den vergangenen Monaten seltsam angefühlt hatte, Dana jeden Tag in der Schule zu begegnen. Im Lehrerzimmer ihr trauriges Gesicht zu sehen und zu wissen, dass ich diejenige war, die Max dazu gezwungen hatte, sie zu verlassen. Ich habe ihr gegenüber die mitfühlende Freundin gegeben, als sie mir mit verquollenen Augen erzählt hat, dass Max die Verlobung aufgelöst hat. Vielleicht ist es ihr nicht aufgefallen, dass ich sie zwar in den Arm genommen habe, aber nicht nach dem Grund für die Trennung gefragt habe.

Nachdem ich meine Kündigung geschrieben hatte, begann ich, mich nach einer neuen Stelle umzusehen. Das Gute an meinem Beruf ist, dass man als Lehrer überall Arbeit findet. Nachdem ich mir die Stellenanzeigen der Schulen im Raum Edinburgh angesehen habe, habe ich mich in einer High School im Bezirk Marchmont vorgestellt. Eine staatliche Ganztagsschule mit vielen Kindern, die aus Familien kommen, in denen beide Elternteile hart für ihr Geld arbeiten. Ich habe wohl einen guten Eindruck hinterlassen, denn noch am selben Tag wurde mir vom Schulleiter der Schule ein unbefristeter Vertrag angeboten. Ich habe zugesagt und werde nun in wenigen Wochen die fünfte Klasse einer schwangeren Lehrerin übernehmen. Ich werde morgens mit dem Fahrrad durch die lebhaften Straßen Edinburghs zur Arbeit fahren. In Jeans und Pullover, so wie all die anderen Lehrerinnen und Lehrer, die an einer staatlichen Schule unterrichten.

Als ich Dana von meinem Entschluss erzählte, die St Margaret's zu verlassen, reagierte sie bestürzt. Trotz all der Dinge, die sie uns an jenem letzten Abend in Glenshee vorgeworfen hat, scheint sie in mir eine gute Freundin zu sehen. Ich habe ihr versprochen, dass ich bald nach St Andrews kommen und mit ihr einen Kaffee trinken werde. Ich mag Dana. Und auch wenn sich alles geändert hat, glaube ich, dass sie und ich Freundinnen bleiben können.

Das Klingeln meines Mobiltelefons mischt sich in meine Gedanken. Es liegt am anderen Ende des Sofas, und als ich mich zur Seite beuge, um danach zu greifen, sehe ich auf dem Display Mums Nummer.

Nach dem dritten Klingeln hebe ich ab.

»Kat, Liebes, wir haben gerade ein Interview mit deiner Freundin gesehen.«

Sie klingt aufgeregt, obwohl ich nicht gleich verstehe, weshalb. Joannas Mutterschutz beginnt erst in einer Woche und es gehört zu ihrem Job, Interviews zu führen.

»Es ist völlig verrückt«, höre ich sie weiterreden, während ich mich wieder in die Kissen meines Sofas sinken lasse. »Sie behauptet, dass Jamie ihr Bruder war.«

Jetzt erstarre ich. Die Worte, die aus dem Lautsprecher meines Telefons dringen, klingen so unwirklich, dass ich für einen Moment an meiner Wahrnehmung zweifle. In kurzer Zeit gehen mir so viele Dinge durch den Kopf, dass ich es für möglich halte, dass sich mein Denken und das, was tatsächlich um mich herum geschieht, vermischt haben.

Joanna soll in einem Interview ihr bestgehütetes Geheimnis preisgegeben haben? Es gibt keinen Grund, weshalb sie das getan haben sollte.

»Kat? Hast du gehört, was ich gesagt habe?«, dringt wieder Mums Stimme an mein Ohr. »Deine Freundin Joanna behauptet, dass Jamie ihr Bruder war.«

Und dann, drängender:

»Stimmt das?«

Ich höre ihre Frage, habe aber Schwierigkeiten, meine Gedanken zu sortieren. Mir dämmert langsam, dass nicht Joanna das Interview geführt hat, sondern dass sie ein

Interview gegeben hat.

Statt Mum zu antworten, frage ich:

»Auf welchem Sender läuft das Interview?«

Meine Hand greift nach der Fernbedienung, während ich auf ihre Antwort warte.

»Es war eine Aufzeichnung, die vor wenigen Minuten auf Channel 4 ausgestrahlt wurde. Aber das Interview läuft nicht mehr. Es wurde gerade eben beendet.«

Ich starre auf den Bildschirm, auf dem einem unserer Jungs gerade der Ball abgenommen wird, und lasse die Fernbedienung wieder los.

»Kann ich dich gleich zurückrufen, Mum?«

Weil ich weiß, dass sie protestieren wird, warte ich ihre Antwort nicht ab, sondern lege einfach auf, gehe auf dem Display des Mobiltelefons in die Suchmaschine und gebe die Worte *Interview* und *Jamie Raes Schwester* ein. Ich rechne nicht wirklich damit, einen Treffer zu bekommen. Doch zu meinem Erstaunen spuckt die Maschine Einträge aus. Ich sehe sofort, dass es sich um Berichte handelt, die innerhalb der letzten Minuten veröffentlicht wurden.

Geistesabwesend drehe ich den Ton des Fernsehers herunter und klicke auf den obersten Eintrag. Eine kurze Meldung einer der großen schottischen Nachrichtensender. Seine Überschrift lautet:

BBC Journalistin behauptet, Schwester des verstorbenen Rugbyspielers Jamie Rae zu sein.

Es folgt eine Kurzmeldung.

Soeben hat die Journalistin Joanna Hamilton in einem offiziellen Interview des Fernsehsenders Channel 4 behauptet, die Schwester des verstorbenen Jamie Rae zu sein. Joanna Hamilton, die in wenigen Wochen ihr erstes Kind zur Welt bringen wird, ist der Öffentlichkeit als Sportjournalistin des BBC Scotland bekannt. Die Behauptung ist im Moment ungeprüft. Sollte sie sich als wahr herausstellen, wäre dieser Umstand nicht unspektakulär, da Joanna Raes Karriere als Sportjournalistin damit begann, dass sie während des Six-Nations-Turniers vor drei Jahren Jamie Rae exklusiv interviewte. Und dabei erinnere ich noch einmal daran, dass es sich damals um seinen ersten Spieleinsatz im Nationalteam gehandelt hat.

Ich blinzle ein paarmal, lasse langsam das Telefon in meinen Schoß sinken und starre mit gerunzelter Stirn aus dem Fenster.

Sie hat es wirklich getan, denke ich, während meine Gedanken in alle möglichen Richtungen wandern.

Sie hat es allen gesagt.

Einen Augenblick lang denke ich darüber nach und versuche, Ordnung in meine wirren Gedanken zu bringen. Aus dem Fernseher schallen Jubelrufe zu mir. Fünf Punkte für die Waliser.

Von all den unvernünftigen Dingen, die Joanna getan

hat, ist das hier das mit Abstand Unverständlichste.

Ich schlage einen weiteren Artikel auf dem Bildschirm meines Mobiltelefons auf, weil ich hoffe, weitere Details über Joannas Interview herauszufinden. Der Bericht ist ausführlicher als der Erste und sein Verfasser gibt Teile des Interviews wieder.

Miss Hamilton, Sie haben die Öffentlichkeit jahrelang bewusst getäuscht, indem Sie Ihre Verwandtschaft mit Jamie Rae geheim gehalten haben. Nun ist Jamie tot. Ist das der Grund, weshalb Sie entschieden haben, mit der Wahrheit an die Öffentlichkeit zu gehen?

Joannas Antwort: kurz und knapp.

Nun, ich verstehe, dass es so aussieht. Aber es ist nicht so. Meine Gründe sind privat.

Nachdem ich auch diesen Artikel bis zum Ende überflogen habe, schließe ich den Internetbrowser meines Handys.

Sie wird Nachteile haben, denke ich, während ich den Chat öffne, den ich mit Joanna führe. Vielleicht wird sie sich wegen Vorgabe falscher Tatsachen vor dem Sender verantworten müssen.

Ich hoffe natürlich, dass sie das nicht muss.

Mein Blick klebt an Joannas Profilfoto, das über unserem Chat schwebt, und ich überlege, was ich ihr schreiben soll. Irgendwo in meinem Inneren strömt schüchtern ein unbändiges Glücksgefühl durch meine Adern, wärmt mein Herz und erfüllt mich mit Vorfreude, weil ich langsam realisiere, dass für mich nun vieles anders wird. In wenigen Wochen, wenn Joannas Baby zur Welt kommt, werde ich offiziell seine Tante sein. In anderen Worten: Ich werde die Tante von Jamie Raes Neffen sein.

Mein Finger schwebt noch über der Tastatur. Ich denke an Jamie und frage mich, ob er Joanna davon abgehalten hätte, mit ihrer Lüge an die Öffentlichkeit zu gehen. Eine Frage, auf die ich nie eine Antwort bekommen werde.

Entschlossen bewege ich meinen Zeigefinger zum Display des Telefons.

Mutiges Interview, tippe ich und füge hinzu:

Ich bin stolz auf dich.

Beinahe augenblicklich erscheinen neben Joannas Namen drei Punkte, die mir verraten, dass sie meine Nachricht gelesen hat und gerade etwas schreibt. Sekunden später erscheint ihre Antwort.

Ich wusste, dass es dir gefallen würde.

Meine Lippen verformen sich zu einem breiten Lächeln und kurz habe ich den Gedanken, dass sie es für mich getan haben könnte. Für uns. Allein aus dem einen Grund, dass wir nun eine richtige Familie sein können. Die Vorstellung treibt mir Tränen in die Augen. Obwohl mir natürlich bewusst ist, dass es verwegen ist zu glauben, dass ihr Geständnis irgendetwas mit mir zu tun haben könnte.

Wieder erscheinen drei Punkte neben Joannas Namen. Gleich darauf ploppt eine weitere Nachricht von ihr auf meinem Display auf.

Max fragt, ob er morgen vorbeikommen soll. Er hätte Zeit und könnte deine Lampen anbringen.

Ich schiele zu der großen, gläsernen Glühbirne, die an einem Kabel befestigt nackt in der Mitte des noch kahlen Raums hängt. Ich habe Max nicht darum gebeten, mir zu helfen, aber ich freue mich ehrlich über sein Angebot.

Ich würde mich freuen, schreibe ich zurück.

Dann schließe ich unseren Chat und wähle die Nummer meiner Eltern. Es gibt einiges, was ich ihnen erzählen möchte. An erster Stelle von meinem Glück, Tante zu werden.

Liste der schottischen Orte

Aberdeen	eine Stadt im Nordosten Schottlands, deren Stadtbild von silbergrauem Granit aus ehemaligen Steinbrüchen geprägt ist
Crail	ein kleines Fischerdorf an der Ostküste Schottlands
Dundee	viertgrößte Stadt Schottlands, wenige Kilometer nördlich von Saint Andrews an der Mündung des Fluss Tay gelegen
Edinburgh	Hauptstadt Schottlands
Glenshee	ein Ort in den Highlands, der für seine Skilifte bekannt ist
Saint Andrews	eine kleine, alte Universitätsstadt an der schottischen Ostküste
St Margaret's School	eine fiktive Privatschule, an der Kat unterrichtet

ÜBER DIE AUTORIN

Sophia Cala hat Chemie studiert und lebt heute mit ihrem Mann und ihren Kindern in einem Weindorf in der Südpfalz. In ihrer freien Zeit macht sie ausgedehnte Spaziergänge in den Weinbergen und kümmert sich um ihren Garten. Zum Schreiben kam sie durch Umstände, die sich zufällig in ihrem Leben ergeben haben.

Weitere Bücher der Autorin:

Der Freund, den ich vergaß

Weinland

Mehr Informationen auf www.sophia-cala.de

oder folge der Autorin auf Instagram:

@sophiacala_autor

Printed in Poland
by Amazon Fulfillment
Poland Sp. z o.o., Wrocław

23904649R00212